서킷
브레이커

서킷 브레이커

초판 1쇄 찍은 날 ¦ 2015년 5월 04일
초판 2쇄 펴낸 날 ¦ 2015년 5월 22일

지은이 ¦ 해화
펴낸이 ¦ 서경석

편집책임 ¦ 최고은
편   집 ¦ 나정희

펴낸곳 ¦ 도서출판 청어람
등록번호 ¦ 제387-1999-000006호
등록일자 ¦ 1999. 5. 31
어람번호 ¦ 제5-0411호

주소 ¦ 경기도 부천시 원미구 부일로 483번길 40 서경B/D 3F (우) 420-822
전화 ¦ 032-656-4452 팩스 ¦ 032-656-4453
http://www.chungeoram.com
E-mail ¦ chungeorambook@daum.net

서킷
브레이커

해화 장편 소설

Chungeoram romance novel

circuit
breakers

도서출판 청어람

목 차

장 주문 전

길게는 싫었다. 누군가를 내 옆에 이렇게 오래도록 두는 것. 주식 종목으로도 찾아본 적 없다. 그런데 저 여자, 한서인. 아무래도 장기보유 종목을 찾은 것 같다. 나는 이렇게 너라는 종목에 등락폭을 차트로 그려본다. 서서히 오름 곡선. 그리고 연일 고가. 이게 내 마음, 너는 모르는.

"……한서인, 내게로 와. 내가 너의 서킷 브레이커가 돼줄 테니."

서킷 브레이커:코스피 또는 코스닥지수가 전일 종가 대비 10% 이상 하락한 상태가 1분 이상 지속되면 모든 주식 거래를 20분간 정지하는 제도. 20분이 지나면 10분간 호가를 접수해서 매매를 재기시킨다. 단, 장 종료 40분 전 이후에는 발동되지 않음. 원래는 전기 회로에서 과부하가 걸렸을 때 자동으로 회로를 차단하는 장치를 말한다.

1. 장 시작

밤이 지나고 나면 모든 세계지수들, 각종 원유, 금, 아연, 구리 등 상품 가격들과 BDI지수, VX변동성지수들, 환율의 움직임이 TV, 인터넷 등으로 흘러나온다.

모든 것을 자신의 눈으로, 매일 꼼꼼히 확인하는 것은 하루를 여는 재준의 일과였다. 그는 전일 세워둔 금일의 매매전략에 대해서 검토하고 그대로 할 것인지 아니면 세계지수의 움직임에 따라 전략을 수정할지를 결정한다. 또한 세계 금융위기 등 각종 위기들의 발생 사이클이 짧아짐에 따라 그에 따른 돌발적인 위험 요소들에 대비해서 안전망에 대한 검토도 빼놓지 않는다.

장 시작 전, 재준이 새벽같이 회사에 들어섰다. 누군가 자고 있는 시간에 세계시장은 움직이고, 특히 코스피 지수는 다우 지수와 흐름을 같이하는 경우가 많아 미리 확인해야 했다. 남의 돈을 놓고 장사를 하는 이 일에 쉬는 시간은 없다. 주식은 절대로 운만 믿고 던지는 도박이 아니다. 철저한 공부와 꼭 지켜야 하는 법칙으로 점철된 자본주의의 맨 꼭대기이다. 돈 냄새를 놓치지 않는 동물적인 감각 또한 이 분야에서는 빼놓을 수 없을 만큼 중요하다.

브로커에 대한 안 좋은 이미지 따위는 재준이 헤아릴 일이 아니었다. 그는 브로커만큼의 설계자는 이 땅에 존재하지 않는다고 믿는 사람이었다. 그게 동물적 감각이 충만한 증권회사 브로커 강재준의 삶이었다. 자본주의의 기본 바탕은 돈. 돈을 움직이는 것은 돈을 가진 범들. 그 돈의 흐름을 따라가 낚아채는 것은 하이에나들. 범을 따라 움직이는 하이에나, 그것이 재준의 역할이었다. 그리고 여태껏 먹이를 흘린 적이 없었다.

단 한 명의 투자금을 제외하고.

"강 차장님."

같이 일하는 사원 윤주가 재준을 불렀다. 그녀는 가끔 그에게 은근히 대시를 하며 재준을 귀찮게 하는 여직원 중 하나였다. 재준이 모니터를 주시하며 한쪽 눈썹만 슬쩍 올리자, 재차 그를 부르는 소리가 들려왔다. 이제 막 회의를 끝내고 모니터의 호가를 확인하며, 자신이 세운 전략대로 시세가 흘러가고 있는지 체크하고 있던 재준에게는 지금 이 시간이 다른 어느 때보다도 신경이 곤두서는 때였다.

주문 30분 전의 그는 어느 때 보다 바쁘다. 일에 있어서 아주 냉정한 데다 봐주는 것 없는 매서운 성질이라는 것은 한샘증권에 웬만한 인사들은 알 만한 일. 재준이 날카로운 눈초리로 바라보자, 윤주가 흠칫하고는 민망한 듯 입구를 가리켰다.

"누가 와서요."

그가 잘못 들은 듯 눈썹을 올렸다. 윤주가 다시 말했다.

"누가 찾아왔어요."

"누가 말입니까."

"글쎄요. 저는 잘……. 고객이거나, 동생이거나, 애인…… 이거나. 그렇지 않을까요?"

애인의 유무를 확인하고 싶다는 듯 윤주가 곤두서 있는 그를 살피며 슬쩍 말했다.

고객, 동생, 애인.

윤주가 말한 그 누구도 회사에 찾아와서는 안 되지만 재준에게는 해당하는 사람도 없었다.

그에게 다가오는 여자들을 애써 떠올려 본다. 대놓고 들이대는 제 나이 또래의 여자들도 더러 있지만 회사까지 찾아올 정도로 배포가 있는 여자는 만나본 적 없었다. 만약 그렇게 배포가 좋은 사람을 찾아보자면 사모님이라고 불러야 할 만큼 나이 든 고객들. 틈만 나면 옷을 사준다, 시계 사준다, 심지어는 집에까지 불러 백지수표를 내미는, 돈은 있는데 쓸 곳이 없는 외로운 중년의 여자들뿐이었다.

설마, 그런 여자인가.

요 근래 시장 상황이 상황이니만큼 신경이 극도로 날카로워 여자 자체를 상대하지 않고 있으니, 찾아올 사람은 절대 없을 것이었다. 재준은 쓰게 웃고는 도로 모니터를 바라봤다. 하지만 윤주는 자리를 떠나지 않았다.

"알았으니까 가서 일해요."

그의 차가운 말에 윤주가 한숨을 쉬었다.

"그럴 줄 알았어요. 안 그래도 차장님 안 나오실 거라고 했는데요. 그 아가씨가 차장님 오실 때까지 기다린다고 했어요. 근데 정말 안 갈 것 같아요. 그리고 오래 서 있지 못할 만큼 아파 보였구요."

아가씨? 아파?

윤주의 말이 귓가에 꽂혔다. 재준이 다시 고개를 돌려 윤주를 바라봤다. 눈으로 의문을 보였지만 윤주가 알 리가 없었다.

"가보셔야 알 것 같은데요."

어깨만 으쓱하고는 윤주가 자리를 떠났다. 재준은 더 이상 시간을 소모하고 싶지 않아 자리에서 일어나 빠르게 입구로 걸어 나갔다.

바쁘다. 자신으로서는 가장 날카로운 시간. 누군지 궁금하지도 않고 만나고 싶지도 않았지만 장 주문 시간에 귀찮은 일이 벌어지는 것이 싫어 결국 빌딩 계단 비상구의 문을 열었다.

문을 열자마자 이십대 후반의 여자가 보였다. 창백한 얼굴 때문에 머리카락이 더 검어 보이는 걸까. 하얀 얼굴에 어깨까지 늘어뜨린 긴 생머리가 세차게 열린 문에서 나오는 바람을 타고 찰랑거렸다. 마른 체구는 아니지만 야위어 보였고 어딘가 이상하게 쓸쓸한 느낌을 주었다. 순간 재준의 심장이 서늘하게 내려앉았다.

아니, 쓸쓸해 보인다는 것은 착각이겠지. 숨을 쉬는 것 같지 않은 느낌. 말하자면 생기 없는 인형 같은 창백함에서 오는 착각일 것이다.

잠시 그대로 멈춰 있던 재준이 뒤늦게야 마음으로 고개를 젓고는 그녀를 기억해 내려고 애를 썼다. 하지만 한 번 보고 들은 건 도무지 잊는 법이 없는 그에게는 정말로 낯선 여자였다.

"뭡니까."

비상구 계단이 그의 차분한 목소리에 차가운 메아리를 만들었다. 그제야 그녀가 고개를 살짝 움직여 그를 마주했다. 텅 빈 그녀의 눈빛에 그가 눈썹을 찡그렸다.

"날 찾아왔다고 들었습니다."

"강, 재준 씨?"

떨리는 목소리가 어쩐지 들어본 적이 있는 듯했다. 누구더라. 그녀에게서 흘러나오는 특유의 불안함이 그를 흔들었다. 재준은 떨떠름하게 물었다.

"누구십니까?"

"한서인…… 이라고 합니다."

이름을 듣는 순간, 얼굴이 먼저 굳어버렸다. 재준은 이 여자를 안다, 아주 잘.

황당한 그의 눈빛을 읽지 못한 그녀는 시선을 내리깔며 머리칼을 귀 뒤로 넘겼다.

"절 기억 하시는지 모르겠지만……."

"지금, 여기에, 하필."

그가 말을 자르며 한 쪽 눈썹을 찡그렸다.

"하필 이 시기에 날 찾아온 겁니까."

"네."

덤덤한 그녀의 목소리에 재준의 미간이 좁아졌다.

"왜?"

그의 날카로운 눈빛에도 그녀는 무감한 표정으로 재준을 응시할 뿐이었다.

"왜 날 찾아왔냐고 물었습니다."

그녀는 바라만 볼 뿐 입을 열지는 않았다. 그 역시 대답을 기다리며 그녀를 바라보기만 했다. 마주한 두 눈동자가 한참 동안 서로를 응시했다. 또다시 심장이 서늘하다.

뭐지, 이런 기분은.

그가 다시 미간을 좁혔다. 눈빛의 징조가 좋지 않게 느껴진다. 오래전에, 그가 기억하기 싫은 어떤 눈빛을 떠올리게 한다.

"찾으러 왔어요."

그녀가 먼저 입을 열었다. 피식, 그가 웃음을 지으며 중얼거리듯 말했다.

"설마, 원금 말인가?"

"……네, 맞아요."

천천히 대꾸하는 그녀를 보며 재준은 잠시 말을 잃었다. 브로커에게 찾아와 까먹은 돈을 내놓으라고 말하는 고객이라니.

그것도 한서인, 이 여자가.

재준의 고객은 보통의 VIP라기보다는 그 이상 수준의 고객들이었다. 재준이 한 번 매매를 하게 되면 한샌증권 내에서만이 아니라 전 증권사 OFF매매 1위가 될 정도로 고객수와 고객의 돈은 타의 추종을 불허했다.

보통의 브로커들은 수익은 내지 못하면서 고객의 돈을 매매에만 이용하는 경우가 많았지만, 재준은 다른 직원들이 속으로 얄미워할 정도로 두 마리의 토끼를 정확히 잡아내고 있었고, 고객들 사이에서 소문이 꼬리에 꼬리를 물고 이어지게 되어 나중엔 VIP가 아니면 강재준의 고객이 되지 못하는 지경에 이르렀다.

이렇게 재준은 지점장뿐 아니라 본부장, 그리고 본사의 부사장들도 꼼짝하지 못할 파워를 지니고 있었으며, 타 증권사의 스카우트 제의 1위라는 명성에 오른 인물이었다.

다만, 그런 재준에게도 한 가지 실수가 있었다. 바로 한서인. 그러니까 바로 눈앞에 서 있는 여자. 오늘 처음 봤지만 결코 모르는 사람이 아닌, 고객. 이 여자가 강재준의 실수이자 오점이었다.

회사에 들어와 우연히 받은 전화 한 통 때문에 엮인 고객. 하필이면 아무도 없는 시간에 걸려온 전화라 다른 직원에게 전화를 돌릴 수 없었다. 오천만 원 정도의 금액이라 별로 진지하게 생각하지 않고 덜컥 계좌를 튼 것이 문제였다.

팔아야 하는 시점에 그렇게 전화를 해도 연락이 안 되던 여자. 그 여자가 이제야 나타났다. 그리고 한다는 말이, 원금을 돌려달라. 게다가 그 액수는 재준이 여태껏 매매한 금액에 발끝에도 미치지 못할 정도의 금액.

통상 증권회사의 매매 고객들은 더 많은 돈을 잃고도 찾아오고 싶어도 찾아오는 이는 없다. 그것은 이미 관리자와 고객과의 암묵적인 약속으로, 상호 모두 시장이 위험한 것을 알고 있기 때문이었다.

"매매할 때 전화로 한 이야기, 기억 안 납니까?"

"저는……."

"녹취록을 찾아 들려 드리죠, 왜 그럴 수 없는지."

재준은 잡음이 싫어 단칼에 그녀의 말을 잘라냈다. 하지만 한 서인라는 여자의 의지는 이런 것으로 잘라지는 것이 아닌 모양이다. 그녀는 떨리는 목소리로 힘주어 말했다.

"잃은 돈만 돌려주시면 돼요."

"뭐라고 했습니까?"

"잃은 돈만……."

"잃은 돈을 돌려달라……?"

그가 피식, 웃음 지었다.

"어쩌나. 그건 룰이 아닌데?"

그의 단호한 말에 그녀의 눈동자가 떨려왔다.

"안…… 되나요?"

"당연히."

"왜……."

"왜냐면 이 세계에 그런 룰은 없거든."

재준의 말에 서인이 눈동자에 작은 유리구슬처럼 보이는 것이 반짝였다. 저도 모르게 그걸 들여다보고 있는 건 그녀의 눈동자가 무척이나 검기 때문이리라. 그녀의 머리카락처럼.

갑자기 불안감이 그의 몸을 엄습했다. 또다시 지난날의 기억이 떠오르려 했다. 그토록 잊고 싶었던 기억이. 그가 애써 생각을 지우고 손목시계를 들여다보았다. 장 시작 10분 전이었다.

"들어가야겠습니다. 피차 시간 낭비 하지 말고 그만 가시죠."

"돌려…… 주세요."

가녀렸지만 완강한 말투였다. 그가 차갑게 말했다.

"이미 끝난 판입니다."

"제발 돌려…… 주세요."

"말이 통하지 않는군요."

재준은 더 말할 필요도 없다는 듯이 비상구 문을 열었다. 가녀린 손길에 그의 팔이 잡혔다. 순간 느껴지는 서늘한 기운이 그의 심장을 감쌌다. 문고리만 놓치지 않았다면 바로 그 자리를 떠났을 것이다. 조심스럽게 자신의 팔을 잡는 서인의 손은 차디찼다. 그가 출근 때마다 맛보던 새벽 공기처럼.

재준은 그녀가 주는 위화감을 견디지 못하고 미간을 좁혔다.

"고객님."

"제발……."

"이러시면 곤란합니다."

"전 재산이었요. 내 전부요. 그러니까……."

"한서인 씨."

"그냥 원금만 그대로 돌려주시면 돼요. 돌려주세요."

벽창호 같은 그녀에게 문득 화가 치밀어 올랐다. 이 세계를 모르는 인간. 사정하고 울고 떼쓴다고 돌아오는 것이 아닌, 이 자본주의 시장의 생리를 전혀 모르는 인간. 멍청하고 바보 같은

개미들처럼.

재준이 그녀의 팔뚝을 강하게 잡아챘다.

"이봐요, 한서인 씨. 돈을 브로커에게 맡기고 잃었을 땐, 돌려 달라고 하는 게 아니라 재투자를 해서 찾아달라고 하는 겁니다. 물론 당신 계좌야 이미 바닥을 쳤으니 찾을 수도 없겠지만. 뭘 모르는 모양인데, 나는 당신 돈에 대해서 아무 책임이 없습니다. 이미 계좌 틀 때 당신이 나에게 일임을 하겠다고 합의한 사항이거든. 물론 당신이 원하는 종목을 내가 사줄 수도, 팔아줄 수도 있었어. 근데 당신은 돈을 맡겨놓고 전화 한 통이 없었다고. 전화도 받지 않고, 그딴 식으로 돈 관리를 해놓고, 전 재산이라고? 당신의 전부?"

그가 기가 막힌 듯 피식, 웃음을 토했다.

"어떻게 당신 전부를 맡겨놓고도 관심이 없을 수가 있지? 어떻게 누구 말만 듣고 주식을 하며, 뭘 믿고 그 큰돈을 함부로 내던질 수가 있어? 돈이 그렇게 쉽게 벌리는 건 줄 알아? 심지어 세금 포탈을 하는 인간들도 세금에 대해 엄청나게 공부를 해. 그런데 당신, 그렇게 방관하고 이제 와서 돌려달라고? 허! 법적으로 한다면 녹취록 찾아서 들려주지. 나에게 아무 책임이 없다는 것을!"

갑자기 왜 이렇게 화가 난 것일까. 자신의 이력에 흠집을 낸 여자이기 때문인가? 아니면, 빌어먹게도 완전히 잊고 있던 어머니가 그녀 때문에 이 순간 생생하게 생각나서인가.

"그만 돌아가시죠. 이런다고 달라질 것 없으니까."

그가 평정을 되찾으며 냉정하게 말했다. 그녀가 입술을 깨무는 것이 보였다. 비상구의 조명에도 그녀의 입술엔 핏기가 없었다. 앙다문 입술은 눈물을 참기 위해서인가. 혹은, 듣고 싶었던 말을 들었다는 몸짓인가. 그녀는 재준의 몸에서 천천히 떨어졌다.

"알아요."

그녀는 아주 낮은 소리로 중얼거렸다.

"달라질 것 없다는 거. 돌아올 수 없다는 거…… 알고 있어요. 돈을 원한 게 아니라, 그 시간들……. 돌아올 수 없는 그 시간들……. 그냥, 어쩌면…… 누군가가 필요했는지도 모르죠. 그 책임을 물을 누군가……. 원망할 누군가가……. 결국 나…… 때문이라는 거 알고는…… 있었는데."

위태로운 목소리가 멈췄다. 시간? 그녀는 돌아올 수 없는 것이 돈이 아닌 시간이라고 한다. 책임을 물을 누군가가 필요했지만, 모든 것이 그녀 때문이라는 걸 이미 알고 있다.

그녀의 슬픈 미소에 그가 눈썹을 찡그렸다. 괜히 마음이 쓰여 시간이 없음에도 그녀를 보게 된다. 돌아서려는데 몸이 따르지 않는다. 그는 그저 그녀만 바라볼 뿐이다.

그녀는 천천히 계단을 내려갔다. 뒷모습이 마치 끈 하나를 매달고 바람을 따라 움직이는 연처럼 아슬아슬했다. 그 연은 꼬리가 길어서 이렇게 눈에 밟히는지도.

이상한 여운이 감돌아 아마 몇 초쯤 더 한서인이라는 여자에게 허비했던 것 같다. 그러나 재준은 곧 비상구 문을 열고 지점 안으로 들어왔다. 일각을 다투는 시간들이 찾아오고, 장은 계속된다. 장이 끝날 때까지 재준은 그녀를 떠올리지 않았다. 아니, 떠올리지 않으려고 노력했다.

"여자가 찾아왔다면서?"

장이 끝난 후 한참 지나고 나서도 재준이 자리를 떠나지 않자, 지점장이 눈치를 보며 부스로 다가왔다. 재준은 서인의 계좌개설신청서를 들여다보고 있던 참이었다. 불과 한 달 전까지 매일 이것을 보며 분노를 참으려 애를 써야 했다.

재준은 생각했던 금액으로 주가가 오르면 아무리 미련이 남아도 팔아치웠다. 그것은 이곳에서 살아남는 재준만의 철저한 법칙이었다. 그런데 적정한 가격이 되어 팔 때가 됐을 때 한서인라는 여자가 전화를 받지 않았다. 고객의 주식을 마음대로 파는, 임의매매는 불법이었기에 재준의 이력에 흠집이 날지도 몰라 손을 대지 못하고 있었다. 그래도 그때까진 괜찮았다. 원하는 가격보다 떨어지긴 했지만 어쨌든 수익이 있었다. 하지만 갑자기 유럽발 상황 변화로 잘나가던 태양광 주식이 완전히 나동그라졌다. 다른 고객들의 주식은 팔아치운 후라 관계없었지만 한서인의 주식만은 끝내 팔지 못했다.

이건 재준에게는 잊지 못할, 잊을 수도 없는 크나큰 사건이었다. 매사 침착하던 재준에게 분노를 안겨준 사건. 꼭 매도해야 할 때에 아무리 전화를 해도 받지 않았고 그로 인해 자신의 이력에도 오점을 만들었으니 화가 날 만도 했다. 오천만 원의 투자금이 억대로 올랐다가 팔천으로, 그러다 원금 수준으로. 그리고 그 이후로는 차마 말할 수 없는 가격으로. 강재준의 이력에 철저한 오점을 남긴 채 그대로 휴지 조각이 되고 말았다. 생각만 해도 치밀어 오르던 일. 그런데 그녀가 이렇게 갑자기 찾아오리라고는 생각지 않았다.

차라리 자신이 찾아갈 걸 그랬나. 이런 고객을 찾아가야 한다는 생각을 하지 못했는데, 오늘 그녀를 보니 차라리 그럴 걸 그랬다. 그랬다면 오점도, 이런 찜찜함도 남지 않았을 것이다.

"그래, 뭐, 놀던 여자야?"

재준이 말이 없자 여자관계로 문제라도 생긴 것은 아닐까, 안절부절못하던 지점장이 다시 한 번 흘리듯 되물었다. 그제야 재준이 고개를 들었다.

"아닙니다. 고객입니다."

"고객? 고객이 찾아와?"

고객이라는 말을 듣자마자 지점장은 더 불안한 모양새였다.

"별일 아닙니다."

재준의 대답을 듣고도 지점장은 자리를 뜨지 않았다. 원하던 대답이 아니었던 모양이다.

"무슨 일인데 그래. 혹시 뭐, 그렇고 그런……."

"설마 고객하고 무슨 일이라도 있을까 봐 그러십니까?"

"강 차장은 믿을 수 있지만 여자들을 믿을 수가 없잖아. 툭 까놓고 자네 주변에 덤벼드는 여자가 좀 많아야지."

"제가 임신이라도 시켜서 책임지라고 찾아왔을까 봐 그러십니까?"

"아니, 내가 강 차장을 그렇고 그렇게 본 건 아니고. 사실 강 차장이야 돈 물어내라고 찾아올 고객은 없을 거고. 웬 여자가 왔다니까 혹시나 싶어 그랬지. 혹시나 싶어서."

지점장이 속내를 들킨 사람처럼 쭈뼛거렸다. 차라리 임신을 했다고 찾아왔다면 기분이 좀 더 나았을 것이다. 돈을 물어내라고 찾아오다니. 그에게서 있어선 이보다 더 기분 나쁠 수 없었다. 그가 냉정하게 고개를 돌렸다.

"걱정 마십시오. 고객이랑 그런 일 없을 겁니다."

그제야 안심한 듯 지점장이 재준의 어깨를 툭툭 치고 사라졌다. 그는 다시 개설 신청서를 들여다보다가 전산으로 고객 인적 사항을 찾았다.

한서인. 스물여덟. 미혼. 중소기업의 평범한 직장인이었다.

하지만 그녀는 전혀 평범한 느낌을 주지 않았다. 설명되진 않았지만 뭔가 달랐다.

떠나는 뒷모습이 몹시도 불안하던 여자. 재준은 서인의 모습이 잊히지 않았다. 그 알 수 없는 느낌이 자꾸만 심장을 서늘하게 만들었다. 영 기분이 좋지 않았다.

여자의 뒷모습을 떠올릴 만큼 한가하지 않다는 것을 알면서도 재준은 눈앞에 아른거리는 그녀의 모습 때문에 자신도 모르게 전화번호, 주소 등 특별할 것 없는 그녀의 신상명세를 더 꼼꼼하게 살피고 있었다.

'그냥, 어쩌면…… 누군가가 필요했는지도 모르죠. 그 책임을 물을 누군가……. 원망할 누군가……. 결국 나…… 때문이라는 거 알고는…… 있었는데.'

그녀의 목소리가 메아리친다. 돈 얘기를 가장하고 있지만 그건 핑계에 불과한 듯 보였다.

돈. 시간. 책임. 원망.

무언가를 되돌리고 싶어 하는 느낌. 그 책임 역시 스스로에게 있다는 걸 이미 알고 있는 눈빛이었다.

불현듯 나타나 모든 책임이 그녀 스스로에게 있다는 것을 확인하고 돌아가는 이유가 뭔지.

재준은 이 떨떠름하고 찜찜한 기분에 사로잡히고 싶지 않아 자리에서 일어났다.

"여기."

바(Bar)에 자리를 잡은 지석이 손을 흔들었다. 재준의 친구 지석은 같은 회사의 다른 지점에서 선물을 하고 있었다. 주식이 사람들이 투자한 액수만큼 증서를 발행하는 증표라면 선물은 상품의 미래 가치를 미리 예상한 후 사고파는 것이다. 이익이 발생하면 금액이 커지기도 하지만 손해를 볼 땐 꽤 크게 볼 수도 있었다.

"이번에 포지션 어떻게 잡았어?"

자리에 앉아 술을 주문하자마자 재준이 물었다. 지석이 그런 재준을 바라보다가 고개를 저었다.

"워커홀릭 아니랄까 봐, 또 일 얘기. 아직 안부도 안 물었어."

"별일 있으면 전화했겠지."

"그건 모르지."

지석이 재준 앞으로 손가락을 보였다. 반지가 끼워진 약지. 뭔가 잘못 본 사람처럼 잠시 미간을 모으던 재준이 믿을 수 없다는 듯 고개를 삐딱하게 돌렸다.

"설명해."

"결혼한다."

"약혼이 아니고?"

"그래, 결혼."

지석의 말에 재준이 피식, 웃음을 뱉었다. 지석이 인상을 찌푸렸다.

"왜 웃어?"

"왜 웃는 것 같은데."

"그래. 내가 결혼할 줄은 나도 몰랐지. 그런데 이렇게 됐다."

"어떤 여잔데."

"그냥 검은 머리 한국 여자. 아, 염색해서 머리색은 갈색이더라."

검은 머리. 재준의 머릿속에 이미지 하나가 스쳐 지나갔다.

검은 머리칼의 창백한 얼굴의 여자.

지석의 말대로 어디 가나 볼 수 있는 인상일 뿐이고, 그동안 수없이 봐왔던 여자들과 다를 바 없는데 지석의 장난 섞인 인상 착의에도 한서인라는 여자가 바로 떠올랐다.

재준이 한 번 본 것을 잊지 못하긴 했지만 그건 숫자와 관련된 것들뿐이었다. 그런데 사람을, 그것도 여자를 한 번 보고 이렇게 계속 떠올리다니, 이유를 알 수 없었다.

설마, 각인이라도 된 건 아니겠지.

재준이 단숨에 술을 마셨다. 끝 맛이 이상하게 아려와 재준이 눈을 찡그렸다. 지석이 그런 재준을 걱정스럽게 바라봤다.

"무슨 일 있었어? 또 어느 눈먼 여사님이 돈 줄 테니까 자달래?"

도통 자신의 문제에 대해 입을 열지 않는 재준의 성격을 아는 지석이 농담처럼 질문을 던졌다. 그런데 농담을 던진 쪽도 받은 쪽도 어느 하나 웃지 않았다. 지석이 한숨을 쉬며 말했다.

"아니면 너도 나처럼 억지로 장가갈 일 있는 거냐?"

"어떻게 된 거야?"

대답 대신 반문을 하는 재준을 보며 지석이 더 큰 한숨을 내쉬었다.

"어떻게 되긴. 이게 다 잘난 부모 만나 어렸을 때 펑펑 쓰고 자란 죗값이지."

"부모가 하래서 한다고?"

"그래. 별수 있냐."

재준은 지석을 이해할 수 없었다. 어렸을 때부터 부모가 차라리 없었으면 좋겠다고 살아온 인생이니, 시키는 걸 한다는 건 있을 수 없었다. 거기다 지석처럼 여자라면 질색하던 녀석이 결혼을 한다고 결정했다는 건 더더욱 이해할 수 없는 일이었다. 재준의 눈빛을 알아챘는지 지석이 또다시 한숨을 내쉬었다.

"암이란다. 노인네 돌아가시겠다는데. 그래서 꼭 그놈의 결혼

행진곡 맞춰서 아들이 입장하는 모습은 보셔야 하겠다는데. 그래야 유산으로 빌딩을 주시겠다는데 어쩌냐, 그럼."

"빌딩 가지고 싶었어?"

"준다면야."

지석의 대답에 재준이 피식, 웃었다.

"그런 야망이 있는 줄은 몰랐군."

"야망까지야 무슨. 그냥 빌딩 준다면 당연히 누구나 가지고 싶다, 할 만큼이지. 근데 그걸 꾸역꾸역 받고 싶은 마음은 아니었거든. 내가 너 정도는 안 돼도 누구 노예는 되지 않을 만큼 돈은 버는 사람인데."

"돈맛 알면 누구나 노예야."

"그 점은 애석하지. 어렸을 때부터 아주 착실하게 길들여져 그거 없이는 잠을 못 자니까."

그제야 둘이 피식피식 웃음을 지었다. 지석이 술을 마시며 말을 보탰다.

"뭐, 한 가지 다행이라면 그 여자도 날 사랑하지 않는다는 거지."

"듣던 중 반가운 소리군."

"무슨 뜻이냐."

"서지석의 취향에 상처받지 않을 여자라야 오래오래 해로할 거 아니냐."

"내 취향이 뭔데."

"글쎄. 모르긴 몰라도 여자 쪽은 아니잖아?"

"와. 무서운 소리를 눈 하나 깜빡하지 않고 하네."

지석이 혀를 내둘렀다.

"그런데 그러는 넌. 넌 여자 없냐?"

"무슨 여자."

"사랑하는 여자."

사랑? 그게 이 세상에 존재하기는 한가. 그런 게 있었다면 드라마나 영화에서 그렇게 사랑 타령을 해대고 있진 않겠지. 그건 판타지 같은 것일 뿐이다.

"라연이……."

지석이 눈치를 보며 물었다.

"소식 들었냐?"

"……."

"그냥 별 얘기는 아니고. 이혼…… 소송 중이래."

술잔을 집어 들던 재준이 잠시 멈칫했다. 하지만 이내 가볍게 술을 입에 털어냈다.

궁금하지 않은 여자. 자신을 배신해 놓고 자신에게 배신당한 척 온갖 추한 꼴을 보이고 떠난 여자. 지독히도 끔찍했던 첫사랑, 홍라연.

그렇다고 잘 살지 않기를 바란 것은 아니었는데 결국은 그렇게 되는 모양이었다.

"자기 발등 자기가 찍은 거지."

지석이 중얼거렸다. 재준이 지석의 어깨를 쳤다.

"너나 그 꼴 안 당하게 조심해."

지석이 피식, 웃었다.

"소송 걸면 빌딩 반반 나눠먹지, 뭐. 혼자는 당최 부담스러웠거든."

"그런 일 없을 거란 소리는 안 하는군."

"너도 보면 알아. 여태까지 보던 여자와는 차원이 다르게 집안이 평범하거든. 노인네들이 대체 뭘 보고 집안도 없는 여자를 데려온 건지 모르겠지만 노인네들이 시키는 대로 아주 착착, 말도 잘 들어요. 우리 노인네들 간이고 쓸개고 지금 다 쓸어가시는 중. 아주 꼬리 아홉 개 달린 불여우가 따로 없어. 아마 결혼하자마자 분명히 꼬리 다 보이면서 나 흠집 만들어 위자료니 뭐니 이혼하자고 난리일 거다."

지석이 씁쓸하게 웃었다. 사춘기 시절에 짝사랑했던 영어 선생이 남학생하고 키스하고 있는 걸 본 후, 지석의 사랑관은 조금 삐뚤어졌다. 남자친구도 있던 선생이라 충격이 더 컸는지도 모른다. 거기다 그 학생의 영어 점수가 잘 나오는 걸 본 후부터는 남녀 관계뿐 아니라 사회에 대한 불신도 커졌다.

"잘 생각해라. 불쌍한 여자 괜히 팔자 망치지 말고."

재준이 놀리는 투를 섞어 지석의 어깨를 툭툭 쳤다.

"친구라는 녀석이 한다는 소리 하곤. 가뜩이나 심란해 죽겠는데 놀리고 있냐."

지석이 술을 마시고는 도로 제 잔에 술을 따라 한 잔 더 마셨다.

"아 참, 너 소식 들었어?"

"무슨?"

"이번에 우리 지점에 고객 한 명이 자살했다."

"자…… 살?"

그의 눈이 날카로워졌다.

"고객이 포지션을 잘못 잡은 모양이야. 매도 포지션을 잡았는데 손실이 백억이 날 수 있는데도 빚내서 한 거지. 그 압박감을 못 견디고 결국 목숨 끊었단다. 그것 때문에 직원은 이리저리 불려 다니고, 경위서 쓰고……."

자살이라…….

재준은 또다시 서인이 떠올랐다. 그 공허한 눈빛과 슬픈 웃음, 핏기 없던 입술, 애처로운 목소리 그리고 아슬아슬하던 뒷모습.

'달라질 것 없다는 거. 돌아올 수 없다는 거…… 알고 있어요. 돈을 원한 게 아니라, 그 시간들…… 돌아올 수 없는 그 시간

들……. 그냥, 어쩌면…… 누군가가 필요했는지도 모르죠. 그 책
임을 물을 누군가……. 원망할 누군가……. 결국 나…… 때문
이라는 거 알고는…… 있었는데.'

결국 나 때문…… 이라.

여자에게 관심 없는 강재준이 그녀를 이렇게 계속 걸려 하는
이유를 알 것도 같았다. 그것도 자신의 이력에 오점을 남긴 여
자를.

설마, 불안하고 위태로워 보이더니만, 결국 그런 거였을
까…….

이 느낌은 태생적으로 감지할 수밖에 없는, 재준의 운명 같은
것이었다. 그의 어머니 덕분에 생긴 예감.

그는 모른 척 술을 마셨다. 하지만 그의 눈에 비친 그 아슬아
슬한 모습이 춤을 추듯 그를 괴롭혔다. 아니어야 할 텐데. 하지
만 불행한 예감은 언제나 맞지 않았던가. 서늘한 심장이 무겁게
내려앉더니 무섭게 뛰기 시작했다.

"제길."

재준은 자리에서 일어났다. 연거푸 마신 몇 잔의 술 때문일지
도 모른다. 그의 뇌리에는 오직 한서인이라는 그 여자의 공허한
눈빛밖에 남지 않았다.

지석이 부르는 소리가 들려왔을 땐, 재준은 이미 계단을 지나

고 있었다. 늘 숫자와 씨름하는 터라 전화번호 외우는 것은 일
도 아니었던 재준은 휴대폰을 꺼내 그녀의 전화번호를 거침없
이 눌렀다. 쓸데없는 오지랖이란 걸 알면서도 멈출 수 없는 일.
그의 인생에서 처음이었다.

2. 급락주

  텅 빈 방 안에 쓰러져 누운 서인은 배를 잡고 신음하고 있었다. 통증이 서서히 그녀를 휘청거리게 만들더니, 급기야 그녀를 쓰러뜨렸다. 아무래도 현실을 감당하기엔 충격이 너무도 컸나 보다.

  ……없어지길 바란 것은 아니었다. 그저 그녀 스스로가 살고 싶지 않은 마음을 품긴 했었다.

  혹시 늦은 걸까. 하복부로 흐르는 뜨거운 무언가가 그녀의 정신을 잠식시켰다. 허억, 허억, 하고 받은 숨이 토해져 나오는데도 여전히 아무 생각이 나지 않았다. 그러니까 이 고통은 신체에서 오는 것이 틀림없는데 어떤 일이 벌어지고 있는 건지 알고 있기에 정신이 더 아득해지는 거였다.

숨이 고르게 쉬어지지 않았다. 어떻게 해야 할지 생각도 나지 않았다. 서인은 정신을 차려보려고 애를 쓰며 휴대폰을 찾아 움직였다. 어디에 뒀더라. 하지만 찾는다 해도 연락할 사람이 없었다. 자신을 속인 남자에게 도움을 청할 만큼 멍청하지 않았다. 그런데 이상하게도 아침에 보았던 그 남자가 떠올랐다. 한심스럽게 자신을 바라보던 그 남자.

'……당신 전부? 어떻게 당신 전부를 맡겨놓고도 관심이 없을 수가 있지?'

그의 목소리가 흐르는 피처럼 뇌리에 퍼져들었다.

전부를 맡겨놓고도…….

알 수 없는 모멸감이 온몸을 뒤덮는다. 사실 돈이 문제가 아니었다. 그 남자를 찾아갔던 건 그저 자기 위안일 뿐이었다. 따져야 할 인간에게 따져 묻지 못한 것을 누군가를 붙들고 대신하고 있었던 것일 뿐.

하루아침에 전부였던 모든 것이 사라졌다. 내내 촉각을 곤두세우고 있다고 생각했지만 관심이 없었던 것처럼 아무것도 모르고 있었다. 속은 것도 속은 거라지만 자신이 이렇게나 바보인 건지, 이 정도로 멍청했는지 뒤늦게 알아차렸다는 생각에 살고 싶지 않다는 생각까지 들었다. 그런데, 살고 싶지 않은데, 도대체 왜 이렇게 억울한지. 지나온 시간이 통째로 사라진 것. 사랑도, 돈도, 꿈도 모두가 모래성처럼 스러진 것이 어찌나 억울한지 몰랐다.

그래서였다, 그를 찾아간 것은. 그렇게 말도 안 되는 투정을 부리려고 했던 것은 아니었지만 그의 이성적인 표정, 날카로운 눈빛, 정신 차리라는 듯 힐난하는 말들이 비수처럼 꽂혀 되레 매달리고 싶어졌다.

맞아요. 난 바보였어요. 그러니까, 이제라도 제발 다시 모든 것을 돌려놓을 순 없을까요.

모든 것이 아득해진다. 서서히 눈이 감기는데 멀리서 들려오는 벨소리 같은 것이, 문을 두들기는 소리 같은 것이, 강재준이라는 남자의 경멸 가득한 눈동자 같은 것이, 흐릿할수록 더욱 뇌리에 강하게 박히다 이내 점멸했다.

"임신하셨습니다."

서인은 조금은 당황한 눈빛으로 눈앞에 앉은 여의사를 바라봤다. 여의사는 미소를 짓고 있었다. 그 미소가 너무 온화해서 현실이 아닌 것 같았다.

"임신…… 이요?"

분명 얼마 전에 생리를 했었다. 주기도 조금 다르고 양도 달랐지만 어쨌든 분명했다. 그런데 몸이 영 이상했다. 같은 회사에 이제 막 임신한 동료가 있었기 때문에 비슷한 증세를 느낄때마다 불안했었다. 그래서 혹시나 싶어 써본 테스트기. 말도안 된다고 생각하면서 정말 그저 아니라는 걸 확인받기 위해 했던 테스트기였다. 그런데 두 줄. 무언가 잘못됐을 거란 생각으로 찾아왔는데 의사 역시 잘못된 말을 하고 있었다.

"제가, 얼마 전에 생리를 했었는데요."

명패에 적혀 있는 이름 앞에 명확하게 붙은 산부인과 의사라는 명칭을 다시 확인하며 중얼거리듯 말했다. 서인의 조심스런물음이 확인 사살을 받고 싶다는 얼굴인 줄 알았던 건지 의사는쐐기를 박듯 시원하게 대꾸했다.

"그런 경우도 종종 있어요. 우리가 흔히 생각하는 것보다는많아서 엄마들이 많이 놓치는 경우도 있고요."

엄마들, 이라는 말에 서인은 살짝 겁을 먹었다.

"하지만 저는 피임을 하고 있었는데요……."

"아이를 갖지 않으시려고 말이죠?"

"네. 아직은……."

"아이라는 게 참 이상해요. 그렇게나 기다리는 사람들한테는안 오고 안 된다고 하는 사람들에게는 오고. 인력의 문제가 아니더라고요."

"네에……."

"그래도 축하드려요. 어쨌든 아이는 축복이니까. 심장 소리를 활기차게 들으시려면 한 주 정도 더 지나야 할 것 같은데, 남편 분하고 같이……."

차트를 들여다보던 의사가 잠시 난감한 얼굴을 했다.

"미혼이시네요?"

"……네."

저도 모르게 죄지은 기분으로 대꾸하자 의사가 그럴 것 없다는 듯 더욱 시원하게 말했다.

"애인분한테 어서 가서 말씀하시고 축하받으세요. 나이도 찼겠다, 의외로 이렇게 결혼하는 분들도 계시더라구요."

결혼이라는 말에 서인은 웃어야 할지 말아야 할지 몰랐다. 눈치 없는 의사가 밝게 말했다.

"다음엔 애인분하고 같이 오세요."

"……."

"같이 만들었잖아요?"

문제될 것 없다는 듯이 의사가 미소를 지었다. 그 미소를 따라 서인도 그제야 미소를 지었다.

"네. 같이, 올게요."

"참. 임신 초기에는 잠자리도 조심하셔야 하는 거 잊지 말고요."

서인은 병원을 나와 조심스럽게 배 위에 손을 올렸다. 아이가, 생겼다. 용운의 아이가. 그렇게 생각하자 아까보다는 실감이 났다. 배를 살살 만지며 용운에게 아이의 존재에 대해 꺼낼 말들을 상상해 보자 벅참과 떨림이 그녀의 가슴에 가득 찼다. 워낙 잘해주던 사람이었으니, 함께 기뻐해 줄 것이다. 뱃속의 아이 때문에 둘의 관계가 더욱 돈독해지고, 반대한다는 용운의 어머니도 좋아해 주실지도 모른다. 그렇게 되면 결혼도 할 수 있을지 모른다.

서인은 용운의 전화를 걸었다. 전화벨이 울릴 때마다 마음이 서서히 벅차올랐다. 하지만 용운은 전화를 받지 않았다.

[퇴근 후에 잠깐 봐요.]

문자를 보내, 만날 약속을 잡은 서인이 병원 건물을 올려다보았다. 의사의 말이 생각났다. 이참에 결혼을 하게 될지도 모르지 않냐는 말. 뒤늦게 미소가 지어졌다. 어쩌면 정말로 가능해지려나. 아이가 결혼의 볼모가 되는 것은 원치 않았지만 어쨌든 용운과의 가정생활에 대한 꿈이 살아났다. 그러자 뒤이어 결혼 준비 같은 것들이 떠올랐고, 용운의 권유로 시작했던 주식이 어떻게 됐는지 생각났다. 제대로 살펴보지 못했는데, 어떻게 됐으려나.

서인은 회사 일을 마무리하고 가벼운 마음으로 카페로 향했다. 회사 업무를 하다가 피식피식 웃기도 했고, 카페로 가는 동안 출산, 임신과 관련한 상점들만 눈에 띄었다. 지나가는 임신부도 보였다. 전에는 보이지 않던 것들이 바로 눈으로 들어오다니 신기했다.

서인은 약속 장소인 카페에 먼저 당도했다. 남는 시간 동안 핸드폰을 통해 육아 관련 사이트를 찾아보았다. 각종 블로그의 아이들 사진이나 용품이 눈에 들어왔다. 누구누구의 '맘' 이라고 아이들의 태명을 붙인 회원들의 모습도 보였다. 언젠가 자신 역시 용운과 같이 지은 이름에 '맘' 이라는 단어를 붙일 것을 생각하니 괜히 웃음이 났다.

멀리서 용운이 다가오는 것이 보였다. 순간, 웃음이 멎고 묘한 기분에 사로잡혔다. 저 사람이 나의 남편이 되고, 내 아이의 아버지가 된다? 그게 당연할 텐데, 왜인지는 모르지만 혼자서만 너무 앞서 가지 말자고 무의식중에 스스로를 다스리고 있었다.

"뭐 해, 우리 예쁜이."

용운이 부르는 애칭에 서인이 고개를 들었다.

"왔어요? 늦을 줄 알았는데."

"우리 예쁜이 보고 싶어서 일찍 왔지."

"그런 호칭 쓰지 말라니까요."

"내 마음이지."

"남들이 욕해요."

"우리 둘만 좋으면 됐지 뭐가 문제야."

용운의 능청에 서인이 미소를 지었다.

서른다섯, 중견기업의 과장 민용운.

그를 처음 만난 건 그녀의 회사에서였다. 그녀는 서인이 다니는 회사의 거래처 사람이었다. 자신과 관련 있는 부서가 아니었기 때문에 직접적으로 거래할 일은 없었다. 그러나 오고 가며 눈인사 정도를 나누었고, 그러다 그가 적극적으로 다가오는 바람에 서인도 그를 눈여겨보게 되었다.

남자에게 빨리 빠져드는 타입이 아니었기에, 용운의 적극적인 대시에도 그녀는 아주 천천히 마음을 열었다. 훈훈한 외모라 주변에서 인기도 많고 맞선 주선도 많이 들어온다는 소문을 들었지만 그는 생각보다 그런 일이 없다고 그녀를 보며 멋쩍게 웃었다. 그렇게 만남이 서서히 이어졌고, 1년이 지난 근래에 잠자리를 하게 되었다.

"뭘 그렇게 보고 있어?"

용운이 휴대폰을 보고 있는 서인에게 물었다. 서인이 고개를 저었다.

"그냥, 기다리기 심심해서. 앉아요."

"아니. 나가자."

"벌써 나가요?"

"그래. 배고파. 밥이나 먹자."

팔을 당기는 용운을 보며 서인이 고개를 저었다.

"밥은 좀 있다가요."

"왜."

"할 말이 있어요."

"무슨 말?"

용운이 그녀의 옆으로 자리를 잡으며 어깨동무를 했다. 어떻게 말해야 할까. 그에게 할 말들을 떠올리자 가슴이 뛰었다.

"용운 씨."

"그래."

서인이 용운을 보며 어떻게 해야 할지 말을 골랐다. 용운이 그녀의 얼굴을 살피더니 서서히 얼굴을 굳혔다.

"뭔데 불안하게 이렇게 분위기를 잡아. 뭐, 돈…… 얘기야?"

"아뇨. 그냥……."

"그냥 뭐? 뭔데 그래?"

그녀가 미소를 지으며 용운을 가만히 바라봤다. 용운이 잔뜩 불안한 얼굴로 그녀를 바라보고 있었다. 왜인지는 모르지만, 문득 이 남자가 자신의 아이 아빠가 될 거라는 생각에 겁이 났다.

"뭔데 그래? 무슨 서프라이즈이기에 예쁜이가 이렇게 분위기를 잡는 거지?"

용운이 불안감을 감추며 그녀의 머리칼을 손가락으로 감아올렸다. 서인이 애써 미소를 지었다.

"서프라이즈 맞아요. 많이 놀랄 거예요."

그녀의 말에 용운이 미간을 좁혔다.

"뭔데, 설마 임신했다는 뭐, 그런 말도 안 되는 말은 아니지?"

어쩌죠. 우리 결혼 전에 엄마, 아빠 됐어요. 그렇게 말하려던 그녀는 잠시 주춤했다. 빤히 바라보던 용운이 그녀의 표정을 읽어낸 건지, 하던 행동을 멈추고 차가운 목소리로 다시 물었다.

"설마…… 그거야?"

"……."

"말해봐, 그거냐고."

"네, 맞아요. 임신했어요, 나."

그녀의 말에 용운이 상당히 당황하는 눈치였다. 그저 놀라서일 거라고 생각한 서인이 다시 한 번 말했다.

"당신 아이, 임신…… 했어요."

"말도 안 돼."

용운이 자리에서 벌떡 일어났다. 그러고는 믿을 수 없다는 듯 이마를 짚었다.

"용운…… 씨?"

"말도 안 된다고."

그의 태도에 놀란 서인은 아무 말도 하지 못했다. 당황을 감추지 못하며 중얼거리던 용운이 그녀를 바라봤다.

"말도 안 돼. 이건 정말 말도 안 된다. 어떻게, 그런……. 내 아이 맞아?"

"뭐…… 라구요?"

"그 애, 내 아이 맞냐고."

"용운 씨, 어떻게 그런 말을……."

서인이 미간을 좁혔다.

"그럼 누구 아이겠어요?"

"내가 묻고 싶은 말이야. 나는 수술받아서 임신 못……."

"수술이라뇨?"

서인이 놀란 눈으로 바라보자 뒤늦게 이성이 돌아왔는지 용운이 숨을 내쉬었다.

"잠깐만. 나 담배 한 대만."

용운이 다급하게 카페 밖으로 나가 담배에 불을 붙이는 것이 보였다. 서인은 놀라서 아무 말도 하지 못했다. 온갖 애정 표현을 마다하지 않던 남자의 급작스런 태도 변화. 이걸 어떻게 받아들여야 하는지 알 수가 없었다. 게다가 예전에 했던 말들이 모두 거짓말이었던 것처럼 말하는 그가 낯설어 견딜 수 없었다.

서인은 그저 용운이 너무 놀라서, 놀라서일 거라고 두려운 마음을 다독였다. 원치 않는다면 누구나 그럴 수 있다고. 하지만 알고 있던 성격까지 달라 보여 스스로를 다독이기가 쉽지 않았다.

카페로 들어온 그는 얼음물을 들고 다시 자리로 다가왔다. 소리가 날 만큼 물을 벌컥벌컥 마신 용운이 서인을 보며 차가운 표정을 지었다.

"저기 말이야."

망설이듯 입을 여는 용운이 낯설게 느껴졌다. 아니, 그 이상. 알 수 없는 혐오감이 밀려왔다.

"난, 아이는 싫어."

설마 했는데.

손에 땀이 났다.

"왜…… 요?"

"왜긴. 그냥 질색이니까 그렇지."

"질색…… 이라구요?"

"그래, 질색."

용운이 드러날 정도로 싫은 티를 냈다. 서인의 눈에 눈물이 핑 돌았다. 이게 남자친구의 실체가 드러나서인지, 아니면 그저 제 아이에 대한 거부 때문인지는 알 수 없었다. 그녀는 울지 않으려고 감정을 꾹꾹 눌러 담았다.

"그래서요?"

"그래서라니. 당연히……."

용운은 말을 하다 말고 창백한 서인의 손을 잡았다.

"있지, 있잖아. 우리, 우리 둘이 좋았잖아? 그냥 앞으로 이렇게 좋게 지내면 좋잖아."

"용운 씨……."

"우리, 아직 잠자리도 두 번밖에 안 했어. 고작 두 번이라고. 내가 당신한테 공을 얼마나 들였……."

용운이 한숨을 짓다가 이내 고개를 털었다.

"어쨌든! 앞으로 즐길 날이 얼마나 많은데 이 와중에 아이라니, 이게 말이 돼? 제발 잘 생각해 봐."

앞으로 즐길 날이라니. 잠자리를 말하는 걸까.

서인은 자신이 알던 용운과 지금 눈앞에 보이는 용운이 같은 남자인지 혼란스러웠다. 기분 탓인지 용운의 얼굴이 묘하게 달라진 느낌도 들었다. 1년 동안 선을 지키면서 신사적으로 굴던 민용운의 모습이 아닌 것만 같았다.

"설마 아이를 지우…… 라는 건가요?"

서인이 두려운 마음을 안고 조심스럽게 물었다. 하지만 그는 별일 아니라는 듯 웃음 지었다.

"서인아, 그렇게 비장한 얼굴 할 거 없어요. 그거 몇 주 안 됐잖아?"

"그거…… 라뇨. 지금 뱃속에 아이에 대해 얘기하는 건가요?"

"그래."

"그렇다구요?"

믿을 수 없어 서인이 반문했다. 용운이 한숨을 크게 내뱉었다.

"솔직히, 그건, 그건 그냥 세포지. 세포에 불과해."

세포라고?

"용…… 운 씨, 이렇게 잔인한 사람이었어요?"

서인의 몸이 떨려왔다.

"잔인한 게 아니라 현실이야. 우리 아직 결혼도 안 했어. 그런데 아이라니. 부모님이 아셔봐. 당신처럼 결혼 전에 몸 함부로 굴리는 여자는 안 된다고……."

함부로…… 라고?

용운이 그녀의 손을 잡고 흔들며 달래듯 그녀를 불렀다.

"서인아, 한서인."

그녀의 팔에 소름이 돋아났다.

"놔요."

"서인아."

"당신 이런 사람인지 몰랐어요. 이렇게 잔인하고 냉정한 사람인지."

"에이, 아이가 싫다는 거지 우리 아이가 싫다는 건 아니었어. 난 그냥 단지 당신 위해서 그런 거야. 몽땅 다, 당신 위해서! 나야 알지. 당신이 얼마나 도도한 여자인지. 근데 부모님들이 그렇게 생각할까? 얼마나 쉬운 여자라고 생각하겠어. 행여나 부모님한테 찍히고 평생 그런 소리 듣고 사는 거 좋지 않잖아. 게다가 아직 우린 결혼도 안 했고."

"할 거잖아요. 아니었어요? 당신 나 속인 거예요? 혹시 혼인
빙자 같은……."

"무슨 소리야. 나를 뭐로 보고."

"민용운 씨."

용운이 또다시 한숨을 푹 쉬었다.

"낳고 싶어? 그렇게나 낳고 싶은 거야? 너 그렇게 내 애가 낳
고 싶은 거냐고. 낳아봤자 너만 고생하고 힘들 수도 있어. 그런
데도 그러겠다고?"

용운이 불량한 말투로 물었다. 서인은 낭패감에 몸을 떨었다.
당연히 결혼의 수순을 밟을 것이고 당연히 아이를 낳을 거라고
생각했기 때문에 이런 질문, 이런 대답이 우스울 뿐이었다.

"그래, 여자들은 그렇게 애가 생기면 모성애가 옵션으로 붙더
라……."

모성애. 아직 그런 게 생길 여력이 되지 않았다. 하지만 용운
의 태도를 보자 그녀는 갑자기 그런 게 생기는 기분이었다. 그
녀는 그의 중얼거림을 무시하고 조용히 대꾸했다.

"다음 주에 심장 소리 들으러 가야 해요. 당신이 같이 안 가
면, 그냥 나 혼자 갈게요."

"무슨 소리야. 그건 아니지. 우리 일인데. 같이 가자. 응? 같
이. 어, 잠깐만."

용운이 어딘가에서 전화가 걸려온 듯 옷 주머니에서 휴대폰을 꺼내 들고 밖으로 나갔다. 그런 용운의 모습을 바라보던 그녀는 기가 막혀 숨이 제대로 쉬어지지 않았다.

그저 갑작스러운 사건으로 싸우고 있는 건지도 몰라. 우리 한 번도 싸운 적 없었으니까.

서인은 어떻게든 그를 좋게 보려고 노력했다. 다시 들어온 용운이 미안한 표정을 지었다.

"회사에 급한 일이 생겼다네. 어쩌지? 저녁 같이 못 먹겠다."

"어차피 지금은 저녁 먹고 싶은 생각 없어요."

"그래도 잘 먹어야지. 몸이 그런데. 데려다주지 못해서 미안하네. 전화, 할게. 나 먼저 간다."

머뭇머뭇 거리던 용운은 서인을 힐끗 보더니 밖으로 나갔다. 뒤도 돌아보지 않고 가는 모습이 어쩐지 영영 못 볼 것 같은 느낌이었다. 하지만 용운도 생각할 시간이 필요할지도 모른다고 생각했다. 워낙 큰 사안이라 의견 차이가 생길 수도 있고, 갑자기 일어난 일이니 충분히 당황할 수 있다고. 그렇게 생각하려 했다. 하지만 예감은 틀리지 않았다. 그 이후, 용운에게서 연락이 없었다.

기다렸다.

평소 자신이 하기도 전에 그가 먼저 연락을 했던 터라 그의 생활에 지장을 주고 싶지 않았다. 또 갑작스럽게 생긴 아기 때문에 그의 부모에게 얘기를 해보려고 하다가 문제에 부딪힌 걸 수도 있지 않을까 하는 막연한 기대도 하려 애썼다.

아기 심장 소리를 들으러 가는 날까지 서인은 그렇게 자신이 만났던 남자를 믿으려 애썼다. 아이를 생각해서라도 그 남자를 나쁘게 생각하지 않으려 무수히. 하지만 사흘 나흘이 지나도 연락이 없자 불안해지기 시작했다. 병원에 갈 날짜는 다가오고 이러다가 영영 그와 연락이 닿지 않을 것 같았다.

서인은 더 이상 참을 수가 없어져 연락을 시도했다. 돌아오는 목소리는 연결이 되지 않는다는 감정 없는 여자의 목소리뿐이었다. 문득 눈앞이 캄캄해졌다. 생각해 보니, 그가 어디에 사는지도 알지 못했다.

보통 남들이 하는 영화 보기나 레스토랑 식사 같은 평범한 데이트를 해왔고 돌아가는 길엔 그가 꼭 차로 데려다주었다. 자주 만난 것은 아니었지만 1년이 다 되어가는 시간 동안 그렇게 지냈기에 그가 사는 동네가 어디라는 얘기만 들었지, 사는 곳을 가본 적은 없었다. 몇 번의 기회가 있었어도 용운은 그런 곁은 내주질 않았다. 회사 위치는 알고 있었지만 지사에 있다가 몇 개월 전에 본사로 들어갔다는 말을 들은 터였다. 남들이 들으면 어떻게 그렇게 바보 같을 수 있냐고 할 만한 일이 눈앞에서 벌어졌다.

자신이 알던 민용운은 진짜 민용운의 몇 퍼센트 정도였을까.

고심하던 서인은 생각 끝에 그의 회사와 거래했던 다른 부서의 양 대리를 찾아갔다. 비록 한참 전이었지만 양 대리가 급한 서류를 받기 위해 그의 집에 한 번 찾아간 적이 있었던 걸 기억해 낸 것이다. 이상하게 보일 거라는 걸 알지만 양 대리를 찾아가 우연히 길에서 용운을 보았고, 그가 물건을 떨어뜨린 게 있어서 찾아주려고 한다는 핑계를 댔다. 양 대리는 딱히 예민하지 않은 편이었기에 대수롭지 않게 주소를 찾아주었다.

주소를 받자마자 그녀는 당황할 수밖에 없었다. 주소가 알고 있던 동네와는 전혀 달랐다. 완전히, 완전히 다른 곳. 다리에 힘이 풀리는 기분이었지만 어쩌면 어떤 사정이 있을지도 모른다고 여기며 섣부른 판단을 자제했다. 뱃속의 아기 때문에 더 절망스러웠지만 그렇기에 더욱 정신을 차려야 했으므로.

서인은 차라리 아니길 바라면서 양 대리가 알려준 주소로 찾아갔다. 이제껏 오피스텔에서 지냈던 용운의 집은 도심 속 전원주택이었다. 정원이 딸린 예쁜 2층집. 차고가 딸려 있는 큰 집이었다.

양 대리가 주소를 잘못 준 것이 아니라면 부모님이 계시는 그의 본가가 아닐까 하는 생각을 했다. 그 외에 다른 생각은 들지도 않았고, 하고 싶지도 않았다. 초인종을 누르려던 서인은 두려움에 휩싸여 쉽사리 그러질 못했다. 잠시 서 있던 서인은 주변에서 용운이 지나가지 않기를 바라며 기다리기로 했다.

그렇게 한참, 다리가 뻐근해질 정도로 서인은 서 있었다. 그러나 집에서는 아무도 나오지 않았다. 사실 나온다 해도 그의 부모 얼굴을 아는 것도 아니고, 이렇게 해서 용운을 만날 수 있을지 확신할 수가 없었다. 바보같이 앉아서만 기다리지 말자, 하고 찾아 나선 건데 괜한 짓이었던 것 같았다. 차라리 다행이라고 생각했다. 정말 다행이라고.

그를 믿고 좀 더 전화를 기다려야겠다고 생각한 그녀는 미련 없이 돌아섰다. 아니, 돌아서려 했다. 그런데 대문 앞에서 익숙한 목소리가 들려왔다.

"아빠!"

"그래, 우리 예쁜 딸."

서인은 재빨리 벽 코너로 숨었다. 잠시 후 대문이 열리고 사람들이 나왔다. 아니라고 부정하고 싶었지만 용운이 서 있었다. 그것도 다섯 살 정도의 여자아이를 안고.

"자기야, 뭐 해. 애기 안아줘야지."

"네, 네, 사모님."

용운이 다섯 살 아이를 내려놓고 아직 붓기가 빠지지 않아 살집이 꽤 있는 여자에게서 아기를 받아 안았다. 십 개월도 안 된 아이 같았다. 용운이 비밀번호를 눌러 차고 문을 열자 이번엔 일곱 살 쯤 되어 보이는 남자아이가 "아빠, 나 먼저 탈래." 하고 소리치는 것이 보였다.

서인은 심장이 멎은 듯 그대로 멈춰 서 있었다.

어떻게, 이런, 일이…… 어떻게…….

그녀는 곧 다리에 힘이 풀렸다. 지탱할 수가 없어 서인은 그대로 푹, 하고 주저앉고 말았다. 분명히 아빠라고 했다. 아내로 보이는 여자가 남편에게 '자기'라고도 했다. 아이가 셋. 결혼한 남자.

유부남……!

서인의 온몸이 떨려왔다.

'나는 수술받아서 임신 못…….'

'피임, 안 한 거야?'

'여자가 칠칠치 못하게.'

'난, 아이는 싫어.'

'있지, 있잖아. 우리, 우리 둘이 좋았잖아? 그냥 앞으로 이렇게 좋게 지내면 좋잖아.'

'우리, 아직 잠자리도 두 번밖에 안 했어. 고작 두 번이라고. 내가 당신한테 공을 얼마나 들였는데……. 어쨌든, 앞으로 즐길 날이 얼마나 많은데 이 와중에 아이라니, 이게 말이 돼? 안 그래?'

'그거 몇 주 안 됐잖아?'

'그건 그냥 세포지. 세포에 불과해.'

'나야 알지. 당신이 얼마나 도도한 여자인지. 근데 부모님들이 그렇게 생각할까? 얼마나 쉬운 여자라고 생각하겠어. 행여나 부모님한테 찍히고 평생 그런 소리 듣고 사는 거 좋지 않잖아. 게다가 아직 우린 결혼도 안 했고.'

　그가 했던 말들이 머릿속을 스쳐 지나갔다. 서인은 신중한 성격이었다. 남에게 함부로 군 적 없었고 일부러 누군가를 만나고 싶어 웃음을 흘리고 다닌 적도 없었다. 결혼에 목을 맨 것도 아니었고 용운 없이 못 살 정도도 아니었다. 그저 그녀는, 누구나 하는 평범한 연애를 했던 것이었다. 그런데 상대는 자신을 까마득히 속이고······.

　그녀는 믿을 수 없었다. 어떻게 이런 일이 일어날 수 있는지, 어떻게 눈을 뜨고 코를 베이는 이런 상황을 자신이 겪을 수 있는지.

　서인은 고개를 들어 그가 아이들을 건사하며 차에 태우는 모습을 지켜보았다. 자리에서 일어나 당장 가서 그의 뺨이라도 쳐주고 싶었지만 그럴 수가 없었다. 힘이, 힘이 나지 않았다. 도무지 어째서 자신에게, 어떻게 이런 일이 생긴 건지 이해할 수가 없어 아무것도 할 수가 없었다.

　서인은 한참 동안 그 자리에 앉아 있었다. 눈물조차 나지 않았다. 1년을 도둑맞은 줄도 모르고 살아왔던 자신이 하도 기가 막혀서 아무 생각도 들지 않았다. 한참 만에야 집에 돌아온 서인은 그대로 기절하듯 잠에 빠져들었다.

며칠이 지나서야 서인은 정신을 차릴 수가 있었다. 아니, 정신을 차렸다기보다 그저 더 밑바닥이 없을 거란 생각이었다. 사랑에 속은 배신감에 목숨을 내던지거나, 인생을 파멸시키기에는 서인은 이성적이고 냉정한 편이었다. 물론 그래서 이 상황이 더 힘들긴 했다. 인생을 살면서 사랑에 끌려 다니는 숙맥의 여자들이 남자에게 목매며 사기당하고 배신당하는 모습을 보면서 어리석다는 생각뿐, 자신이 그런 일을 당할 거라고는 생각해 본 적도 없었다. 그런데 누군가 작정하고 속인다면 안 될 것도 없는 모양이었다.

뒤늦게 생각해 보니, 용운이 매너라는 탈을 쓰고 얼마나 자신과 잠을 자기 위해 애를 썼는지 알 것 같았다. 쉽게 넘어오지 않자 온갖 달콤한 말들과 선물들을 제공했고, 그래도 넘어가지 않자 부모를 핑계로 모성애를 자극하는 말들을 했던 것도.

그녀는 그의 행동 모두가 사랑이라고 생각했다. 사랑은, 그런 거라고. 누가 그런 것으로 거짓말을 할까 싶어서. 그런데⋯⋯.

서인은 고민할 시간이 많지 않았다. 뱃속에 아이가 자라고 있었다. 멍청한 엄마 때문에 생긴 아이를 지울 수도 없었고, 사랑하지 않는 아이를 키울 수도 없었다. 서인의 마음은 여러 갈래로 갈라지며 고통을 자아냈다. 하지만 결론은 하나.

아이에겐 죄가 없었다.

그녀는 적금을 깨고 용운의 권유로 시작했던 주식을 살피기 시작했다. 그런데 그와 관련된 일이라면 모두 엉망이었다. 주식은 반 토막도 아닌 깡통을 차기 일보 직전.

세상에…….

더 밑바닥이 있었다. 그녀가 모았던 돈이 모두 사라진 것.

그동안 살아왔던 정상적인 삶이 한 남자로 인해 와르르 무너졌고 아무것도 돌이킬 수 없었다. 누군가에게 원망을 해야 했지만 찾을 수가 없었다. 결국은 자신밖에 원망할 수가 없다는 걸 아니까. 그래서 강재준이라는 남자를 찾아갔다. 모든 걸 돌려달라고. 원래의 삶으로. 원점으로. 하지만 그는 차갑게 제 삶을 일갈했다.

'어떻게 당신 전부를 맡겨놓고도 관심이 없을 수가 있지? ……그렇게 방관하고 이제 와서 돌려달라고?'

관심이 없는 게 아니라 믿은 거였어요.

방관한 게 아니라 속은 거였어요.

재준을 만나고 돌아오는 길에 서인은 수없이 생각했다. 하지만 재준은 모든 책임이 그녀에게 있음을 거듭 상기시켜 주고 있었다. 어쩌면 그 말을 듣고 싶었는지도 모른다. 결국 제 인생의 책임은 자신만이 질 수 있다는 것. 사랑도 돈도 미래도 자신이 아니면 그 누구도 책임져 주지 않는다는 것.

어느덧 아름다웠던 세상은 미치도록 버리고 싶은 세상이 되고 말았다. 재준을 만나고 돌아온 서인은 그 밤, 극심한 스트레스로 배의 통증을 이기지 못하고 그대로 쓰러졌다.

뿌연 세상 앞으로 한 남자가 보였다. 누군지 모르지만 잡아야 한다는 생각이 들었다.

"도…… 와…… 주세요……."

서인은 남자의 손을 잡았다. 그 손이 참 단단하고 따뜻해 눈물이 쏟아질 뻔했다. 서인은 고통으로 까무러치며 그대로 눈을 감았다.

3. 하락세

"무슨 일입니까!"

하복부의 피를 본 의사와 간호사들이 들것에 실려 들어오는 서인을 둘러싸며 재준에게 물었다.

무슨 일이냐고?

재준 역시 무슨 일인지 알고 싶었다. 약을 먹은 건지, 무언가에 몸을 부딪쳐 다친 건지 아무것도 아는 바가 없었다. 아는 것이라곤 그녀가 피를 흘리고 쓰러져 있었다는 것뿐.

잘 알지도 못하는 사이지만 그녀가 전화를 받지 않는 건 익히 알고 있는 일이었다. 몇 번의 전화 끝에 그는 돌아서려고 했다. 하지만 어쩌면 그녀의 번호가 이미 바뀌었거나 애초에 그녀의 번호가 아닐 수도 있다는 생각이 머리에 스쳤다. 그런데 그 생각을 하자 이상하게도 더욱 불길한 기운이 느껴졌다. 그의 감이 한 번도 틀린 적이 없었던 것이 이 순간 미치게도 짜증이 났다.

그는 선택의 여지없이 택시를 잡아 그녀의 집으로 향하기 시작했다. 사실 안 좋은 일이 벌어졌다 해도 자신이 굳이 나설 이유도 없었다. 그런데도 그는 그녀에게 가는 중이었다.

도심의 주택가. 그리 멀지 않았다. 재준은 자신의 느낌을 믿고 그녀를 찾아갔다. 초인종을 눌렀지만 대답이 없었다. 아무리 불길한 기운을 느꼈기로서니, 낯선 여자에게 해본 적 없는 오지랖. 강재준으로선 선을 많이 넘긴 일이었고 이 정도면 한계가 아닐까 싶었다.

하지만 여기까지 와놓고 돌아설 순 없는 일이었다. 그녀의 집이 아닐 수도 있었고, 그녀가 별일 없이 멀쩡할 수도 있었다. 그러니 대답이 없으면 그대로 돌아서면 그만이라고 생각했다. 그것만 확인하면 된다, 싶었다. 그런데 노크를 하기도 전에 심장이 철렁하고 내려앉았다. 문이 열려 있었던 것이다. 강재준에게 있어서 설마 하는 일들은 늘 현실이 되곤 했고 여지가 없었던 것이다.

재준은 조심스럽게 문을 열었다. 그녀의 이름을 불렀지만 아무 소리도 들려오지 않았다. 그는 더 이상 망설이지 않았다. 재준은 확신했다. 익숙한 일이 몇 번, 그에게 있었다.

재준은 그대로 집으로 들어갔다. 작은 집이었다. 워낙 깨끗한 성격인지 집은 사람이 사는 집 같지 않았다. 조심스럽게 둘러보는데 아무것도 없었다. 안도의 한숨을 내뱉으려는데 희미한 신음 소리가 들렸다. 소리가 나는 쪽으로 걸어가니, 보기에도 섬뜩한 피가 보였다. 그리고 짐 앞으로 쓰러진 그녀가 눈에 들어왔다. 한서인. 많은 양은 아니었지만 분명히 피를 흘린 채로.

그래, 피.

피!

재준을 미치게 하는 지긋지긋한 피!

"환자분 성함이 어떻게 되나요?"

그가 고개를 들었다. 간호사가 다그치듯 물었다.

"환자분 성함 모르세요?"

"한서인."

그가 그제야 입을 열었다.

"한서인입니다."

질문한 간호사가 침대 앞 보드판에 거침없이 이름을 적고 사라졌다. 응급실 특유의 신음 소리들이 귀를 찔렀다. 잠시 후 의사가 다가왔다.

"한서인 씨 보호자 되시나요?"

재준이 살짝 고개를 끄덕였다.

"환자분이 피를 너무 흘려서 바로 수술실로 들어가야 할 것 같습니다. 보호자 사인이 필요합니다. 응급실 원무과에서 수속을 밟으시죠."

"수술이라니. 환자가, 위험한 겁니까?"

"아직 정확한 내용은 확인해 봐야 알 것 같습니다."

피곤에 전 얼굴임에도 의사는 꽤나 친절히 답했다. 재준은 간호사의 안내에 따라 하라는 절차를 따랐다. 신상정보란에 거침없이 그녀의 신상정보도 적었다. 그녀의 이름, 전화번호, 주소. 모두 신상명세 전산 시스템에서 본 것들이었다. 하지만 주민번호가 문제였다. 재준은 그녀의 신상정보를 기억하려 애썼다. 나이를 보기위해 주민번호를 살피긴 했지만 전부 본 것이 아니라 기억하지 못했다.

"저, 주민번호를⋯⋯."

"한서인 환자 보호자분이시죠?"

때마침 간호사가 그녀의 소지품을 챙겨두라며 비닐봉지를 건넸다. 안에는 그녀의 지갑과 목걸이, 핸드폰이 들어 있었다.

"나머지 큰 외투나 신발은 침대 밑에 두었습니다. 이따가 확인해 보세요."

간호사는 대답을 들을 것도 없이 사라졌다. 제일 먼저 휴대폰이 눈에 들어왔다. 순간 전화번호를 확인해야겠다는 생각이 들었다. 그는 빠르게 자신의 번호를 입력하고 발신버튼을 눌렀다. 그의 핸드폰으로 울리는 번호는, 자신이 알던 번호와는 다른 전화번호. 만약 번호가 바뀌었다면 재준은 다른 이의 번호로 주식을 팔아야 한다고 열심히 연락을 했던 것이다.

"멍청하긴."

생각하니 너무도 단순한 이유였다. 그리고 가장 타당한 이유였다. 너무 바빠서 오천만 원의 고객을 소홀히 했던 것이 자신에게 흠집이 되고 말았다.

"주민번호 모르세요?"

원무과 직원의 말에 그는 상념에서 벗어나 그녀의 지갑을 살폈다. 신분증이 꽂혀 있었다. 지갑에서 주민등록증을 꺼낸 그는 서인의 나머지 신상을 기록했다.

하루아침에 그는 그녀의 보호자가 되었다. 아무 인연이 없는 여자의 보호자가 되기까지 불과 몇 분도 걸리지 않았다. 원무과 직원이 그를 이상한 눈으로 바라보는 듯했지만 개의치 않았다. 재준은 간단히 절차를 마쳤다.

그녀의 소지품이 있는 곳으로 다가가니, 간호사가 무언가를 건넸다.

"수술 끝나면 연락드리겠습니다. 피가 많이 묻으셨는데 알코올을 드릴 테니 닦고 오시죠."

재준은 손을 씻기 위해 세면대로 가서 물을 틀었다. 거울 속에 비친 제 얼굴이 보였다. 순간 그 얼굴 위로 어머니의 얼굴이 떠올랐다. 아버지를 향한 끊임없는 구애, 진심이 없이 단지 아버지의 눈길을 끌기 위한 자살 시도들. 사방에 흩어져 평생 가도 지워지지 않을 트라우마를 남긴 피. 아무것도 모르던 어린 재준의 공포. 그의 어린 시절 기억의 대부분이 그랬다.

"그래, 저, 뭐, 교통사고래. 울지 말고. 다친 데가 머리라는데 그 이상 말을 안 해. 낸들 알아! 의사가 말을 안 하는데 어떻게 하라고! 지들이 뭘 알겠어? 까봐야 알지! 불쌍한 내 새끼는 무슨! 아직도 정신 못 차리고 음주운전이나 하는 놈을! 울지 마. 찔찔 짜는 꼴 듣기도 싫어. 에이 샹!"

화장실 안으로 들어오며 소리소리 지르며 말하던 남자의 목소리가 멈췄다. 떨리는 목소리와 충혈된 눈으로 봐서 남자는 곧 눈물이 터질 것 같은 얼굴이었다. 곧 화장실 안까지 누구의 보호자를 찾는 간호사의 음성이 들렸다. 긴박한 낌새에 전화를 끊은 남자가 후다닥 뛰어나갔다.

'한서인 씨 보호자 되시나요?'

보호자라니. 그는 그녀와 아무 연관이 없는 사람이었다. 굳이 하나 있다면 그저 그녀의 주식을 운영해 주던 브로커였을 뿐. 그리고 그녀의 주식이 더 이상 제 가치를 하지 못하게 되면서 더더욱 연관이 없어졌다. 더욱이 그녀에게 말했다시피 그녀의 재산을 잃은 것에 대한 책임도 없는 사람이었다. 그런데도 그는 그녀의 보호자가 되어 있었다. 원인을 따져 보자면 말도 안 되는 그의 과거 때문에. 그 끔찍한 기억이 그녀와 자신을 연결해 주고 있었다. 그녀가 자살 시도라도 했다면, 엄청난 악연쯤 된 거겠지.

"으아아아아아!"

화장실 밖에서 괴성이 들려왔다. 금방 전에 화장실에서 통화를 하던 남자의 음색이었다. 고통과 슬픔에 가득 찬 목소리. 음주 운전을 했던 아들이 죽은 모양이다.

죽음은 그랬다. 죽었구나, 하는 무심한 생각. 타인의 죽음이란 늘 그렇게 짧은 여운이 담긴 한 문장이었다. 재준에겐 여운마저도 없는 것이었다. 하지만 어머니는 그걸 몰랐다. 그걸 몰라서, 그런 바보 같은 짓들을 해댔다.

아버지에게 어머니는 타인에 불과했다. 이미 버려진 여자가 죽든 말든 그건 아버지가 상관할 바가 아니었다. 그런데도 어머니는 지긋지긋한 연극을 계속했다. 마치 이제 가진 것이라곤 피밖에 없다는 듯이.

통곡과 사람들의 웅성거림 속에서 기계음이 들렸다. 자신의 휴대폰 소리였다. 지석일 것이다. 갑자기 뛰쳐나갔으니 궁금하겠지. 재준이 그제야 정신을 차렸다. 하지만 양복을 더럽히기 싫어 전화를 받지 않았다.

재준은 마저 손을 씻었다. 옅지만 붉은색을 띤 물이 세면대

구멍으로 빨려 들어갔다. 그 모습을 물끄러미 보던 그는 수차례 비누 거품을 만들어 손을 씻었다. 하지만 여전히 씻기지 않는 기분이었다. 피는 원래 비누로도 잘 씻기지 않는 혐오적인 액체였다. 그런데 이번엔 더 고약한 기분이었다.

한참 만에 손에 묻은 혈색을 지우고 알코올을 들이부었다. 싸한 알코올 향이 코끝을 자극했다. 정신이 바짝 들 정도로 직접적이고 투명한 냄새. 순간 모든 것이 씻겨 나가는 기분이었다. 아마도 그가 접했던 알코올 중에 가장 센 알코올이리라.

손을 다 씻은 재준은 화장실을 나와 시각을 확인했다. 지석과 술 약속이 없었다면 시황이나 시세 전망을 계획하고 있을 시각이었다.

"한서인 환자 보호자분!"

좀 전에 환자를 잃은 보호자를 찾는 목소리와 같은 목소리가 들려왔다. 평온하려고 했지만 순간적으로 든 긴장을 어쩌지 못했다. 재준은 그대로 굳어버렸다.

"한서인 환자 보호자분 맞으시죠?"

자신에게 알코올을 건넨 간호사보다 조금은 더 어려 보이는 간호사가 다가와 물었다. 그가 짧게 고개를 끄덕이자 간호사가 차트를 확인하고 상냥한 투로 말했다.

"수술은 마쳤고 중환자실로 가보세요."

중환자실이라는 말에 동요가 비쳤는지 간호사가 말을 좀 더 보탰다.

"입원실이 바로 나질 않아서요."

"저기."

돌아서는 간호사를 재준이 불러 세웠다.

"환자는 무사한 겁니까?"

"네. 환자분은 무사하세요."

"생명에 지장 없이?"

간호사가 조금은 곤란한 표정을 지으며 고개를 끄덕였다. 그렇다면 그가 더 돌보거나 그녀를 찾아가 살필 이유는 없었다. 이해하지 못할 그의 오지랖을 인도주의적 차원이라 치자고 다독인 참이라 더 이상 선을 넘기고 싶지 않았다. 그녀가 괜찮다면, 그저 돌아가면 되리라. 그는 미련 없이 돌아섰다.

"저, 아기는…… 안타깝게 됐습니다."

등 뒤로 들리는 간호사의 말에 그가 걸음을 멈췄다.

"뭐라고 했습니까."

"태아는 사망했습니다. 유감이에요."

그의 얼굴이 일그러졌다.

뱃속에 아이가 있었다고?

재준이 주먹을 쥐었다. 아이를 가진 여자가 대체 무슨 짓을 한 것인가.

아이를 키우는 제 어머니가 스스로 무슨 짓을 하고 사는지도 모르며 그를 고통으로 몰아갔던 일, 그걸 떠올리고 싶지 않았지만 어쩔 수 없었다. 그는 화가 났다. 어머니를 업고 병원에 올 때마다 가슴을 졸이고, 생명에 지장이 없다는 말을 듣고 돌아가던 그날들처럼.

그는 중환자실로 향했다.

서인은 멍하니 천장을 바라보고 있었다. 낯선 천장이었다. 아직 다 뜨이지 않은 눈으로 여기가 어딘지 알아보기란 힘든 일이었다. 다만 병원이 아닐까 짐작했다.

집이었던 것 같은데…….

무슨 일이 일어났는지 되짚어보던 서인이 번쩍 눈을 떴다. 그제야 그 많은 일정 속에 용운이 더 이상 존재하지 않는다는 걸 알았다. 민용운. 그는 서인이 알던 남자가 아니었다. 사기꾼. 그저 여자의 몸을 탐하던 더러운 남자.

서인의 마음이 아파왔다. 결벽증 수준의 깔끔한 여자가 보기 좋게 더러운 꼴을 보게 된 건 아무것도 아니었다. 사랑했던 사람과의 신뢰가 무너진 것도 아닌, 애초에 없는 것이라는 게 믿기지 않았다.

고통이 밀려오는 것만 같았다. 잘못은 민용운이라는 남자가 했다 해도 결국 사람들은 자신이 멍청했다고 손가락질을 하겠지. 자신마저도 자신을 그렇게 비난할 수밖에 없었다. 서인은 잊어보려 애쓰며 고개를 돌렸다.

병원.

짐작대로 병원이었다. 그러고 보니 몸이 꺼림칙할 정도로 무거웠다.

무슨 일로 여기에 와 있는 거지?

서인은 끊긴 기억의 가장 마지막을 더듬었다. 급격한 통증이 몸을 뒤덮었던 것이 기억났다.

그렇지만 어떻게 병원에…….

시간이든 공간이든 무언가가 갑자기 바뀐 기분이었다. 말도 안 되지만 혹시나 그렇다면 1년 전쯤으로 돌아가면 좋겠다고 생각했다.

"어머, 깨셨어요?"

서인이 꿈틀대는 것이 보였는지 간호사가 다가왔다.

"좀 어떠세요?"

"괜…… 찮아요. 그런데 어떻게 여길…….”

"다행이네요. 피를 좀 많이 흘리셔서 걱정했거든요."

"제…… 가요?"

목소리가 잘 나오지 않았다. 간호사가 상황을 안다는 듯 고개를 빨리 끄덕여 주었다.

"잠시만 기다리세요. 보호자분 불러 드릴게요."

보호자?

설마 아버지가 온 건가. 시골에 계실 텐데. 아니면 혹시, 민용…… 운?

미련의 뒤끝이 쓸데없는 생각을 불러일으켰다. 그럴 리 없다, 그건 싫다, 하면서도 용운의 이름을 떠올렸다. 바라는 것이 아니었다. 그저 습관적으로 떠올랐을 뿐이다. 그녀는 부디 용운이 아니길 바랐다. 용운이 와서 거짓말하는 것을 더 이상 견딜 수 없을 것 같았다. 적어도 그녀가 알던 민용운의 마지막 모습은 아이 셋 딸린 유부남이 아니라, 그저 여자친구의 갑작스런 임신 소식에 겁이 나 도망가 버린 비겁자의 모습으로 기억되는 것이 차라리 나았다.

그런데 아이는……?

서인의 눈앞으로 남자가 섰다. 키가 크고 건장한 체격의 남자였다. 눈매가 서늘하고 코가 반듯해 날카로운 인상을 주는 남자. 낯선 남자이지만 이 남자가 누군지 알고 있었다. 강재준. 자신의 주식을 담당하던 남자.

"당신은……."

그의 눈빛에 순간 모든 게 마비되는 기분이었다. 아무 말도, 어떤 생각도 하지 못하고 그의 눈을 가만히 바라봤다.

뭘까, 이 기분은. 그를 처음 본 증권회사 비상구에서도 그랬다. 그에게서 강렬한 무언가가 느껴졌었다. 하지만 그걸 무어라 설명하기는 어려웠다. 그저 그동안 보았던 사람들에게서는 느껴본 적 없는 기분을 느꼈다고밖에 할 수 없었다. 그런데 어떻게 이 남자가 여기 있는 걸까. 자신의 안일한 태도를 대놓고 비난하던 남자가 병문안도 아닌, 한서인의 보호자로.

"죄책감…… 인가요?"

이해할 수 없었기에 자신도 모르게 그렇게 물었다. 자신의 재산을 날려 버린 것에 대한 죄책감이냐고. 아니, 질문이 틀렸다. 그에겐 책임이 없었다. 죄책감이란 것은 책임이 필요한 사람에게 물어야 하는 것이었다. 적어도 그에게는 할 질문이 아닌 것 같아 피식, 웃음이 났다. 그게 못마땅하다는 듯 그의 얼굴이 일그러졌다. 지금 웃음이 나오냐는 표정.

"무슨 짓을 한 겁니까."

'아이에게'라는 침묵의 소리가 차갑게 그녀의 가슴을 찔렀다.

"대체 무슨 짓을 했기에."

재준의 서늘한 목소리가 끊긴 기억의 끝부분을 완전히 떠올릴 수 있게 했다.

낮부터 뭉근하게 배가 아파왔다. 하지만 통증에 예민해질 수 없었다. 이미 서인의 인생이 칼날처럼 불안한 상태였다. 가슴이 베여 더 이상 그 어떤 것에도 예민해질 수 없는 상황. 아이가 보내는 신호를 알지 못했다. 결국은 피가 터졌고 까무러쳤다.

그 마지막에 이 남자의 얼굴이 있었다. 지금과는 다른, 걱정스러운 눈빛을 하고 있는 남자의 얼굴이. 그건 그냥 꿈일 거라고 생각했는데. 꿈이 아니었던 걸까. 대체 이 남자가 어떻게……. 그렇다면 아이는…….

아이가 잘못됐을 거란 생각이 들었지만 겁이 나 입이 떨어지지 않았다. 그런데 남자의 표정으로 이미 상황을 알 것 같았다. 그는 화가 나 보였다. 무서운 눈빛이었다. 자신을 미워하는 눈빛. 비난하고 짓밟아주고 싶은 눈빛. 꽤나 섬뜩해 겁을 일으키는 눈빛. 마치 아이 아버지라도 되는 것처럼.

사정도 모르는 남자가 제 일로 화를 내고 있었다. 아이를 엄청나게 기다렸던 다정한 사람이라도 이럴 때 저런 표정은 짓지 못할 것 같았다.

아이가, 사라졌구나.

심장에 통증이 일었다.

"아이를 가진 여자가 어떻게 죽을 생각을 할 수가 있지?"

죽을 생각?

죽을 생각을 안 해본 것은 아니었다. 하지만 행동으로 옮길 만큼 의지가 없었다. 용운을 죽을 만큼 사랑한 게 아니었기에, 그렇게 빨리 모성애가 여물 정도로 아이와 오랜 시간을 보낸 것도 아니었기에.

다만 자신이 이렇게 허무하게 누군가에게 속을 수 있다는 사실만이 그녀를 힘들게 했다. 사랑을 이용해 제 몸을 탐한 민용운보다 멍청하고 바보 같은 여자라는 사실을 깨닫게 한 민용운이 미울 뿐이었다. 그러나 재준은 오해를 하고 있었다. 그녀는 죽으려 한 게 아니었다. 하긴, 그의 입장에서는 그럴 만도 할까. 전 재산을 잃었다는 걸 알았고, 자포자기하듯 바닥에 쓰러져 있었으니 그럴 만도 하겠지.

"정말 엉망진창인 여자로군."

멍청한 한서인. 남자에게 놀아난 것도 모르고 기꺼이 사기꾼에게 놀아나 준 여자. 자신은 그런 엉망진창인 여자였다. 그러니 그의 말을 부정할 수는 없다. 하지만 그렇다 해도 당신이 상관할 바 아니라고 당당히 대꾸해야 하는데 그의 눈빛에 입이 떨어지지 않는다.

어쩌면 더 듣고 싶은 것은 아닐까. 왜 자신의 인생이 걸린 일에 관심을 두지 않았냐고. 왜 다른 이에게 제 삶을 맡기고 잘 돌아가고 있다고 여긴 거냐고. 비난을 받아 죄책감을 덜어내고 싶은 것, 혹은 슬픔에 잠겨 있는 건지도 모르겠다. 지금 이 순간 어느 하나, 아이의 죽음을 애처로워해 줄 사람이 없다는 것이 안타까워서. 엄마가 될 뻔한 자신마저도 해주지 못한다는 것.

"좀 더 자고 싶어요."

묵념. 단 몇 주일의 존재감으로 서인의 멍청한 인생을 눈치채게 해준 아이에 대한 묵념이 필요했다. 그것마저 해주지 않는다면 그녀는 평생 죄를 안고 살 것만 같았다. 그녀는 이불 깊이 들어갔다. 누가 봐도 불편한 병원 침실. 하지만 이제야 알 수 없는 안락함이 찾아들었다. 제 마음을 아는 것도 아닐 텐데, 그는 더 말하지 않고 물러섰다. 그의 침묵이 자신에 대한 배려라는 것을 알 수 있었다.

뭘까, 이 느낌은. 며칠 만에 느껴보는 편안함은.

공교롭게도 말도 안 되는 거짓말로 자신의 아픔을 위로해 줄 남자가 아닌, 자신을 비난하는 무서운 눈빛을 가진 남자가 지금은 가장 필요한 사람이었다.

서인은 눈을 감고도 여전히 잔상으로 남은 그의 눈빛을 기억했다. 눈을 뜨면 완전히 혼자가 되겠지. 자신이 알던 민용운도 없고, 아이도 없고, 빈털터리 한서인으로. 그렇게 완전히 혼자가 되겠지. 괜히 겁이 덜컥 나 입술을 깨물었다. 그가 좀 더 있어주었으면 좋겠다는 엉뚱한 생각이 들었다. 너무 엉뚱해서 눈물이 다 나는 생각이었다.

더 이상 그녀를 볼 이유가 없었다. 그런데도 재준은 그녀의 퇴원 수속을 밟기 위해 병원으로 다시 돌아왔다. 퇴근 직후였다.

며칠 전에 병원에 전화를 걸어 그녀가 입원실에 잘 들어갔는지 확인했다. 그냥 끊으려 했는데 간호사가 쓸데없는 오지랖을 부렸다. 입원한 병실 호수를 알려준 것이다. 번호가 들려오는 즉시 그는 병실 호수를 기억했다. 주식종목코드, 금액, 주수, 그 많은 숫자들도 그녀의 병실 호수를 지우지 못했다.

어쩌면 중환자실에서 잠깐 마주한 그녀가 잊히지 않아선지도 몰랐다.

그녀는 참 묘한 여자였다. 자신이 대체 왜 보호자가 된 것인지 꼬치꼬치 묻지 않았고, 오히려 이 상황을 제3의 눈으로 관망하듯 미소를 짓기도 했다. 그런데 그것이 오히려 더 슬퍼 보였다. 게다가 무책임한 여자라고 힐난하자 그녀는 덤덤히 인정했다. 아니, 덤덤한 척했으나, 두려워 보였다. 마치 제 삶의 이방인으로 살고 싶은 듯 마주 대하려 하지 않는 눈치였다. 자고 싶다는 그녀를 말리지 않은 것은, 어쨌든 아기를 잃은 엄마에게 휴식이 필요하기도 했고, 책임 회피에는 그것만큼 좋은 것도 없다는 걸 알기 때문이었다.

잠시 자신을 바라보던 그녀는 바로 잠이 들었다. 그녀는 알까. 자신을 바라보던 그 눈빛이, 얼마나 슬퍼 보였는지. 아이를 잃은 것을 슬퍼하고 있는 걸 자신이 눈치챘다는 것을 알까.

한참 그녀를 바라보던 그는 면회 시간이 끝났다는 말을 듣고 병원 밖으로 나왔다. 불 꺼진 병원 로비를 바라보던 그는 그제야 자신이 대체 이곳에 왜 있는 건지 한심해지기 시작했다. 인도주의적인 차원은 끝난 지 오래. 알지 못하는 여자의 보호자 노릇도 더 이상은 필요 없을 터. 그는 그대로 병원을 나왔다. 하지만 끝이라고 생각했던 모든 것들은 결국 다시 시작되고 있었다.

병원에 들어선 재준은 멈칫했다. 회사에 있는 동안엔 돈, 숫자, 그리고 차트 외에 다른 생각을 할 틈이 없었다. 그런데 병원에 들어와 할아버지가 탄 휠체어를 끄는 할머니를 보다 문득 그녀가 미혼이라는 사실을 깨달았다.

아이의 아버지는 어떻게 된 것일까, 회사에는 어떻게 말한 것이고.

아니다, 사실은 아무것도 궁금하지 않았다. 그는 지금 이유를 짜내고 있는 건지도 모른다. 그녀를 찾아가는 이유. 묻고 싶은 것들을 찾아내 그녀가 왜 왔냐고 물었을 때, 조금이라도 지체할 수 있는 핑계를 찾고 있는지도. 자신조차 이해할 수 없는 마음이었다. 왜 그녀에게 다시 왔는지. 꼭 진짜 보호자가 된 것처럼.

습관인지도 모른다. 어머니에게 그렇게 한 것처럼, 어머니 같은 여자를 보면 저도 모르게 자동적으로 재생되는 습관인지도. 그러나 재준은 생각을 중단했다. 어머니를 가져다 붙이는 건 핑계 중에서도 가장 기분 더러운 것이 될 테니까.

엘리베이터에 탄 그는 입원실 버튼을 눌렀다. 엘리베이터는 천천히 움직였고, 층마다 환자가 타거나 내렸다. 모두 아팠고, 조용했다. 중환자실도 그랬다. 많이 아프고, 많이 조용했다. 입원실이 없어서 중환자실에 사람을 두는 건 별로 좋은 생각이 아닌 것 같았다. 그날 그녀를 두고 나올 때도 그랬다. 중환자실에서 본 그녀의 얼굴은 꼭 죽은 사람 같았다. 뒤끝이 개운치 못해 그녀를 두 번이나 돌아봤었다.

"한서인 환자분 퇴원하셨는데요?"

그녀가 있어야 할 호수에 다른 사람들이 있는 것을 본 재준이 간호사를 찾아갔다.

"무슨 말씀입니까?"

"환자분 퇴원했습니다."

"몇 시쯤 했습니까?"

"2시쯤이요. 연락 못 받으셨나요?"

재준이 손목시계를 확인했다. 주식시장은 9시부터 3시까지 쉴 틈이 없었다. 연락할 리도 없겠지만 했다 해도 받지 못했을 것이다.

"벌써 퇴원해도 되는 겁니까?"

"초반에 피를 좀 흘리긴 했지만 딱히 생명에 지장을 주는 건 아니라서요. 집에서 몸조리 잘 하시면 회복은 빠를 거예요."

"알겠습니다."

돌아서던 재준은 다시 간호사에게 물었다.

"혹시 한서인 씨 가족 중에 누가 찾아왔나요?"

"네?"

"가족이 퇴원 수속을 밟아줬냐는 말입니다."

"그건 저도 잘⋯⋯."

간호사가 다른 간호사에게 물었다. 다른 간호사가 고개를 저었다.

"한서인 씨 혼자 가셨어요. 얼마나 조심해야 되는데 혼자 가게 하세요. 속상하고 화나신 건 알겠지만 환자분 혼자 두시면 안 돼요. 보니까 체구도 마르시고 피도 좀 흘리셔서 엄청 챙겨 먹이셔야 할 것 같던데요. 빨리 가보세요. 약 드렸으니까 잊지 말고 챙겨주시고요."

해당 없는 사람들끼리 잔소리를 주고받은 격.

재준은 병원 밖을 나왔다. 허탈해서 웃음이 났다. 열심히 변명을 만들어냈건만 허탕이라니. 그녀는 여러 번 제 인생에 오점을 만든다. 그런 여자와는 엮여봐야 더 좋을 것도 없을 것이다. 더는 구할 핑계도 없었다. 그는 집으로 돌아가기 위해 차에 올라탔다.

❖

서인은 퇴원했다. 낯선 곳에 혼자서 오래 있고 싶지 않았다. 간호사의 걱정과 만류를 뿌리치고 집으로 돌아온 서인은 자신이 신음하던 자리에서 그대로 굳어버렸다. 시간의 흐름으로 말라 버린 핏자국. 잔인하게 올라오는 피비린내. 갑자기 빙, 하고 머리가 돌고 숨이 멎는 듯했다.

딱 한 번이었다. 제 손으로 아이가 있던 배를 보듬었던 건.

딱 한 번밖에 손을 타지 못하고 간 아이가 떠난 흔적이 너무도 잔인하게 찍혀 있어서 그녀는 잠시 동안 굳은 채로 망연자실했다. 그녀가 안일하게 보냈던 그 시간 동안 대체 무슨 일이 벌어진 걸까. 어떻게 한 인간이, 다른 인간의 삶을 이렇게 짓밟을 수 있는지. 그걸 모르고 대체 뭘 했는지.

한참 동안 가만히 서 있던 서인은 수건을 찾았다. 그리고 땅에 관을 묻듯 천천히, 아주 잠깐이지만 아이를 감싸고돌던 혈흔을 닦기 시작했다. 두 손은 떨려왔지만 울지 않았고, 웃지도 않았다. 그저 아주 천천히 그녀의 죄책감을 그렇게 닦아내기 시작했다.

흔적이 남지 않을 때까지 아주 긴 시간이 걸렸다. 그녀는 쓰레기봉투를 찾아 수건을 넣었다. 그리고 봉투를 묶었다.

이게 너의 무덤이 되는 걸까?

초라한 비닐 봉투에 담긴 아이의 흔적. 고작 그것이.

너무도 미안해서 입이 떨어지지 않았다. 버린 거다. 자신이 버린 거다. 아이에겐 죄가 없는데, 자신이 지키지 못하고 버리고 만 거다.

그녀는 숨이 막히기 시작했다. 아기를 유기한 기분에 사로잡혀 견딜 수가 없었다. 몸이 떨려왔다. 무섭고 두려워, 혼자 있기 싫었다. 더 있다간 죽고 싶어질 것 같았다. 아니, 당장에라도 죽고 싶었다. 이렇게 멍청한 짓을 저지르고, 결국은 한 생명을 잃게 만들었으니, 앞으로 어떻게 살 수 있을까.

그녀는 주변을 살피기 시작했다. 이 미련하고 바보 같았던 삶이 앞으로 또 무슨 짓을 벌일지 모른다고 생각하자, 살고 싶지 않았다. 그녀는 끈이나 칼이나 뭐든 손에 잡히길 바라며 서랍을 뒤지기 시작했다.

'정말 엉망진창인 여자로군.'

엉망진창인 여자. 그래, 그가 지금 자신의 이 모습을 본다면 그렇게 말하겠지. 그리고 그건 사실이라서 부정할 수도 없겠지.

그녀는 인정했다. 하지만 곧 고개를 저었다.

아니야, 난 그런 여자가 아니었어. 아닌데, 아니었는데, 절대 그렇게 살고 싶지 않았는데.

피식. 웃음이 나기 시작했다. 그 웃음소리에서 헛헛함이 느껴졌다. 그녀의 손에 이삿짐을 싸기 위해 묶었던 끈이 잡혔다.

어머니?

그가 집 안으로 들어갔다. 불이 켜지지 않은 집 안으로 달빛이 쏟아져 내리고 있었다. 실내등을 켜기 위해 그는 조심스럽게 몸을 움직였다. 하지만 찾기가 쉽지 않았다.

어머니.

그는 불빛보다는 어머니를 먼저 찾았다. 아무리 불러도 메아리뿐. 불길한 기운이 어린 재준의 촉각을 곤두세웠다.

어머니!

왜 이렇게 소란이냐고, 야단치는 소리가 돌아와야 했는데 아무 소리도 들리지 않았다. 그는 방문을 모두 열기 시작했다. 아무 곳에도, 아무 소리도 들리지 않는 암흑. 두려운 마음을 안고 마지막으로 욕실 문을 열었다.

문이 열리자마자 훅 하고 코를 덮치는 냄새. 물비린내와 섞인 이 냄새의 정체를, 그는 알았다.

어머…… 니.

맨 처음엔 약이었다. 하지만 갈수록 어머니의 시도는 잔인해져 간다. 옷걸이와 넥타이. 그 정도는 양호한 수준이었나. 욕실 가득 담긴 물, 그리고 욕실 바닥으로 흐르는 피들. 이건 어린 재준이 감당할 수 있는 수준이 아니었다.

어머니!

그는 어머니를 욕실에서 건지려 했다. 그러나 그녀는 너무도 무거웠다. 일부러 힘을 주고 있을지도 모른다는 생각이 들 정도로 그녀는 푹, 꺼져 있었다. 어린아이를 둔 어머니의 이런 행위가 믿기지 않았다. 첨벙첨벙, 물소리. 아무리 해도 그녀를 꺼내는 건 무리였다. 그는 주변의 도움을 찾기 위해 밖으로 나갔다. 전화기를 찾았다. 사람을 찾았다. 그리고 어머니를 불렀다. 하지만 아무도, 아무도 없었다. 잠시 후 구급대의 소리가 울렸다.

몇 번째더라. 그 소리들이 지옥 같았다. 또다시 어머니가 살아 있는지 확인해야 하고, 어머니의 말도 안 되는 변명을 들어야 하고 또 언젠가 같은 일이 반복될 것을 상상해야 했다. 사이렌 소리가 그를 짓누르는 것만 같았다. 그가 귀를 막았다.

제발, 제발. 이런 짓 말아줘요, 어머니. 제발. 아이를 앞에 두고, 자식을 앞에 두고 제발……. 제발!

"하아, 하아, 하아."

땀으로 범벅이 된 재준이 번쩍 눈을 뜨고 숨을 골랐다. 그의 눈에서 눈물이 흘렀지만 그는 그것조차 의식하지 못했다.

"어머니……."

그는 주변을 둘러봤다. 집이었다. 그가 현재 살고 있는 자신만의 집. 그는 안도한 듯 숨을 터뜨렸다.

대체 왜 다시 이런 꿈을…….

'죄책감…… 인가요?'

서인의 목소리가 들려왔다.

"죄책감……."

기억이 어머니가 죽은 그날을 향하고 있었다. 어머니의 자살 협박을 더 이상 진짜로 받아들이지 않을 만큼 커버린, 아들의 무심함. 그리고 정말로 죽어버린 어머니.

그는 저도 모르게 두 팔을 감쌌다.

"그런 거 없어."

그런 게 없다고 믿었다.

"죄책감 같은 건 없어……."

어머니에게는 전혀 없던 그것이 자신에게 있을 리 없다고. 하지만.

"하아, 제길."

재준은 자리에서 일어났다. 그녀를 봐야 마음이 편할 것 같았다. 잘 있음을 확인해야만 악몽의 후유증이 사라질 것 같았다. 그녀가 혹시나 자살에 대한 미련을 버리지 못했을까 봐. 적어도 죽지 않을 거란 확신만이라도 갖지 않으면 잠이 오지 않을 것 같았다. 그는 어린 날의 그 컴컴한 길을 또다시 내달려야 했다.

4. 보합세

그녀의 집은 썰렁했다. 마치 아무도 살고 있지 않았다는 듯이. 그날 그녀를 병원으로 데려갔을 때보다 더 삭막했다. 그녀가 신음하던 자리를 확인했지만, 핏자국도 어느새 지워지고 없었다. 원래 없었던 것처럼.

그는 잠시 그대로 서 있었다. 갑자기 멍해지는 기분이었다. 불안감을 줄여보려고 온 것인데, 그게 더 커지기만 했다.

한서인, 그 몸으로 대체, 어딜 간 걸까.

그냥 돌아서야 했지만 불안을 무시하지 못하고 결국 그녀에게 전화를 걸었다. 응급실에서 소지품을 챙겨줄 때 확인했던 번호였다.

Rrrrrrr.

집안에서 울리는 전화벨 소리에 그는 흠칫했다.

설마……

온몸에 소름이 돋아났다. 그 옛날 어린 그가 그랬던 것처럼, 그는 소리가 나는 곳을 향해 천천히 걷기 시작했다. 소파 구석에서 그녀의 가방이 보였다. 휴대폰이 그 안에 들어 있는 듯했다. 날카로운 소리가 그곳에서 계속 소리를 냈다. 그는 전화를 끊고 가방을 집으려 손을 뻗었다. 순간 심장이 멎는 것 같았다. 하얀 끈이 엉클어진 채 놓여 있었다. 몇 번이나 겪었던 일인데도 여전히, 적응이 되지 않는 일.

그가 천천히 몸을 틀었다. 그의 시선에 미치지 못하는 사각지대에 그녀가 무릎을 모으고 쭈그린 채 기대 있었다.

어머니의 모습이 떠올랐다. 마지막 날, 그 창백한 어머니의 모습. 모른 척이 불러일으킨 대가. 피도 없고 숨도 없던 조용했던 그 모습이. 그는 꼼짝없이 그대로 서서 숨을 쉬려 애썼다.

늦었을까.

강렬한 거부감이 들었다. 제발 아니길 바란다는. 그가 조심스럽게 그녀에게 손을 뻗었다. 어머니에게 손을 대는 순간, 툭, 하고 그대로 쓰러졌던 것이 기억나 그의 움직임은 더뎠다. 조금만 손대도 바스러질 것 같은 그녀에게 살아 있는지 묻는 이 손길은 아마도, 간절한 소원일 것이다. 하지만 돌이킬 수 없다면……

손을 뻗었던 그가 차마 그녀를 흔들어 깨우지 못하고 그대로 굳어버렸다. 도망치고 싶었다. 손을 거두려는 순간 그의 손끝에 뜨거운 숨이 느껴졌다. 그 뜨거운 숨에서 오는 전율이 그의 정신을 깨웠다.

늦지…… 않았다!

"하아."

안도의 한숨이 절로 나왔다. 살아 있다는 사실에 어딘가가 시원해지는 기분이었다. 이곳에 온 이유가 명확해지는 순간이었다. 죄책감. 어머니를 향한, 절대 없다고 생각했던 그 마음.

그는 그녀를 가만히 바라봤다. 그가 있음을 모르는 사람처럼 그녀는 미동도 없이 몸을 쭈그리고 있었다.

"……한서인 씨."

"……."

"한서인?"

그녀가 겨우 고개를 들었다. 흐릿한 눈을 마주한 순간, 하마터면 고맙다는 인사를 할 뻔했다. 살아 있어줘서 고맙다고. 하지만 그녀는 갑자기 나타난 자신의 존재에 관심을 줄 여력이 없어 보였다.

"퇴원을 했더군."

그가 다가서며 말했다. 살짝 고개를 끄덕인 그녀는 기운이 없는 건지 금방 고개를 떨어뜨렸다. 그가 그녀 앞에 놓인 끈을 바라봤다.

"죽을…… 생각이었나?"

"……"

"고작 이런 걸로?"

그의 힐난에 그녀가 서글픈 미소를 지었다.

"……못 했어요."

"……"

"시도조차, 못 했어요."

"듣던 중 다행인 소리군."

그의 마음이 조금은 안심이 되었다. 어머니처럼 독한 여자가
아니라는 사실 하나에 호감이 느껴질 정도로.

"다행…… 일까요."

그녀가 서글픈 표정으로 물었다.

"아이를……."

그녀가 힘이 드는 사람처럼 잠시 말을 멈췄다가 다시 입을 열
었다.

"아이를 버렸어요."

"……"

"아이를 버리고 왔어요."

"버린 게 아니라 잃은 거지."

그녀가 고개를 저었다.

"버렸어요. 버렸어…… 아이 흔적을…… 지우고…… 비닐 봉투에……."

"……."

"쓰레기처럼……."

"한서인."

"집 밖에 버렸…… 어요. 묻어주지도 못하고, 사랑해 주지도 못하고. 그냥 그렇게…… 쓰레기처럼……."

일어나려던 그녀가 어지러운 듯 휘청거렸다.

"진정해, 한서인."

그가 붙잡아주자, 그녀가 그의 어깨에 이마를 댔다. 그녀의 가냘픈 몸체가 느껴졌다. 지켜주고 싶고 붙들어주고 싶은 충동. 그가 그녀의 어깨를 강하게 붙잡았다. 불덩이 같은 그녀의 몸을 잡는 순간 그의 심장도 불덩이가 되는 기분이었다.

"왜 이렇게 됐는지 모르겠어요."

"……."

"얼마 전까지만 해도, 그냥, 평범한 사람이었는데. 결혼을 꿈꾸고 회사에 다니고 그냥 좀 재미없는 여자일 뿐이었는데……."

그녀의 뜨거운 숨이 그의 턱에 닿았다. 아픈 숨결이었다. 아프고 여린 숨결.

"살인…… 을 저질렀어요."

"그만."

"살인을……."

"쉿."

어떤 위로도 소용없는 순간. 그는 그녀를 진정시키기 위해 그
녀의 두 눈을 바라보며 고개를 저었다. 실수였다, 괜찮다, 그런
말들이 아무 소용이 없을 거라는 것, 누구보다 더 잘 알았다.

"그만 쉬어야겠어."

그가 뜨거운 이마에 손을 짚으며 말했다. 안정을 취하지 못해
몸이 상한 모양이었다. 그가 그녀를 침대로 데려가려 했다.

"괜찮아요."

그녀가 그의 팔을 잡았다. 눈이 마주쳤다. 미약했지만, 자신
을 부여잡는 그 손길에서 느낄 수 있었다. 그날, 자신에게 도와
달라고 한 날처럼, 그녀는 여전히 도움이 필요했다.

"쉬어야 돼."

고개를 저은 그녀가 여린 아기처럼 그의 가슴팍을 간절히 부
여잡았다. 편히 쉴 수 없다는 듯이. 자신은 그럴 자격이 없다는
듯이.

"고집부릴 때가 아닌 것 같은데."

"정말 괜찮아요. 이곳에선, 어차피, 쉴 수 없는걸요."

"……."

"어차피……."

그녀가 눈앞이 어질한 듯 눈을 감았다.

"이봐."

"……."

"한서인."

그녀는 더 이상 기척이 없었다. 기절이라도 한 모양이었다.

그녀를 안아 들고 침대로 향하던 그는 잠시 멈춰 섰다. 피의 흔적은 사라졌지만 그녀가 쓰러지던 날의 기억들은 여전히 그곳에 머물러 있었다. 침대로 향하던 그는 방향을 바꿨다.

누구라도, 그게 자신이었대도 이곳에서는 쉴 수 없을 것 같았다.

몸이 뜨겁다. 입이 말라 고통스럽다. 답답해 몸을 뒤튼다. 하지만 몸이 꿈쩍도 하지 않는다. 목이 갈라지는 듯 날카로운 통증을 일으켜 아무 말도 나오지 않는다. 힘겹게 눈을 뜨려 애쓴다. 희미한 빛줄기 사이로 누군가가 자신을 바라보고 있는 것이 느껴진다. 몸보다 더 뜨거운 눈빛에 심장이 졸아들고 가슴속 깊이까지 열이 오른다. 이 느낌이 무엇인지 생각할 기운이 없다. 그저 이 눈빛에서 벗어나고 싶은 충동이 들었다. 하지만 그럴수록 눈빛은 더 가까워진다. 그리고 잠시 후, 마른 입술에 촉촉한 무언가가 와 닿는다. 시원하고 부드러운 살결. 가문 땅에 단비를 내리듯 그녀의 입술을 적신다. 그러나 이내 입술은 다시 뜨거워진다. 녹아들 것만 같아 덜컥 겁이 나 눈을 꼭 감았다. 거부하려고 고개를 돌렸지만 커다란 손에 고정돼 꼼짝없이 잡혔다.

쌉싸름한 무언가가 마른 입안을 적시며 타들어가는 목으로 범람한다. 거부하려고 할수록 더 넘치게 들어온다. 꿀꺽, 하고 넘기자 몸 깊은 곳까지 일순 시원해진다. 할 일을 끝내고도 입술에 닿은 시원하고 부드러운 살결은 떠나지 못하고 머뭇대는 듯하다. 입술에 닿은 열기가 이번엔 따뜻하게 그녀를 감싸는 것만 같아 거부하지 못한다. 이내 잔뜩 긴장했던 모든 것들이 편안해지는 기분이다.

꿈이라면 좋은 꿈이다. 최근에는 꿈조차 좋은 적이 없었으니까.

계속 이런 꿈만 꾼다면 얼마나 좋을까.

그녀의 굳은 표정이 천천히 풀어진다. 깨고 싶지 않은 꿈을 꿨으니 더 자고 싶다. 스르륵, 그녀가 잠이 든다. 입술엔 아직도 열기가 묻어 있다. 좋은 꿈이다.

희미하게, 의식이 돌아온다. 하지만 눈을 뜨고 싶지는 않았다. 행여나 눈을 떴을 때, 누군가와 눈이 마주치면 그녀를 손가락질하고 욕할 것만 같았다. 누군가 자신을 비난할까 봐 무서워 몸을 웅크렸다. 내 잘못이 아니라고, 말하고 싶어도 그럴 수 없었다. 한 생명을 잃게 만든 사람이 무슨 할 말이 있을까.

그녀는 그대로, 땅으로 꺼져 버리고 싶었다. 이대로 깊이. 이대로…….

"많이 피곤했나 봐요. 하루 종일 잠만 자는 걸 보면."

"네, 그런가 봅니다."

"미음은 냄비에 해놨으니까, 일어나면 먹이세요."

"네, 김 여사님. 오늘 고생 많으셨습니다. 한동안 수고 좀 해주셔야 할 것 같습니다. 음식하고 또……."

꿈처럼 들려오던 대화가 가까이에서 느껴져 그녀가 번쩍 눈을 떴다. 그녀의 눈앞에 낯선 천장이 보였다. 자리에서 일어나려 했지만, 몸이 말을 듣지 않았다. 그녀는 누운 채로 주변을 두리번거렸다. 아무리 봐도 모르는 곳이었다.

대체 여기가…….

"일어났나."

어느새 다가온 재준의 모습이 보였다. 꿈인 듯싶어 눈을 여러 번 깜빡여야 했다. 그가 그녀의 이마에 손을 올렸다. 차가운 손 때문에 그녀의 체온이 뜨겁다는 것을 알 수 있었다. 시원해서 나쁘지 않았다.

"아직도 열이 있군."

그가 볼을 훑으며 말했다. 담백하고 자연스러운 손길이 너무도 친숙하게 느껴졌다. 그녀는 다시 한 번 자리에서 일어나려고 애를 썼다.

"그냥 있어. 오래 누워 있어서 어지러울 거야."

멀뚱히 그를 바라보자 그가 어깨를 으쓱했다.

"여기가 어디냐고, 물을 차롄가."

"⋯⋯."

"여긴 내 집이야."

그녀가 살짝 미간을 좁혔다.

"당신이 당신 집은 싫다고 했어. 동의하는 건 못 들었지만, 나로선 최선이었어."

난감한 듯 바라보자 그가 서린 미소를 지었다.

"걱정 마. 내 집이라고 했지 내 방이라고는 하지 않았으니까."

그가 미소를 거두고 그녀를 바라봤다. 따갑다. 뜨겁다. 뭔지 모를 잔상을 남기는 그의 눈빛이 불편하다. 그러고 보니, 처음 볼 때부터 그랬다. 그의 눈빛이 괜히 그녀를 긴장하게 만든다.

"더 쉬던가, 배고프면 뭘 좀 먹던가."

그가 나가려고 몸을 돌렸다.

"날 왜⋯⋯ 찾은 거죠?"

더 이상 볼일 없는 사이였다. 그런데 왜⋯⋯.

"글쎄. 죄책감 때문인가."

돈을 몽땅 잃게 해서 생긴 죄책감. 그는 그 얘길 하고 있는 거겠지.

허탈할 이유는 없었다. 이런 상황에서는 같이 울어줄 사람보다 관망하는 사람이 차라리 나을 테니까.

"주식 때문이라면, 이럴 필요까진 없어요."

그가 눈을 반짝이며 한쪽 입꼬리를 올렸다.

"주식 때문에 이럴 필요가 있는지 없는지 내가 결정해."

"하지만 당신의 실패는……."

"실패?"

그의 눈이 날카로워졌다.

"난 실패한 적 없어. 하지만 실수는 했지. 한서인을 관리하지 않은 실수. 전화번호가 간단히 바뀔 수 있다는 사실을 간과한."

돈을 맡겨놓고 왜 전화번호가 바뀐 것을 말하지 않았냐는 비난. 그녀가 순순히 고개를 끄덕였다.

"알아요. 내 잘못이죠. 그러니까 죄책감 갖지 말아요. 돈에 감정을 가질 필욘 없으니까."

"돈에 감정을 갖지 말라? 옳은 말씀. 전적으로 동감해. 하지만 그냥 돈이 아니었어. 한서인이 잃은 돈. 그 돈에는 내 명예가 걸려 있었거든. 그만 더 쉬도록 해. 그런 얘기는 몸이 다 나은 후에 해도 늦지 않아."

"응급실 수속 비용 때문이라면, 드릴게요."

"지갑에 돈 한 푼 없던데."

그가 그녀의 가방으로 시선을 보냈다. 그녀가 당황했는지 잠시 입을 다물었다. 그가 재미있다는 듯 웃는 게 자존심을 건드렸다.

"스토커 기질이 있으시네요."

"어쩌면."

"비용은 계좌로 송금하겠습니다."

"내 집에 있는 사람이 그 정도의 도리는 아는 사람이라니, 기쁘군."

"난……."

"쉬어."

"하지만 비용 처리를……."

"그것 때문이라면 벌써 그렇게 하라고 했을 거야."

완강해진 그의 말투에 그녀가 미간을 좁혔다. 그를 처음 만난 날 그는 분명 그녀가 잃은 돈은 모두 그녀 때문이고, 그걸 브로커가 책임져야 할 이유는 없다고 했다. 그런데 왜 갑자기…….

"돈을 잃은 건 나지, 당신이 아니잖아요."

"그래, 맞는 말이야."

"그런데 대체 왜……. 이럴 이유, 없잖아요."

"이럴 이유가 정말 없을까?"

재준이 반문했다. 그녀는 이유를 생각해 보았다. 어쨌든 자신이라도 살게 해주셔서 감사하다는 그런 인사가 필요한 걸까.

"급할 거 없어. 회복도 덜 된 사람하고 이런 실랑이할 만큼 시간이 많지도 않고."

"……."

"불편한 거 있으면 언제든 말해."

그가 돌아섰다.

"당신, 말투."

그가 그녀를 향해 다시 돌아섰다.

"당신 말투가 불편해요."

"뭐?"

그가 황당하다는 듯 되물었다.

"나 당신 고객이었잖아요."

생각지도 못했다는 듯 그가 웃음을 터뜨렸다.

"고객이었던 게 아니라 여전히 고객이야."

"더 이상 투자할 원금도 없을 텐데요."

"원금이야 내 돈으로 하면 돼. 그동안 실추된 내 명예만 한서인 이름으로 다시 살려놓으면 되니까."

그녀가 눈을 가늘게 떴다. 이제야 그의 의도를 알 것 같았다. 그가 자신을 이렇게까지 도와준 이유도. 그녀 때문에 흠집 난 그의 이력을 다시 그녀 이름으로 살리려는 의도.

"그렇다면 더더욱, 말 놓으면 안 되잖아요."

"같이 놓든가."

"같이 올리는 방법도 있어요."

"내가 알기론, 나보다 네 살이나 어린 걸로 아는데."

"존중해 줄 생각은 추호도 없다?"

"존중?"

그가 그런 게 왜 필요하냐는 눈빛을 해 보였다. 그래, 그에게서 그런 걸 받아서 뭐 할까. 사귀던 남자에게도 받지 못한 것을.

그가 침대에 다가와 이불을 어깨까지 덮어주었다. 손길은 부드럽고 다정했지만 눈빛만은 사람의 심장을 졸아들게 만들었다. 소름이 돋을 정도로 긴장감이 솟아올랐다.

"이 정도면 충분한 존중인가."

"……."

"고작 말투 때문에 무시당한다고 생각하면 그건 자격지심이야."

자격지심. 그런 건 없이 잘 살고 있다고 생각했는데. 그런 게 생겨 버린 걸까.

"참."

그가 그녀의 가방에 있는 약을 꺼내 그녀에게 건넸다. 그녀가 바라보고만 있자 그가 다시 권했다.

"병원에서 꼭 챙겨 먹이라더군."

"……."

"먹고 자는 게 좋을 거야."

"……."

"입에 넣어줘? 새벽에 그랬던 것처럼?"

그녀가 의아하게 바라보자 그가 그의 입술을 쓸었다.

그게 꿈이 아니었나. 그 부드러운 감촉이.

그녀의 얼굴이 왈칵 붉어졌다.

"이…… 봐요."

"어쩔 수 없었어. 기절했었으니까."

그의 입술을 두고 자신이 어떤 생각을 했는지 안다면 얼굴을 들 수 없을 것이다. 다행히 그는 아무것도 모르겠지만.

"부끄러운 건가, 아니면 왜 그렇게까지 했냐고 묻고 싶은 건가."

"왜 이렇게까지 하는 거죠?"

그녀가 떨리는 목소리로 물었다.

"혹시 몸…… 그런 거 원해요?"

용운이 그랬던 것처럼 남자들은 다…….

"그런 거, 원해요?"

"줄래?"

너무도 건조해서 오히려 수치심이 느껴지는 말투. 그가 그녀의 질문을 비웃듯이 다시 물었다.

"줄래?"

"준다면…… 가질래요?"

쓸데없는 오기를 눈치챘는지 그가 입꼬리를 올렸다.

"아직 아픈 여자랑 해본 적 없는데."

못 할 것은 없다는 거겠지. 남자들은 다 그렇게, 설사 거래처 여직원이라도, 아니면 유부녀라도, 혹은 그게…….

"고객이라도."

"……."

"고객이라도…… 하나요?"

그가 그녀의 몸을 훑어 내렸다.

"경우에 따라서."

"이번 경우는?"

그가 주머니에 손을 넣었다.

"나는 굳이 고객을 탐할 만큼 여자가 궁하지 않아. 그 여자가 원하면 모를까."

"내가 원한다면?"

그가 고개를 삐딱하게 틀어 그녀의 눈을 마주했다. 검은 눈동자가 흥미롭다는 듯 반짝였다. 입술 끝이 서서히 올라갔다.

"진짜 원하게 되면, 다시 얘기하지."

그녀의 말에 괜한 억지가 섞여 들어가 있다는 걸 안다는 듯, 혹은 아예 그녀에게는 마음이 없다는 듯 그는 비웃음을 섞어 답했다.

너는 그런 깜냥이 되지 못한다, 재준에게 그런 존재가 될

리 없다는. 애초에 귀찮은 싹을 잘라내려는 말투. 그나마 그는 적어도 여자에 눈먼 남자는 아닌 모양이었다. 그런데 왜 하필 자신이 만나던 남자는 그렇게 탐욕적이었던 걸까. 이미 아내가 있음에도 어째서 자신을……. 알 수 없는 실망감이 일었다. 그게 용운을 향한 것이 아닐 수 있다는 생각을 하진 못했다.

"당신을 통해 잃은 걸 찾는 거."

여전히 의문을 풀지 못하는 그녀를 보며 그가 차가운 미소를 지었다.

"내 명예."

"……."

"그뿐이야. 이제 대답이 됐나?"

역시 그것뿐이었나. 그렇다면 다행인 걸까. 그녀가 고개를 들어 그를 바라봤다. 차가운 얼굴에 눈이 시렸다.

"몸 나아지면 다시 얘기하지."

그가 물 잔을 그녀에게 건넸다. 그녀가 주춤거리자, 그가 얼굴을 가까이 들이댔다. 가까이 닿은 그의 얼굴에서 남자의 스킨 향기가 느껴졌다. 입술이 가까워졌다.

"물약을 원해?"

아니라고 어서 고개를 저어야 하는데 몸이 말을 듣지 않았다. 사람을 제압하는 기술. 직업병 같은 것이겠지.

그녀가 떨고 있는 게 느껴졌는지 재준이 살짝 물러나 그녀의 손에 약을 놓았다. 그러고는 먹는 걸 볼 때까지는 자리를 떠나지 않겠다는 듯 서 있었다. 그의 따가운 눈빛을 계속 보고 있다가는 조만간 심장이 멎을지도 몰랐다. 서인은 제 손에 떨어진 알약을 얼른 입안에 털어 넣었다. 친절하지 못한 미소를 지은 그가 밖으로 나갔다. 잠시 머뭇거리던 그녀는 그대로 자리에 누웠다.

전혀 모르는 남자의 집. 불편한 눈빛을 가진 남자의 집. 그런데 알 수 없게도 묘한 안락함이 그녀의 등을 감싸는 것만 같았다. 이 순간 그녀의 집에 혼자 누워 있었다면 어땠을까 생각하자 지금 이 자리가 얼마나 편안한 것인지 알 것 같았다. 아프고 힘들 때 기댈 수 있는 어른이 있다는 건 퍽 고마운 일이었다.

"그래, 잠깐 동안만……."

그의 명예를 핑계로 자신 역시 쉬고 싶어졌다. 숨을 크게 들이쉬자, 그의 스킨 향기가 느껴졌다. 차갑지만, 어쨌든 사람의 향기였다.

"어제 뉴욕 및 유럽 주요증시는 글로벌 경기부양책에 대한 기대감으로 대체로 상승 마감하였습니다. 최근 중국의 금리인하와 ECB 총재의 전면적 양적완화 시사 발언으로, 추가 부양책에 대한 기대감이 유지되었습니다. 재보험사 및 제약사의 M&A이슈가 투자 심리를 개선시켰고, 독일의 기업환경지수는 104.7로 7개월 만에 반등에 성공하였습니다. 미국의 3월 서비스 PMI 확정치는 57.1로 전월 및 시장 예상치를 모두 하회하였습니다. 그렇지만 S&P 500은 사상 최고치를 경신하였습니다."

분주한 아침 회의가 시작되고 있었다.

"수급에 대해서 말씀드리겠습니다. 어제 외국인과 기관은 각각 3,000억과 800억 정도의 순매수를 보였지만, 개인은 4,400억 순매도를 나타냈습니다. 프로그램 매매는 총 3,000억 정도의 순매수를 기록했습니다."

고개를 끄덕인 지점장이 직원들을 바라봤다.

"특별한 뉴스는 있나?"

"소상공인 시장 BSI가 하락하였습니다. 소비심리 위축이 지속되는 것으로 보입니다. 항공여객 746만 명으로 중국 노선이 32% 폭증하였습니다."

다른 직원이 말을 이었다.

"WTI는 전일 대비 하락하였습니다. 유가 하락을 막기 위해서 하루 100만 배럴 감산을 제안할 것으로 알려졌습니다. 잠깐의 모멘텀(주가의 추세를 전환시키는 재료 또는 해당 종목 주가가 변할 수 있는 근거)은 있을 수 있으나 마지막 투매가 남아 있을 것으로 보입니다. 그때까진 매수 진입은 보류했다가 분할매수로 대응해야 할 것으로 보입니다. 금 선물은 전일 대비 하락하였습니다. 달러화 강세의 여파가 금값 하락을 견인하고 있습니다."

"매매는 어떻게 할 거지?"

지점장의 물음에 또 다른 직원이 입을 열었다.

"최근 환율의 이슈, 항공 관련 중국 쪽을 보면 많이 하락하고 있는 항공주 쪽이나 여행주 쪽으로 보는 것이 좋을 것 같습니다. 개별주는 알아서 매매하시고 원유 가격이 안정세를 보이지 않고 화학정유 쪽 종목은 많이 하락해 있기 때문에, 위험하기는 하지만 이 지점에서 갑자기 폭락 시에는 잠깐씩 모멘텀은 있을 것으로 보입니다. 그렇지만 그 외에는 진입하지 않는 게 좋을 듯합니다. 또한……."

다들 가장 예민하고 바쁜 시간, 재준은 누구보다 발 빠르게 전망을 내놓는 편이었지만 처음으로 다른 생각을 하고 있었다. 그 여자, 한서인을.

마른 장작처럼 마르고 거친 입술. 성적인 매력이라곤 아무것도 없는 병든 입술. 어젯밤 그 여자의 입술을 범했다. 약을 먹여야 한다는 생각 때문이었지만 제 입술을 떼는 데 오랜 시간이 걸린 걸 보면 핑계에 불과한 건지도 모르겠다. 애초에 입을 통해 약을 넣어주는 행동 자체가 재준이 해본 적 없는 행동이었다.

그건 어머니에게조차 하지 않았던 짓이었지.

재준은 자신의 행동의 이유를 알 수 없었다. 하지만 그녀를 보면 몇 번이고 같은 짓을 반복할 수 있을 거라는 건 정확히 알았다. 그녀는 어딘가 자꾸 재준을 자극했다. 어머니를 닮아 신경이 쓰이는 거라면 오히려 거부를 해야 했지만, 그게 됐다면 애초에 그녀를 두 번이나 찾아가는 짓은 하지 않았을 것이다.

'혹시 몸…… 그런 거 원해요?'

그랬던 건가. 처음 보는 순간에 느꼈던 그 느낌, 그리고 볼 때마다 느끼는 그 감정이 어쩌면, 그런 건가.

약을 먹는 모습을 확인하고 방을 나온 재준은 서늘하게 내려앉아 있던 심장에 손을 올렸다. 잠든 그녀의 얼굴을 한참이나 바라보고, 입술을 범하고, 폭주하는 심장을 느꼈다. 지금 뭘 하는 건가.

'아직 아픈 여자랑 해본 적 없는데.'

웃음이 터진다. 그건 대답이 될 수 없었다. 그저 과거 이야기일 뿐이다. 그렇다면 지금은……

재준이 한눈을 파는 사이 회의는 끝이 났다. 여자 생각에 회사 일을 방해받다니. 헛웃음이 일었다. 지장을 주진 않을 거다, 하루쯤은.

서인이 침대에 일어나 앉았다. 누군가 부르는 소리 때문이었다. 가만히 눈을 뜨자, 나이 든 여자가 자신을 내려다보고 있었다.

이곳은 내 집이 아니다.

본능적으로 그녀는 벌떡 일어나 앉았다. 어지럼증이 일었지만 몸은 훨씬 가벼워져 있었다.

"아가씨, 괜찮아요?"

"……."

"괜찮은 거예요?"

"네……."

두려움과 경계심이 들었다. 눈앞에 앉아 있는 여자가 누군지 알 수가 없어서. 혹시나 재준의 어머니라도 되는 걸까.

"난 이 집 도우미예요."

그의 어머니가 아니라는 사실이 조금은 경계심을 낮췄다.

"안녕…… 하세요."

"네, 반가워요."

김 여사가 미소를 지었다.

"너무 오래 잠만 자서, 내가 어쩔 수 없이 깨웠어요."

"제가 많이 잤나요? 시간이……."

"오후 2시예요."

열두 시간이 넘도록 세상모르고 잔 모양이다. 그것도 낯선 남자의 집에서.

"얼굴이 많이 안 좋네."

김 여사가 얼굴을 살피며 물었다.

"밥, 먹을 수 있겠어요?"

"아직 배가 고프지 않은데요."

"차장님이 꼭 먹이라고 했어요."

차장님이라고 하면 그를 말하는 거겠지.

"전 괜찮아요. 지금은 아무것도 먹고 싶지 않아요."

"그러지 말고 나와서 한술 떠요. 아니다, 아직 혈색도 안 좋은데 그냥 여기 있어요. 내가 가져다줄게."

나가려는 김 여사의 옷깃을 서인이 붙들었다.

"저기, 지금은 괜찮아요……."

"차장님은 절 김 여사님이라고 불러요."

김 여사가 미소를 지었다.

"뭐, 아줌마라고 해도 되고. 편하게 불러줘요."

"감사합니다, 김 여사님. 그런데 나중에 먹을게요."

"아휴. 그런 말은 차장님한테 해요. 난 차장님이 시킨 대로 해야 되는 사람이니까."

"하지만 입맛이……."

"입맛이고 뭐고. 약 먹어야 된다고, 꼭 밥 먹이라고 했다니까요."

흠칫. '약'이라는 말에 서인의 얼굴이 화끈거렸다. 그의 입술 감촉이 저절로 떠올라서. 마주한 김 여사는 아무것도 모를 텐데, 괜히 심장박동이 빨라지는 기분이다. 민망한 듯 굳어 있자 김 여사가 구슬리듯 말했다.

"내 입장도 이해해 줘요. 고용주가 시키는 거 안 하면 큰일 나잖아요. 생계가 걸린 일인데."

"……네."

"있어요, 내 금방 가져다줄게."

"아뇨. 제가 나갈게요."

김 여사의 친절이 영 불편한 서인이 조심스럽게 자리에서 일어났다. 어지럼증이 났지만 들키지 않을 정도였다.

김 여사를 따라 주방으로 나갔다. 김 여사가 능숙한 자세로 죽을 떠 그릇에 담아 서인의 앞으로 내려주었다.

죽에서 따뜻한 김이 모락모락 올라왔다. 배가 고프진 않았지만 식욕이 돌았다. 서인이 숟가락을 들었다. 한입을 떠서 입안에 넣었다. 입이 써서 맛은 느껴지지 않았다.

"이거 같이 먹어요."

죽 옆으로 미역국이 놓였다. 아이를 낳고 먹었어야 했던 것을, 아이를 잃고 먹어야 한다. 표현할 수 없는 서글픔이 심장을 찔러온다. 조금은 당황한 기색으로 김 여사를 바라보자, 김 여사가 아무것도 모르는 얼굴로 인자한 미소를 지었다.

"차장님이 국이 있는 게 좋겠다고 하셔서. 미역국 괜찮죠? 여자들 기운 없을 땐 이런 게 좋지."

"네……."

물끄러미 미역국을 내려다본다. 피를 흘리고 쓰러져 있던 자신을, 자살을 시도해 보려던 자신을, 무기력하게 잠만 자던 자신을, 그가 자꾸 살리고 있다.

떨리는 손으로 겨우 한입을 입에 문다. 삼켜야 하는데 울컥함에 쉽지가 않았다.

"입에 안 맞아요?"

눈치 없는 김 여사가 그녀를 재촉했다.

"아뇨, 맛있어요."

"그럼 어서 먹어요. 밥 먹고 약 먹고 또 자요. 몸 낫는 건 그게 최고지."

"네."

서인은 조용히 미역을 떠먹었다. 고마움과 비참함이 뒤섞여 코끝이 아렸다. 혀에서는 아무 맛도 나지 않는다. 하지만 국의 온도는 따뜻한 맛을 냈다.

5. 모멘텀

생각보다 퇴근 시간이 빨랐다. 서두를 마음은 없었는데 어쩌다 보니 그랬다. 엘리베이터에서 내려 현관 복도로 걸어가는데 김 여사가 밖으로 나오고 있었다.

"김 여사님, 가십니까."

"아이고, 차장님. 일찍 오셨네요."

"네. 그렇게 됐습니다."

"잘하셨어요. 안 그래도 저대로 두고 가도 되나 걱정하던 참이었거든요."

김 여사의 말에 재준이 미간을 좁혔다.

"무슨 일이라도 있습니까?"

"무슨 일은 아니고. 아픈 사람 텅 빈 집에 그냥 두고 가기가 뭐해서 그렇죠. 안 그래도 나가면서 전화를 드리려던 참이었어요."

"별일 없었습니까?"

"별일이야, 아무것도 안 하고 잠만 자는 게 별일이죠."

"밥도 안 먹었습니까?"

재준의 질문에 김 여사가 얼른 고개를 저었다.

"하도 안 먹는다 하길래 내가 차장님 무섭다고, 안 먹이면 나 잘린다고 수선 피우니까 그제야 먹더라고요."

"그렇군요. 잘하셨습니다."

"많이는 안 먹었어요. 그래도 아가씨가 참 참해요. 그 말에 얼른 먹어주니."

김 여사가 살짝 목소리를 낮췄다.

"근데 어디가 아픈 거예요?"

"……."

"나야 뭐 세세히 알 필요는 없지만 젊은 사람이 영 혈색도 없고 활기도 없어서 보기가 너무 안돼가지고."

"하루 종일 방에만 있었습니까?"

"죽 좀 먹고 잠깐 소파에 앉아 있다가 들어간 거 말고는 줄곧 방에만 있었죠. 약도 두 번밖에 안 먹었어요."

재준이 고개를 끄덕였다.

"고생하셨습니다."

"고생은 무슨요. 항상 집도 깨끗하고 딱히 시키시는 것도 없어서 공돈 받는 것 같아서 부담스러웠는데 이제야 밥값 하는 것 같아요."

재준이 지갑을 열어 지폐를 건넸다.

"많이 늦었는데 택시 타고 가십시오."

"아휴, 내 말을 어디로 들으신 거야. 이제야 밥값 했는데 이런 걸 받으면 안 되죠."

"제 마음 편하자고 드리는 겁니다. 앞으로 더 신세를 질 수도 있으니까."

"신세는 앞으로 계속 지셔도 차장님은 공짜로 해드려요."

"감사합니다."

말은 그렇게 하면서 재준은 돈을 거두지 않았다. 김 여사가 마지못해 돈을 받아 들었다.

"그럼 내일 오전에 잠깐이라도 와볼게요."

"내일은……."

주말이라 오지 않아도 된다고 말하려다가 지금은 자신보다 그녀를 부모처럼 챙겨줄 누군가가 필요하겠다 싶어 고개를 끄덕였다.

"차장님도 그만 쉬세요."

그러고 보니, 그녀를 찾는 이가 없었다.

"김 여사님."

재준은 떠나는 김 여사를 불렀다.

"혹시 휴대폰이 울리거나 통화하는 건 못 보셨습니까?"

"아뇨. 휴대폰 같은 건 전혀 울리지 않았어요. 전화하는 것도 못 봤구요."

"그렇군요. 조심히 가십시오."

"네, 쉬세요."

떠나는 김 여사를 뒤로하고 재준이 집으로 들어섰다. 불 꺼진 집 안에는 정적이 흘렀다. 그대로 서 있던 재준이 서인의 방을 노크했다. 아무 소리도 들리지 않았다. 조심스럽게 방문을 열고 들어섰다. 은은한 스탠드 불빛 아래 김 여사의 말대로 활기가 없는 얼굴이 눈을 감은 채 누워 있었다. 살아 있는 것 같지 않아 재준은 조심스럽게 그녀의 코 근처에 손을 댔다. 연한 숨이 흘러나와 재준의 손가락을 간질였다. 그제야 마음이 놓인 재준이 큰 숨을 내쉬었다.

김 여사에게 실컷 그 안의 사정을 들었음에도 혹시나 딴마음을 먹었을까, 이렇게까지 걱정을 하는 게 우스웠다.

왜 이렇게 마음을 쓰는 걸까. 회의 시간을 놓치고 퇴근 시간을 앞당길 만큼.

잠든 그녀의 입술이 보였다. 어제와 다르지 않은 마른 입술. 그 생기 없는 촉감이 잊히지 않았다. 슬며시 그녀의 입술을 향해 손을 뻗었다가 도로 거뒀다. 설마 입술 하나에 맛이 간 건 아닐 것이다. 하지만 아니라고, 굳이 우기진 않는다. 입술 하나만이 아닐 거라는 뜻이니까.

어깨까지 이불을 덮어주고 나오던 재준의 눈에 그녀의 휴대폰이 보였다. 전원이 꺼져 있었다. 밖으로 나온 재준이 휴대폰을 충전시키고 전원을 켰다. 비밀번호 같은 건 잠겨 있지 않았다. 딱히 구경할 게 없을 정도로 심플했다. 통화목록을 눌러보았다. 며칠 전 그녀의 집에서 걸었던 자신의 번호가 마지막으로 찍혀있을 뿐, 그 이후로 아무에게도 전화 온 것이 없었다.

아이 아버지는 누구지?

통화목록을 더 들여다보려던 재준은 더 이상은 실례라는 걸 알았다. 아니, 사실은 별로 알고 싶지 않다는 걸 알았다. 그녀가 언제든 전화를 쓸 수 있도록 충전만 한 채 전원을 껐다.

거실 불을 끄고 자신의 방으로 들어간 그는 샤워를 하기 위해 욕실로 향했다.

저녁때가 지난 시각. 서인이 천천히 자리에서 일어났다. 머리가 무거웠지만 오래 누워 있었기 때문에 생긴 현상일 뿐, 몸은 좀 나아진 기분이었다. 집 안 공기가 무겁게 느껴져 거실로 나갔다.

컴컴한 정적. 그는 아직 들어오지 않은 모양이었다. 바람을 쐬고 싶어 베란다로 향했다. 묵직한 문을 열고 나가자 찬 기운이 느껴졌다. 겨울은 다 지났건만 뒤끝이 참 길다. 야경과 함께 창유리에는 그녀의 모습이 비쳤다. 낯선 남자에게 숨어버린 자신의 한심한 모습이 보였다. 비참함과 초췌함, 그리고 가늠할 수 없는 앞날.

부르르, 몸이 떨려왔다. 찬 기운 때문일지, 암담함 때문일지, 혹은 둘 다일지.

이제 어떻게 살아야 하는 걸까.

찬 기운에도 가셔지지 않는 어지럼증에 서인은 베란다를 빠져나와 거실로 들어섰다.

"자는 줄 알았는데."

샤워를 마치고 밖으로 나온 재준이 거실에 있는 서인을 보며 말했다. 심장이 덜컥 내려앉은 것은 갑작스러운 인기척 때문일 것이다.

"없는 줄…… 알았어요."

자다 깬 채였고, 약 기운이 있어 비몽사몽이라 욕실에 사람이 있다고 생각하지 못했다. 그는 아래에 수건만 걸친 채 반라로 서 있었다. 그녀가 당황한 걸 알면서도 그는 딱히 몸을 감추려 들거나 피하려고 하지 않았다. 자신의 집이라 의식하지 못하는 모양이었다.

"퇴근 시간이 훨씬 넘었어."

"그랬…… 군요. 시간 가는 줄 모르고 잤나 봐요."

그가 가까이 다가왔다. 순식간에 긴장감이 온몸을 휘감았다. 그의 시선에는 바늘로 찌르는 것처럼 그녀를 찌릿하게 하는 무언가가 있었다.

"잘 잔 모양이군."

그가 그녀의 얼굴을 구석구석 살피며 말했다. 분명 얼마 전까지 다른 남자를 만났었다. 그런데 그 남자에게서는 한 번도 느껴보지 못한 남성미가 물씬 느껴졌다.

"아직 찬바람은 좋지 않을 것 같은데."

그가 그녀의 옷매무새를 여미며 말했다. 그의 손끝을 따라 몸이 뜨거워지는 기분이었다.

"누워만 있기 답답해서요."

눈빛을 피하려 시선을 내렸다. 그의 가슴팍이 보였다. 넓은 어깨와 단단한 몸. 여태껏 보았던 남자들은 남자도 아니라는 듯 진짜 남자 앞에 선 기분이었다. 강인함에 숨이 막혀 도망가고 싶었다.

"……들어가 볼게요."

"그래."

말은 그렇게 하면서도 그는 물러서지 않고 그녀를 빤히 바라봤다. 서인은 다른 곳으로 고개를 돌렸다. 시각은 사라졌지만 샤워코롱 향이 그녀의 후각을 자극했다. 어지럽고 화끈거려 버티기가 힘들었다. 몸이 휘청거렸다. 그가 그녀의 어깨를 강하게 잡아챘다. 심장이 크게 뛰었다. 뿌리치려 했지만 그는 놔주지 않았다.

"괜찮아요."

하지만 그의 손은 여전히 그녀의 어깨를 붙들고 있었다. 남자의 손길이 처음이 아닌데 마치 처음인 것처럼 몸이 다 떨려왔다. 완전히 다르다, 그동안 알던 남자라는 사람들과는.

그녀가 가만히 그를 올려다봤다. 그의 시선은 줄곧 그녀를 향해 있었다는 듯 바라보자마자 눈이 마주쳤다. 뜨거웠다. 그의 눈빛이, 그녀의 몸이, 심장이 감당할 수 없을 만큼 뛰었다. 머릿속이 새하얘지고 알 수 없는 욕구가 솟구쳐 올랐다.

이런 거였구나, 충동이란 거. 욕망이란 거.

숨이 가빠졌다. 두려워 그를 밀어내려 했지만 힘이 들어가지 않았다. 그저 하루쯤은 강인한 남자에게서 위로를 받고 싶다는 생각이었다. 나약한 자신을 위로해 줄 강한 남자가 필요하다고.

그 마음을 안다는 듯 그가 다가오고 있었다. 마른 입술을 촉촉하고 따뜻하게 감싸줄 그 부드러운 입술이 그녀를 향하고 있었다. 어쩌면 착각일지도 모르지. 그럼에도 그대로 눈을 감았으면 싶었다. 모든 걸 다 잊은 채로.

하지만 더 이상의 어리석은 짓으로 자신을 망가뜨릴 순 없었다.

"미역국……."

그녀가 겨우 한마디를 던졌다. 자신은 아이를 잃은 여자였다. 아니, 모든 것을 다 잃은 여자였다.

"잘 먹었어요."

그에게 자신이 어떤 여자라는 걸 알리듯 눈을 마주했다. 그의 손에서 힘이 빠져나갔다.

"잘 먹었다니, 다행이군."

그는 아무 일도 없었다는 듯 그녀를 지나쳤다. 그녀는 그 자리에 못 박히듯 서 있었다. 샤워코롱 냄새가 다 사라지고 나서야 그녀가 큰 숨을 내뱉었다.

이 집에 오고 처음으로 일찍 잠에서 깼다. 밤사이 여러 번 뒤척이는 바람에 머리가 조금 아팠다. 하지만 몸은 훨씬 가벼워졌다. 자리에서 일어나던 서인은 제 어깨를 살며시 감싸 쥐었다.

강재준. 그를 두고 대체 무슨 생각을 한 건지.

살면서 충동이라는 걸 그렇게 강하게 느낀 적이 없었다. 늘 해야 할 일, 주어진 일만 하며 살았었다. 용운을 만나고 데이트를 하고 1년이 지나 잠자리를 했던 것도 연애라면 언젠가 그런 수순을 밟아야 했던 거라고 생각했기 때문이었지 어떤 충동을 가지고 한 행동이 아니었다. 그저 한 남자가, 그것도 잘 알지 못하는 남자가 이렇게까지 그녀의 감정에 파도를 치게 할 줄은 꿈에도 몰랐다.

그녀는 그를 어떤 얼굴로 봐야 하나 걱정스러웠다. 아무 일도 없었던 것처럼 굴리라, 단단히 방비를 하듯 심호흡하고 살며시 문을 열었다.

음식 하는 소리가 들려왔다. 집 안이 부산스러웠던 건 그 때문이었나 보다. 서인이 천천히 주방으로 나갔다. 김 여사가 콧노래를 흥얼거리며 무언가를 만들고 있었다. 심취한 탓인지 그녀의 기척을 알아차리지 못했다. 그녀는 조심스럽게 거실을 둘러보았다. 그가 보이지 않았다.

"차장님은 운동 가셨어요."

화들짝 놀라 고개를 돌렸다. 그녀가 재준을 찾고 있다는 걸 다 안다는 듯 김 여사가 미소를 짓고 있었다.

"우리 차장님이 주말엔 수영을 가시거든요. 잘 잤어요?"

"네."

사르륵, 긴장감이 수그러들었다. 어딘가 모를 실망감이 일었지만 그녀는 모른 척했다.

"좀 어때요?"

"많이 좋아졌어요."

"그래도 혈색은 여전히 없네. 다행히 어제보다 기운은 났나 보네요."

"네, 덕분에요."

"덕분은 무슨. 내가 뭐 한 게 있다고. 한 이삼십 분 있으면 차장님 오실 텐데, 같이 먹을래요?"

"아뇨."

서인이 조금은 큰 목소리를 냈다. 괜히 김 여사가 의아하게 바라보는 기분이었다. 그녀는 얼른 평정심을 되찾았다.

"지금 먹고 들어가 쉴게요."

재준이 없어 마음이 편해진 서인이 식탁에 앉았다. 그가 오기 전에 얼른 먹고 들어갈 요량이었다.

"같이 먹으면 좋을 텐데. 우리 차장님도 맨날 밥을 혼자 먹어서."

그렇게 말하면서도 김 여사는 반찬을 식탁에 내려놓았다. 혼자 있는 그가 전혀 외로워 보이진 않았지만 밥을 혼자 먹는다는 말이 괜히 짠하게 들려왔다.

"김 여사님이 같이 드시지 않나요?"

"나는 바깥양반이랑 먹고 오고, 또 가서 먹고 하니까."

그녀가 살짝 고개를 끄덕이는데 문이 열리는 소리가 들렸다. 그녀의 표정이 대번에 굳어졌다. 하지만 서인과는 다르게 김 여사가 반가운 얼굴을 했다.

"아이고, 벌써 오시나 보네. 어제도 엄청 빨리 퇴근하시더니. 집에 신주단지가 있으니 왜 안 그렇겠어."

서인에게 김 여사의 중얼거림은 들리지 않았다. 그의 등장으로 쿵, 하고 내려앉은 심장에서 세차게 심장 뛰는 소리만 들려왔다. 어젯밤 일은 그저 일시적인 감정일 뿐일 텐데, 그를 마주한 몸의 반응은 생각과는 달랐다.

집 안으로 들어오던 그가 서인을 확인하고 걸음을 멈췄다. 서인이 일어나 있을 거라고 생각하지 못한 모양이었다. 인사를 해야 했지만 서인은 시선을 돌렸다. 기분 탓일 테지만 둘 사이에 어색함이 흐르는 것만 같았다.

"아휴, 안 그래도 언제 오시나 했는데."

아무것도 모르는 김 여사가 끼어들었다. 재준이 김 여사에게로 시선을 옮겼다.

"일찍 오셨네요, 김 여사님."

"우리 딸내미 때문에 오후에 급하게 가볼 데가 있어서 음식 얼른 해주고 가려고 왔죠."

"바쁘신데 죄송합니다."

"무슨 말씀을요. 얼른 와서 앉으세요. 안 그래도 아가씨도 혼자, 차장님도 혼자. 따로 먹는 게 영 마음에 쓰였는데."

김 여사가 신이 난 듯 수저를 놓고 두 사람의 밥을 퍼 그릇에 담아 식탁에 올렸다.

"앉으세요, 어서."

국까지 올린 김 여사가 그대로 서 있는 재준을 재촉했다. 그가 그녀의 맞은편에 앉았다.

"어서 먹어요."

김 여사가 물을 따라주었다. 서인이 김 여사를 바라보며 간절히 말했다.

"같이…… 드세요."

"난 먹고 왔다니까. 그리고 아가씨 일어난 김에 침대 정리 좀 해야겠어요. 며칠을 아파서 누워 있었으니, 침대보를 갈아놔야 또 쾌적하게 잘 수 있지."

"제가 할게요."

"무슨 소릴. 그게 내 일인데. 어서들 먹어요."

김 여사가 바쁘게 그녀가 지내는 방으로 사라졌다. 단단히 방비하고 나왔을 때는 없던 남자가 기습을 하듯 갑자기 나타나 그녀를 무장해제시켰다. 서인은 난감했다.

"오늘은 좀 괜찮은가."

그가 그녀를 빤히 바라봤다. 어젯밤 일이 반복될까 봐 그녀는 마주 보지 못하고 고개만 끄덕였다.

"다행이군."

가만히 바라보던 그가 밥을 먹기 시작했다. 그제야 그녀가 고개를 들었다. 그는 무슨 일이 있었냐는 듯 아무렇지 않은 얼굴로 밥을 먹었다. 늘 혼자 먹던 식탁 앞에 다른 사람이 있으니 그 기분이 색다를까. 아니, 그는 그런 생각 같은 건 전혀 해본 적도 없을 것 같았다. 그는 전혀 외로워 보이지 않았으므로.

시선을 느꼈는지 불현듯 그가 고개를 들었다. 눈이 마주쳐 고개를 돌리려 했지만 쉽지 않았다. 눈빛은 여전한데 어제와는 다른 느낌. 머리 스타일 때문일까. 늘 반듯하게 올린 머리 스타일만 보다가 이마를 가린 머리 스타일을 보니, 느낌이 또 달랐다. 조금 부드럽고 어려 보였다. 그렇다고 해서 어젯밤 보았던 강인한 남자의 느낌이 사라지는 건 아니었다. 한 번 뛴 가슴은 여전히 세차게 뛰고 있었다. 어서 빨리 집으로 돌아가야겠다. 하지만 몸이 다 나을 때까지는 그가 순순히 보내지 않을 거란 생각이 들었다.

그녀가 밥을 크게 퍼서 입안으로 넣었다. 밥이 보약이란 마음으로. 그의 시선이 느껴졌지만 아랑곳 않고 열심히 먹었다. 더 이상 불편해지기 싫었다.

그가 살살 그녀의 등을 쳤다. 아침에 먹은 게 잘못됐는지 오후가 되고 나서 그녀가 구토 증세를 보였다. 그녀는 괜찮다고 나가달라고 했지만 그는 양보하지 않고 욕실에 들어서서 그녀의 등을 쳐주었다.

씩씩하게 잘 먹는다고 내심 기특해했는데 결국 체기가 올라온 모양이다. 아프다는 소리를 하지 않는 여자인지 아무 말도 없다가 갑자기 사람을 놀라게 한다. 하지만 여전히 아프다는 말은 없다. 그저 몇 번을 게워내고도 속이 불편한지 인상을 펴지 않는 것으로 그녀의 통증을 짐작했다.

"병원에 가도록 하지."

그녀를 소파에 앉히고 그가 휴대폰을 꺼냈다. 근처 병원을 찾기 위해서였다.

"괜찮아요. 속이 좀 나아졌어요."

"굳이 거짓말해서 병 키우지 말고."

병원 검색을 마친 그가 움직이려 하자, 그녀가 그의 팔을 붙들었다. 그녀의 손끝이 차디찼다.

"그냥 좀 쉬면 나아요."

그가 그녀의 손을 잡았다. 놀란 그녀가 손을 빼내려 했지만 그는 더욱 강하게 잡았다.

"느껴져?"

그의 온기가 느껴졌다. 따뜻하다 못해 뜨거운 온기.

"손이 차. 그것도 심하게. 체한 거야."

그녀가 조심스럽게 손을 뺐다.

"체했다고 응급실 갈 정도는 아니에요. 이 정돈 따기만 해도 낫는 건데."

"그럼 따줘?"

그녀가 얼른 고개를 젓자 그가 피식, 웃음 지었다.

"불안하면 김 여사님 부르지."

"가신 지 얼마나 됐다고요."

"그럼 결국 나뿐이군."

그의 말을 농담으로 들은 건지, 그녀가 옅은 미소를 지었다. 보기 좋았다. 그녀가 웃는 얼굴. 자주 보고 싶은 마음이 들었다.

"괜찮아요. 좀 쉬면 나을 거예요."

그녀가 일어서려 했지만 그가 그녀를 도로 소파에 앉혔다. 그녀가 방으로 들어가 버리면 밤새 배를 잡고 끙끙거려도 알 길이 없었다. 아무리 아파도 내색하지 않는 여자. 한서인은 그럴 가능성이 충분한 여자였다. 이유는 모르지만 그녀가 아픈 게 싫었다.

재준은 서인의 옆에 자리를 잡고 앉아 도로 그녀의 손을 잡았다. 시릴 정도로 차가운 손. 응급실로 향하던 그날의 기억이 떠올랐다. 그는 제 손아귀에서 빠져나가려는 그녀의 손을 꽉 잡았다.

"사심은 없어."

거짓말. 그는 그것에 능수능란했다. 그가 그녀의 손을 꾹꾹 눌렀다.

"어렸을 때 이렇게 하면 낫곤 했지."

"정말 다 나았어요?"

"그래."

"엄마 손이 약손이었던 것뿐일 거예요."

"엄마? 난 그런 거 없어."

거부하려던 손길이 얌전해졌다.

"그럼……."

"다행히 손은 두 개니까."

자신을 안쓰럽게 바라보는 그녀의 표정을 읽을 수 있었다. 그가 그녀를 바라보며 희미하게 미소를 지었다.

"걱정 마, 고아는 아니었으니까."

고아보다 못했을 뿐이지.

그의 손길에 그녀의 손에 온기가 돌았다. 고개를 들자 그녀가 소파 등에 머리를 기대고 눈을 감고 있는 것이 보였다. 체증이 가시는지 그녀의 표정이 아까보다 훨씬 부드러웠다. 그가 그녀의 볼에 붙은 머리카락을 살며시 떼어주었다.

가지고 싶은 여자가 잠들어 있는 걸 그저 지켜보기만 하는 것은 고역이었다. 그가 그녀의 손에 깍지를 끼었다. 그러고는 그녀의 손등에 입술을 묻었다. 주체할 수 없는 욕망을 입술 한 번으로, 그렇게 묻었다. 어쨌든 아픈 여자를 건드리는 남자가 되고 싶지는 않았다.

집 안에서 쏟아져 나오는 빛이 재준을 잠시 당황하게 만들었다. 퇴근 시간, 집에는 불이 꺼져 있어야 했다.

"왔어요?"

집에 발을 들이던 재준은 잠시 자리에 멈췄다. 30년 동안 가장 익숙해진 일이 있었다면 불 꺼진 집이었다. 집에 와서 불을 켰던 것도, 껐던 것도 자신이었다. 불 켜진 집에 들어온 일이 거의 없었다. 있다면 아침에 깜빡 잊고 불을 끄고 나가지 않았을 때뿐이었다. 그런 날이면 가슴이 뛰곤 했었다. 하지만 다 어린 시절 이야기였다. 성인이 된 후 그런 걸 의식해 본 적은 없었다. 슬퍼해 본 적도. 하지만 오랜만에 이런 상황이 되자 당황스러웠다. 게다가 불이 켜져 있는 것도 모자라 자신을 맞이하는 사람까지 있으니 더 그랬다.

"안 들어와요?"

그녀는 늘 자신을 맞이했던 사람처럼 편안해 보였다. 들끓는 마음은 자신뿐이겠지. 그는 그런 마음을 차게 식히려 애를 썼다.

"몸은?"

그가 집으로 들어서 외투를 벗었다.

"몸은 다 나은 건가."

"어때 보여요?"

그녀가 자신을 보라는 듯 어깨를 으쓱거리며 말했다. 괜찮다는 것을 알아주길 바라는 듯 애써 미소까지 지으며 밝은 척을 했지만 재준의 눈에는 전혀 괜찮아 보이지 않았다.

한서인은 다르다.

어떻게든 약점을 드러내 동정이라도 받으려는 어머니와는 완전히 다른 여자였다. 그렇다고 해도 안심은 되지 않는다. 오히려 그래서 더 그녀를 보면 불안하고 걱정이 된다.

"밥, 안 먹었죠?"

그녀는 식탁으로 가서 자리를 옮기며 물었다. 돌아보니, 식탁에 음식들이 한 상이었다. 집에서 보기 힘든 광경이다. 앞으로도 없을 광경. 그래서 지금도 보고 싶지 않은……

"이런 신경, 쓰지 않아도 돼."

그가 그대로 뒤돌아섰다. 그녀가 듣지 못한 사람처럼 말을 이었다.

"김 여사님, 음식이 맛있어요. 그런데 너무 많이 해놓고 가셨어요."

그녀는 멋대로 식탁에 수저를 올리고 있었다. 그 모습이 이상하게 느껴졌다. 한 번도 느껴보지 못한 느낌이라, 그게 뭔지는 알 수 없었다.

"내일 또 다른 거 해주신대요."

"그래서?"

"혼자 먹긴 많아요."

어차피 제 의사는 듣지 않을 모양. 그녀는 그릇에 밥까지 뜨고 있었다. 그 모습을 물끄러미 바라보던 재준이 방문을 열었다. 그녀의 시선이 느껴졌다. 남의 집에서 제 주장을 자연스럽게 펼치는 여자 때문에 되레 집주인이 불편하다. 거절하려는데 그녀와 눈이 마주쳤다.

"씻고."

그 말에 살며시 웃는 그녀의 미소를 보고 방으로 들어갔다.

기분 참, 묘하게 만드는군.

그녀의 자연스러운 태도에 피식, 웃음이 나올 뿐이었다. 샤워하는 동안 그는 이 황당한 상황에 알 수 없는 기분을 느껴야 했다.

옷을 갈아입고 식탁에 앉은 재준은 저도 모르게 주변을 둘러봤다. 분명 제집이 맞는데 이 여자 하나로 분위기가 확 달라졌다. 심지어 이 여자 자체는 전혀 달라지지 않았는데도 불구하고. 여자는 자연스럽고 재준은 이 상황이 눈앞의 여자만큼 잘 적응이 되지 않는다.

"휴가를 냈어요."

묻지도 않았는데 그녀가 먼저 답했다.

"시골에 계신 아버지가 편찮으시다고 했어요."

자신의 유산 문제를 회사에 그렇게 해결했다는 답변이었다.

"부모님이 시골에 계셨나."

"아버지만요. 어머니는, 안 계시거든요."

"그렇군."

"며칠 말미가 남았어요."

"……."

"신세 좀 질게요. 아직은 집에 있기 무섭거든요."

눈을 마주하자 그녀가 옅은 미소를 지었다. 또다시 불안한 느낌이 든다.

"음식이 맛있어요."

그녀는 아무렇지도 않은데 대체 왜…….

"꼭 어렸을 때 엄마가 해준 것 같은 음식이에요."

그의 눈길에 그녀가 미소를 지었다.

"열 살 때쯤, 교통사고였어요."

"……."

"입맛이 없었는데, 엄마가 해준 것 같아서. 김 여사님이 주신 음식, 다 챙겨 먹었어요."

양은 그리 많지 않았겠지. 이미 김 여사에게 들어서 알고 있었다. 그녀가 채근에 못 이겨 억지로 밥을 떴다는 것을.

"그래, 김 여사님이 음식을 잘 하시지."

"어떻게 아는 분이냐고 물으면 실례일까요."

"회사 근처 식당 아주머니였어. 일하시다가 다리를 크게 다치셔서 식당 일을 볼 수가 없으셨지. 그래서 내가 우리 집에 와서 관리를 부탁했어."

"그랬군요."

그녀가 밥을 먹기 시작했다. 그도 다시 밥을 먹었다. 말은 없었다. 집은 전과 다름없이 조용했다. 그런데도 수저와 그릇 부딪히는 소리, 음식이 오가는 소리들이 조금은 복작한 느낌을 줬다.

재준에겐 묘한 기분이었다.

"집으로 돌아갈게요."

역시, 그랬군.

전에 없이 수다를 떠는 모습이 달라 보인다 했다. 재준이 음식을 집던 손을 멈추고 그녀를 노려봤다. 그녀가 아까보다는 조금 더 입술을 늘려 미소를 지었다.

"휴가 일자가 끝나면요."

그녀가 자신을 부담스러워한다는 걸 알았다. 하긴, 환자로서 이 집에 있는 동안 자신이 그녀를 어떤 표정으로 바라보는지, 그녀도 모르지 않았을 것이다.

"임의매매가 뭔지 알아?"

하지만 이대로 그녀를 그냥 보내고 싶지 않았다.

"당사자 의사 묻지 않고 멋대로 주식 매매를 해버리는 거야. 그건 불법이지. 그런데 당신이 전화를 안 받았어. 그래서 그냥 매매를 할 뻔했지. 왜인 줄 알아? 당신 주식에서 내가 아주 괜찮은 수익률을 냈거든. 팔기에 딱 좋을 때였지. 당신은 불법을 조장까지 한 거야, 나한테서. 한서인이 한 짓이 참 다양하지."

가만히 바라보던 그녀가 물었다.

"그걸 어떻게 알아요?"

그가 눈을 가늘게 떴다.

"뭘."

"딱 팔기 좋은 때라는 거."

"……"

"지나봐야 아는 거 아닌가요."

그래, 개미들이 차트를 보며 늘 후회하는 것. 그때 팔걸. 그때 살걸. 모두 지나고 나서 하는 후회였다. 하지만 재준에겐 직업이었다. 천성이었다. 동물적 감각. 먹고살기 위한 태생이었다.

"관심만 주면 지나지 않고도 알 수 있는 것들이 있지."

관심, 이라는 말이 걸렸는지 그녀가 숟가락을 내려놨다. 그가 바라보자 그녀가 미소를 지었다.

"내가 누군지 알아요?"

그녀의 물음에 그가 지그시 그녀를 바라봤다.

"유부남의 장난에 놀아나던 여자."

서인이 처음으로 자신이 겪은 일에 대해 입을 열었다.

"아무것도 모르고 임신했다고 기뻐했던, 멍청한 불륜녀."

그녀는 일부러 그러는 사람처럼 그와 눈을 마주하고 또박또박 말했다.

"무슨 일이 일어나는지도 모르고, 자신의 인생에 조금도 제대로 관심을 주지 못했던 여자."

"……."

"그게 나예요. 딱 팔기 좋았던 때를 놓쳐 완전 바닥으로 떨어진 여자."

생각지도 못한 말에 그가 한쪽 눈가를 찡그렸다. 그녀는 눈을 피하지 않았다. 이런 여자라는 거, 누군가에게는 솔직하게 털어놓고 싶은 심정이라는 듯. 어차피 그는 상관없는 남자니까 솔직하게 말하고 무게를 덜고 싶다는 듯.

유부남과 놀아나던 여자라.

피식, 웃음이 났다. 어머니도 모자라서 그 옛날 자신의 첫사랑까지 떠오르게 하는 여자군. 하지만 확신하건대 상황이 같다 해도 그녀들과 닮은 점이 전혀 없는 여자다. 아무렇지도 않은 척 쉽게 말해도 유부남과 놀아난 것이 무척이나 억울해 보이니까.

"그래서? 기회를 놓쳤으니 끝이라는 건가?"

"기회는 더 이상 없어요."

"왜, 아직도 그 멍청한 불륜녀를 이어가고 있기라도 한가?"

"……."

"멍청한 불륜녀. 아직도 그걸 진행 중이냐고 물었어."

"더는 아니에요."

상대와 끝냈다는 뜻이었다. 그는 문득 배신의 아픔이 너무 커 아이를 지키지 못한 거라면 이 여자가 왜 아이를 빌미로 사랑을 구걸하지 않고 버리는 쪽을 선택했는지 궁금해졌다.

"하지만 이미, 저지른 일이니, 지워지지도 않겠죠."

"……."

"난 그런 여자로 평생, 남을 테니까."

자신이 자위해서 생긴 일도 아닌데, 꼭 그런 치부를 제 가슴에 안고 살아야 할까. 다른 남자와 다시 사랑하고 사랑받는다면 충분히 잊힐 그 일들을?

"지난 일을 돌이킬 수 없으니까."

그녀의 목소리가 자신의 몸을 원하냐고 물었을 때만큼 떨려왔다.

"돌이킬 수 있는 기회…… 는 없어요."

무너질 것 같은 눈으로 자신을 간절히 바라보던 그 눈빛. 생각나지 않았으면 좋았을 걸 그랬다. 그녀의 몸에 눈길이 가기 시작했다. 배신당할 취급을 받을 만큼, 정말 엉망인 여자인 건지, 알고 싶어졌으니까.

"한서인."

또다시 피어오르는 욕망을 느끼며 그가 입을 열었다.

"당신은 한서인이야."

그녀의 문제에 관심이 없다는 듯 무심한 답변.

"내 영업 실적에 오점을 남긴 여자."

그녀는 그에게 오점을 남긴 유일한 여자였다. 그리고……

"다시 회복시킬 수 있는 여자."

자신의 오점을 지울 유일한 여자였다.

"적어도 나에겐 그래."

그가 딱 잘라 말했다.

그녀가 잠시 생각하는 듯 옅은 미소를 지었다. 그리고 다시 밥을 먹기 시작했다. 그녀가 무슨 생각을 하는 건지, 감이 오지 않아 초조했다.

"전화 꼭 받을게요."

조용한 식사가 끝나갈 때쯤 그녀가 젓가락을 내렸다.

"전화 안 받아서 임의매매라도 할까 봐 그런 거라면."

고집은 알아줘야겠군.

궁금했다, 처음으로. 고객이자, 어머니를 떠오르게 하는 여자이자, 그가 가장 경멸했던 옛 여자가 했던 그 짓을 저질렀다던 여자가.

"이번엔 무슨 일이 있어도 강재준 씨 전화, 꼭 받을게요."

그녀가 차분히 다시 말했다.

"받지 않는다면?"

"그땐 맘대로 해도 좋아요. 날 가둬두든, 전화기 옆에 묶어
두든."

더 말릴 이유는 없었다. 휴가 기간 동안에 자신의 집에서 몸
을 추스르고, 그녀의 집으로 돌아가 전화를 꼭 받겠다는데 무슨
핑계로 그녀를 잡을 수 있단 말인가. 게다가 잡을 이유도 전혀
없었다. 대답하지 않았지만 그녀는 대답을 들었다고 생각했는
지 자리에서 일어났다. 그녀가 그릇들을 챙겼다.

"설거지는 제가 할게요."

홧김에 그러라고 말하려다가 낮에 걸려온 김 여사의 '절대 손
에 물 묻히지 말라는' 당부를 떠올리고 만류했다.

"그냥 둬."

"하지만……."

"내 집이야. 적당히 고집 피워."

그는 그녀가 잠시 머뭇거리다가 제 방으로 돌아가는 걸 바라
봤다.

잡을 이유가 없다, 강재준.

그녀가 방으로 들어가고 다시 쓸쓸해진 집. 늘 그랬던 집에
혼자 남는다 해도.

식탁을 치운 그는 불 켜진 거실을 둘러보다가 불을 껐다. 기다렸다는 듯 어둠이 둘레를 치는 집. 잠시 서 있던 그는 방으로 들어갔다.

6. 하한가

짧은 여행을 다녀온 기분이었다. 별다른 일 없이 누군가가 만들어준 밥을 먹고, 잠을 자고, 문득문득 찾아오는 낯선 곳에서의 긴장 덕분에 잠시 모든 것을 잊을 수 있었다.

인사도 없이 집으로 돌아왔다. 전화를 받겠다는 짧은 문자를 남기는 것으로 그를 다시 한 번 안심시켰다. 그렇게 급할 이유는 없었는데.

하지만 그녀는 도망쳐야 했다. 그는 단순히 실적 때문에 자신과의 연락에 집착하는 것뿐인데, 그녀는 그가 자신을 보내지 않으려는 것에 의미를 두려 하고 있었다. 가장 어려울 때 힘이 돼 준 사람이라 그럴 것이다.

그녀의 곁엔 '사람'이 필요했다. 아무 변명을 늘어놓지 않아도 되는 사람이. 강재준. 그는 처음엔 그녀에게 단순히 '사람'이었지만, 단 며칠 만에 '남자'가 되었다. 그러니 그녀는 함께 있기가 버거웠다. 한 번도 본 적 없는 진짜 남자의 모습을 마주하는 것이 나약할 대로 나약해진 지금의 한서인에게는 좋을 것이 없었다.

돌아오는 날, 따로 작별 인사를 하지 않았다. 왜 그랬는지는 모르겠다. 하고 싶지 않았다. 그냥, 완전한 작별은 아니길 바라는 마음이었던 것 같다. 그래서 어쩌면, 그의 전화를 기다릴지도 모를 것 같다고 생각했다. 해서는 안 되는 생각이었다. 그녀는 일에만 집중하기로 했다.

돌아온 서인은 여느 날과 같이 출근을 했다. 회사에서는 자신이 무슨 일을 당했는지 전혀 알지 못했다. 그래서 가장 편안한 장소였다. 야근이 차라리 마음 편할 정도로, 집에 돌아가는 것이 편치 않았다. 하지만 세상은 언제 무슨 일이 생겼냐는 듯 평온했다.

몸도 어느 정도 회복되었고, 용운에 대한 생각을 접으려고 애를 썼기에 딱히 마음의 파장조차 없는 나날이었다. 하지만 평화는 그리 오래가지 않았다.

"여긴 어떻게 왔어요?"

퇴근길, 서인은 집 앞에 서 있는 용운을 보고 자리에 멈춰 섰다. 보는 것만으로도 소름이 돋아났다.

"무슨 섭섭한 말이야. 내가 못 올 데 왔어?"

아무렇지도 않은 얼굴로, 평소와 다름없는 말투로 다가서는 용운을 보자 머리부터 발끝까지 아찔해지는 것만 같았다. 나타나지 않았으면 좋았을 텐데. 이대로 그녀의 마음속 무덤에 영원히 가둬둘 수 있었다면 좋았을 텐데.

겨우 추슬렀던 마음이 다시 엉망이 되는 기분이었다.

"돌아가요. 난 할 말 없어요."

서인은 다가오는 그를 빗겨났다.

"서인아."

"……."

"우리 예쁜 서인아."

"그렇게 부르지 말아요."

"갑자기 나한테 왜 이렇게 차가워?"

용운이 그녀의 팔을 잡았다. 그녀가 참을 수 없다는 듯 그의 팔을 뿌리치고 노려봤다.

"함부로 만지지 마요."

"허! 한서인. 나 네 남자친구야."

"남자친구?"

그녀가 황당하다는 듯 반문하자 용운이 당혹스러운 표정을 지었다.

"혹시 내가 연락 안 했다고 삐친 거야? 그거라면 사정이 있었어. 있잖아, 그게 내가 출장을……."

"궁금하지 않으니까 가줘요."

"뭐?"

"당신에 대해서 아무것도 궁금하지 않으니까 그만 가라고."

"뭐야, 너. 아이 때문에 그래? 그거 낳으면 될 거 아니야."

"그거?"

서인의 가슴이 바늘로 찔린 듯 아파왔다.

'그거라뇨. 몇 주 안 되면 아이도 아닌가요?'

'그래, 그건 그냥 세포지. 세포에 불과해.'

"그거라고?"

참지 못한 서인이 매섭게 따귀를 날렸다. 있는 힘껏. 할 수 있는 힘을 다해서. 아기의 몫까지 모두 다 해.

찰싹! 하고 매서운 소리가 났다. 손이 화끈거렸지만 마음만큼은 아니었다. 얼굴이 돌아간 용운이 뒤늦게 정신을 차리고 서인을 향해 눈을 크게 떴다.

"너 지금, 너 지금 뭐 하는 거야. 미, 미쳤어?"

"그래, 미쳤어. 꼴 보기 싫으니까 돌아가."

"뭐, 꼴? 너 지금 꼴이라고 했어?"

"그래, 그랬어. 그거보다 더한 욕을 해주고 싶은데 말 섞기가 싫어. 그러니까 가. 내 눈에 띄지 말라고."

"뭐야? 아니, 뭐 이런 미친!"

용운이 그녀의 뺨이라도 날릴 것처럼 손을 올렸다. 서인이 눈 하나 깜빡하지 않고 용운을 바라봤다. 두려울 게 없었다. 가진 게 더는 없으니까. 두려워할 사람은 온갖 거짓말로 자신을 속인 민용운, 이 남자여야 했다.

"미쳤다고 했잖아."

용운의 제스처에도 꼼짝하지 않는 서인을 보자, 오히려 용운이 멈칫거렸다.

"돌아가요."

"한서인……."

"돌아가. 돌아가라구요."

서인이 단호히 말하자, 용운은 잠시 당황한 듯하더니 미소를 지었다.

"서인아, 한서인. 왜 그래? 너, 애 생기더니 예민해졌구나? 그래, 애 생기면 다 예민해지는 것 같더라. 우리 회사 임신부들 보니까 그렇더라고. 이해해. 이해한다. 근데, 서인아. 나야, 나. 민용운. 너는 얌전하고 예쁜 한서인이고. 나한테 이러면 안 되 잖아."

"왜 안 되는데?"

"뭐?"

"네가 나한테 뭐라고, 그러면 안 되냐고."

"한서인……"

그녀가 용운을 무시한 채 문을 열었다. 그가 앞을 막아섰다.

"서인아, 잘못했어."

그가 사정했다.

"연락 끊고 싶어서 끊은 거 아니야. 그냥 갑자기 아이가 생긴 게 너무 무서웠어. 당신하고 결혼, 당연히 해야 하지만 아직 부모님 반대 때문에 생각도 못 하고 있던 거잖아. 그런데 덜컥 애부터 만들면 내 입장이……. 물론 그게 결혼의 방법이 될 순 있지만 그런 식으로 장가가는 건 부모님에게도 그렇고, 우리 둘 사이에서도 나중에 태어날 애한테 할 말이 좀 그렇잖아. 그래서 생각할 시간이 필요했어."

용운이 사정했다. 온통 거짓말. 그의 입에서 나오는 말이 모두 거짓말이라는 것을 알고 있었다. 만약 거짓말하는 것을 몰랐다면 어땠을까. 그럼 모른 척 받아줬을지도 모른다. 생각만으로 아찔해졌다.

그녀는 고개를 저었다. 용운이 유부남이 아니고, 그가 한 말이 모두 사실이었어도, 아기를 물건 취급하는 이 남자는 그녀에게는 최악인 남자였다. 단지 몰랐던 것이다. 위기를 겪어야만 알게 되는 것들이 있게 마련이니까.

'관심만 주면 지나지 않고도 알 수 있는 것들이 있지.'

재준의 말이 떠올랐다. 스스로에게 관심을 좀 더 주었다면 만났던 남자가 얼마나 최악인지 알 수 있었을까.

"이해하지? 한서인. 우리 예쁜 서인이는 이해할 거야, 응?"

그렇다면 이렇게 고통을 당하지 않았을까.

얼굴을 들이밀며 말하는 용운을 경멸하듯 바라보며 서인이 물었다.

"이해하면…… 어떻게 되는데?"

"뭐?"

"그럼 아이 낳아?"

"그게……."

"아이, 키우려고? 이젠 겁이 안 나? 네 부모는 어떻게 할 건데?"

"뭐, 너?"

용운이 기가 찬 듯 미간을 좁혔다.

"아니, 서인아, 너라니. 우리 서인이 그렇게 신경이 예민해진 거야? 뭐, 입덧해? 지금 한창 입덧할 시간가?"

아무것도 못 할 자식. 아니, 애초에 모든 게 거짓말인 사기꾼 같은 자식.

노려보던 서인은 그를 밀어내고 집으로 들어왔다. 아예 대꾸조차 안 할 줄은 몰랐는지 멀뚱멀뚱 서 있던 그는 문이 닫히자마자 쾅쾅쾅, 현관문을 두들겼다. 늦었다. 그 소리가 제 마음을 요란하게 두들기고 있는 것 같아 그녀는 귀를 막았다. 겨우 평안하게 한 마음이었는데. 재준 덕분에 가라앉힐 수 있었던 마음이었는데.

아무리 막아도 소리는 들려왔다. 하지만 아무리 강한 노크 소리가 들려온다 해도 이미 닫힌 문, 닫힌 마음이었다.

퇴근 시간이 지나도록 재준은 자리에 남아 있었다. 얼마 전 자신으로 인해 큰 수익을 얻은 주류업 회장이 친구들을 소개했다. 현금깨나 만지고 있는 노인들이었다. 땅 외에는 믿지 않던 사람들이 친구가 주식으로 재산을 증식했다는 소리를 듣고 생각을 바꿨다. 돈이 많을수록 욕심은 끝도 없었다. 하루가 멀다고 만나자고 닦달해 대는 연락이 왔다. 영업을 누가 하는 건지 모를 정도로 시끄러운 노인네들이었다.

재준은 그들의 자산을 채권, 주식, 수익증권에 어떤 식으로 분배할지에 대한 포트폴리오를 만드는 중이었다. 보통의 고객에게는 필요하지만 이들에게는 굳이 필요한 것은 아니었다. 노인들은 복잡한 서류를 보고 싶어 하지 않았다. 그냥 만나서 골프나 치러 가자는 말만 여러 번 했었다. 가져가도 분쇄기에나 들어갈 서류. 그럼에도 재준은 원칙을 지켰다. 당장 쓰레기가 될지라도.

아니, 사실은 핑계였다. 그는 지금 집에 들어가고 싶지 않았다.

단 며칠이었다. 퇴근 후 들어간 집에 불이 켜져 있었던 일.

부모가 준 악영향으로 애초에 결혼이 글러먹은 재준에게 있어서 누군가가 맞이하는 집이란 건 있을 수 없는 일이었다. 어색해서 싫더니만, 며칠 전부터 더 이상 그런 일이 일어나지 않자 그것 역시 그다지 유쾌하지 않다는 걸 알았다.

한서인이 돌아갔다. 인사도 없이 꼭 연락을 받겠다는 메모만 남긴 채.

애초에 그의 집이 그녀의 자리는 아니었다. 빚진 기분이 있었기에 도와달래서 도와준 것뿐, 그뿐이다.

시작은 그랬지. 하지만 변화는 늘 일어나게 마련이다.

재준은 불 꺼진 집을 마주하고 싶지 않아 며칠째 퇴근 시간을 미루고 있었다. 그렇다고 미적대거나 술로 시간을 보내는 성격은 아니라서 노인들의 운용계획서를 전보다 세밀하게 짜고 있었다. 그러는 중에 그의 휴대폰이 울렸다. 저장되지 않은 번호. 그의 고객들 중에 저장하지 못한 번호로 전화를 걸어오는 경우도 많아 재준은 정중하게 전화를 받았다.

"네, 한샌증권 강남지점 강재준 차장입니다."

―…….

"전화받았습니다. 여보세요?"

상대는 말이 없었다. 몇 번 더 전화한 대상이 누군지 묻던 재준은 전화를 끊어버렸다. 대수롭지 않게 생각한 재준이 다시 제일을 시작했다. 30분 정도가 흐르고 다시 전화가 걸려왔다.

"네, 한샌증권 강남지점 강재준 차장입니다."

―…….

"전화를 걸었으면 말씀을……."

재준은 순간 서인을 떠올렸다. 그녀가 전화를 해 말을 하지 않을 이유는 없었지만, 아니, 전화를 할 이유는 없었지만 그래도 멋대로 떠올라 버린 그녀 생각에 그는 동요했다.

"여보세요, 혹시 한서……."

―나야.

서인의 목소리가 아니었다. 알 수 없는 실망감을 재준은 아직 눈치채지 못했다.

"누구시죠."

―홍라연.

홍라연?

듣고 싶지 않은 이름이 들려왔다. 이미 기억에서 지워낸 이

름. 그러나 이름을 말하자 도로 모든 것을 기억하게 만드는 이
름, 홍라연.

　—잘…… 지냈니?

　"……."

　—강재준.

　"……."

　—갑자기 전화해서 놀랐지? 할 말이 있어서. 있잖아 나, 나
그 사람이랑…….

　"전화 잘못 거셨습니다."

　재준은 전화를 끊었다. 그리고 전화 온 대상에 대해서 더는
생각하지 않으려 애썼다. 그럴 가치가 없는 여자였다. 이미 그
의 기억에서 떠난 여자. 그는 다만 한서인이 아니었다는 사실만
생각했다. 뒤늦게 깨달은 실망감에 대해서. 그녀의 빈자리가 이
렇게 허전할 수 있는지, 알 수 없었다.

　재준은 다시 일을 시작했지만 한 번 서인을 떠올리고 나자 봇
물처럼 그녀 생각이 났다. 집에서 지내는 동안 그녀는 김 여사
가 해준 음식도 잘 먹고 잠도 잘 잤다. 자신의 집이 그럴 집이
아닐 텐데도 꽤 편안해 보였다. 그런 척하는 건지, 알 수는 없었
다. 어쨌든 그 '멍청한 불륜녀'가 더 이상 불안해 보이진 않았
다.

　돌아가도 별다른 일 없이 잘 지내겠지.

감정의 고저 없는 특유의 그녀 표정을 떠올리던 재준은 컴퓨터를 통해 그녀의 계좌를 열어보았다. 그녀가 원래 투자했던 원금이 계좌에 입금돼 있었다. 재준의 돈이었다. 그는 그녀가 투자한 원금의 두 배가 될 수 있도록 할 것이다. 그래서 명예를 회복하리라. 그리고……

'돌이킬 수 있는 기회…… 는 없어요.'

그녀의 생각을 바꿔놓을 것이다. 모든 걸 다 되돌릴 수 없는 건 아니라고. 인간은 모르지만 돈만은, 그녀를 배신하지 않을 거라고.

"정말 그게 다야, 강재준?"

그는 그녀가 남긴 문자를 보며 중얼거렸다.

[전화 꼭 받을게요.]

아니, 절대 그게 다가 아니다. 그건 그저 서두일 뿐.

"얼마나 전화를 잘 받는지 확인해 볼까, 한서인?"

그저 어디까지나 시험일 뿐이라고 생각하면서 그는 휴대폰을 꺼내 그녀의 전화번호를 눌렀다. 몇 번의 신호음이 울렸지만 그녀는 전화를 받지 않았다.

저녁 8시. 몸이 회복된 이후 그녀는 자신의 집에서 10시가 넘어야 잠에 들었었다. 패턴이 비슷하다면 8시에 잠이 들 리 없었다. 그는 다시 한 번 전화를 걸었다. 전화벨은 한참이나 귀를 울렸다.

'받지 않는다면?'
'그땐 맘대로 해도 좋아요. 날 가둬두든, 전화기 옆에 묶어두든.'

너무 방심했던 걸까, 믿었던 걸까.
심장이 빠르게 뛰기 시작했다. 재준은 자리에서 일어나 가방을 챙겼다.

방에서 휴대폰 울리는 소리가 들려왔다. 하지만 서인은 받을 수가 없었다. 술에 취한 용운이 멋대로 자신의 집으로 들어와 소리를 지르고 있었다.

돌아간 줄 알았다. 그런데 그는 술에 취한 채 다시 돌아왔다. 그리고 온 동네가 떠나갈 정도로 문을 열라고 소리를 질러댔다. 하는 수 없이 문을 연 서인은 돌아가라고 점잖게 말하고 돌아섰다. 문을 닫으려고 하는 순간, 우악스러운 힘이 느껴졌다. 문고리를 잡은 용운이 멋대로 안으로 들어온 것이다. 순식간의 일이었다.

"여기가 어디라고 들어와요?"

기가 차서 화도 나지 않았다. 서인은 소리도 지르지 않았다. 그저 감정 없는 목소리로 용운에게 물었다. 대체 지금 뭘 하는 거냐고.

"왜, 내가 뭘. 뭐, 여자친구 집에 들어오지도 못 해?"

용운은 꽤 취해 보였다. 더 이상 무서울 것도 없겠지만 알고 지낸 일여 년의 시간 동안 그의 술 취한 모습을 본 일이 없어서 조금은 겁이 났다. 술을 잘 마시지 못해 실수할까 봐 아예 마시지 않는다 했었다. 사회생활하는데 술을 못 마셔서 얼마나 불편하냐고 물었을 때, 다른 사람 뒤치다꺼리하기 힘들긴 하지만 덕분에 상사들에게 점수를 꽤나 얻는다고 신사적인 말투로 말했었다. 그런데 술 한 잔도 못 마신다는 사람이 버젓이 술을 마시고 취한 채로 자신의 집 거실 소파에 앉아 있었다.

"미안하지만 난 그쪽 여자친구가 아니에요. 그러니까 그만 돌아가요."

"한서인!"

그녀가 밀어내자 용운이 다시 한 번 크게 소리를 질렀다. 한 번 추해 보이니 모든 것이 추해 보였다. 소리 지르는 모양새마저 볼품없이 초라했다. 그녀가 차가운 눈으로 그를 노려봤다. 용운이 그걸 보고 피식피식, 웃으며 비꼬기 시작했다.

"네가 그렇게 잘났냐?"

"……."

"그깟 임신 좀 했다고, 내 자식 가졌다고 이렇게 세게 나오는 거냐고?"

"뭐…… 라고?"

"내가 오냐오냐 해줄 줄 알지? 흥, 그렇게 생각하면 오산이야. 그딴 거, 난 신경 안 쓰는 놈이거든!"

그가 비열한 얼굴로 말했다. 끝까지 얘기할 가치가 없는 사람이었다. 자신이 만나던 남자는 그런 사람이었다. 서인은 이를 악물고 다시 말했다.

"그만 돌아가. 제발 그냥 가요."

"돌아가긴 어딜 돌아가. 한서인 집이 내 집이잖아?"

"누구 맘대로?"

"누구 맘대로긴. 너 나랑 결혼하고 싶어 안달 났었잖아. 어머니가 언제 허락하실지 그것만 기다리다가 결국은 임신으로 나 압박한 거잖아?"

"뭐라고?"

서인이 피식, 웃음을 터뜨렸다.

"웃어? 내 말이 웃기냐?"

용운이 그녀의 앞으로 다가왔다.

"내 말이 웃기냐고."

"응, 웃겨. 당신 지금 하는 행동. 웃기다, 정말."

"뭐?"

그녀가 그를 노려봤다.

"연락 끊은 거, 민용운 당신이었어. 아이 심장 소리……. 같이 듣기로 하고 안 나타난 건 당신이었다고. 그리고 그걸로 당신의 마음은 충분히 짐작했어. 당신에 대한 미련 같은 거 전혀 없으니까. 그냥 가."

"거짓말."

용운이 손을 뻗었다.

"너 삐쳐서 이러는 거잖아."

용운이 그녀의 얼굴을 매만졌다. 벌레가 기어가는 느낌에 서인은 숨을 멈췄다. 사랑했던 사람이 한순간에 이렇게 끔찍한 벌레처럼 느껴질 수 있을까. 분명 사랑했다고 생각했는데. 배신의 상처로 허덕이고 원망해야 하는 마음일 텐데, 어째서 이렇게 경멸만 남은 걸까.

설마, 사랑조차도 제대로 하지 못한 걸까, 나는?

"늦었어. 돌아가요."

그녀가 용운의 손을 뿌리쳤다. 용운이 눈을 번뜩였다.

"하! 그래, 도도한 한서인. 몸 한 번 보려면 온갖 아양 떨어가며 선물 주고 이벤트 해주고 난리를 쳐야 되지? 뭐, 뭐 해줄까? 나 돈 많아. 돈 많으니까 말만 해."

서인은 용운을 무시하고 돌아섰다. 하지만 용운이 그녀의 팔을 잡아끌었다.

"돈 준다니까!"

"필요 없으니까 다른 데 가서 알아봐."

팔을 뿌리치려 했지만 용운의 힘이 너무 셌다. 술 때문인지 힘 조절이 되지 않는 것 같았다.

"이거 놔요, 얼른!"

"너 뻥이지?"

"뭐?"

"임신 뻥이잖아, 그지?"

"뭐…… 라고?"

"나한테 그런 뻥친 년들이 한두 명이었는지 알아?"

얼마나 되는데?

그녀는 듣고 싶지 않았다. 이 정도로 최악은 아닌 남자로 여기고 싶어서. 유부남인 것에 대해서 따져 묻지 않은 이유도 그것 때문이었다. 자신의 기억 속에서 그냥 한때 사귀었던 남자로, 돌이켰을 때 기억도 나지 않는 남자로 조용히 꺼져 주길 바라는 마음에서. 그런데 그런 복조차 서인에게는 없는 모양이었다. 기어이 사귀던 남자의 바닥을 보게 되려나 보다.

"술 깨고 얘기해요."

"술? 예쁜 우리 서인아, 나 술 안 취했어. 내가 주량이 몇인데."

"뭐?"

용운이 배시시 웃으며 낮게 속삭였다.

"바른대로 말해. 그냥 나랑 빨리 결혼하고 싶어서 임신했다고 그런 거 맞지? 그런 거 맞잖아. 이리 와, 서인아. 그렇게 안달복달하는 거 내가 진짜 시켜줄게."

용운이 서인을 와락 껴안고 그녀의 볼에 입술을 비볐다. 서인의 몸 전체에 소름이 돋아났다. 서인은 용운을 밀어냈다. 그러나 잠시 밀렸던 용운은 다시 서인에게 달려들었다.

"아, 진짜, 더럽게 튕긴다니까. 금방 좋아서 애를 가졌니 어쩌니 하면서 거짓말이라도 해서 나 잡고 싶은 거면서."

용운이 거부하는 서인을 안아 들고 소파에 눕히고 그녀 위로 올라갔다.

"이렇게 보는 것도 괜찮네?"

"이거 놔요."

"걱정 마. 금방 기분 좋게 해줄게."

용운이 몸을 더듬어댔다. 그녀가 온몸을 다해 밀어냈지만 무게 때문에 말을 듣지 않았다. 용운의 입술이 그녀의 입술을 빨아 당겼다. 서인은 고개를 저으며 입술을 피해 몸을 움직였다. 끔찍하고 무서웠다. 이대로 또다시 용운에 의해 피해자가 되고 싶지 않았다. 하지만 몸이 말을 듣지 않았다.

용운의 손이 그녀의 옷 속으로 파고들었다. 순간 재준 생각이 났다. 그에게 가고 싶었다. 그를 찾고 싶었다. 하지만 지금은 갈 수 없는 상태, 그리고 앞으로도 갈 수 없을 것이었다.

옷도 벗지 않은 채로 용운의 중심부가 벌써부터 그녀의 다리 사이에서 헐떡이고 있었다. 서인은 어떻게든 용운을 막기 위해 발버둥을 쳤다. 그녀가 순순히 말을 듣지 않자 용운이 한 손으로 그녀의 두 팔을 잡으려 했다. 때를 놓치지 않고 서인이 용운의 팔을 두 손으로 잡고 꽈악, 물었다. 있는 힘껏 물자 비명 소리가 들려왔다.

"으아악!"

잇자국이 난 팔에서 옅은 피가 새어 나왔다. 용운이 서인을 향해 눈을 부릅떴다.

"이, 이, 이년이 미쳤나!"

따귀를 때릴 폼으로 팔을 든 용운의 모습을 보고 서인이 질끈 눈을 감았다. 끔찍한 경험에 피가 솟구치는 것 같았다. 이대로 죽어버리고 싶을 만큼 비참한 심정. 하지만 용운의 손이 자신에게 날아오지 않았다.

"넌 뭐야!"

용운의 목소리에 서인이 눈을 떴다. 서인의 눈앞에 재준이 보였다. 그가 그녀의 눈앞에 서 있었다. 몸에서는 전율이 일었지만 너무 꿈 같아서 오히려 멍했다.

"이 새끼, 너 대체 뭐냐고!"

퍼억, 하는 소리와 함께 용운이 나동그라졌다.

"으억, 이, 미, 미친놈이. 너 내가 누군 줄 알고!"

용운이 두 손으로 맞은 부위를 부여잡았다. 입술에서 새어 나온 피가 손에 묻어났다. 피에 젖은 제 손을 확인한 용운이 얼굴을 일그러뜨리고 재준을 노려봤다.

"이 새끼가 미쳤나!"

달려들기 위해 일어서는 용운을 재준이 재빨리 걷어찼다. 복부를 제대로 맞은 건지 일어나지 못하고 낑낑댔다.

"이…… 이 자식이! 이…… 이……. 미친놈이! 네가 뭔데, 우리 사이에 끼어들어! 우리는 연인 사이야! 연인 사이라고! 넌 대체 어디서 나타난 미친놈이야!"

그가 잠시 서인에게 고개를 돌려 상태를 살피듯 바라보다가 용운에게 말했다.

"어디서 나타난 미친놈이냐고?"

재준이 용운을 경멸하듯 바라봤다.

"서인이 오빠. 이제 됐나?"

오빠라는 말에 잠시 우물거리던 용운이 다시 공격하기 위해 자리에서 일어났다. 재준이 다시 한 번 용운을 발로 까버렸다. 재준이 "으악!" 하고 구르는 용운에게 다가가 그의 지갑에서 명함을 찾아 꺼냈다.

"민용운."

명함을 살피던 그가 비웃듯 잠시 미소를 지었다. 그러나 이내 매서운 눈초리로 용운을 노려봤다.

"한 번만 더 내 동생 앞에 나타나면 죽여 버리겠어."

용운이 겁에 질린 듯 잠시 움찔했다. 그러고는 재준의 눈을 피해 서인을 바라봤다. 그러고 싶지 않았지만 용운과 눈이 마주친 서인은 순간적으로 겁이 나 제 몸을 감싸며 고개를 돌렸다. 재준이 용운의 고개를 돌려 눈을 마주했다.

"그 더러운 눈으로 감히 누굴 쳐다봐."

"그, 그게 아니라……."

"그만 꺼지는 게 좋을 거야, 그 눈깔 파버리기 전에."

마른 목소리에 날이 서려 있었다. 용운이 움찔움찔하다가 술기운을 못 이기고 소리쳤다.

"뭐, 뭐! 나는 서인이랑 사귀는 남자야. 아무리 오빠라도 권리 없어! 그리고 난 서인이한테 오빠 있단 소리 못 들었어."

"그래?"

재준이 용운의 멱살을 잡았다.

"나는 네가 마누라 있단 소리를 들은 것 같은데."

용운이 놀란 듯 눈을 크게 떴다.

"어떻게, 진실을 좀 밝혀볼까?"

"그, 그게……."

용운이 벌떡 일어났다. 헉헉대던 용운이 두 눈을 굴리며 두 사람을 번갈아 봤다.

"아, 날 지금 협박하는 거지? 어디서 말도 안 되는 소리 듣고 와서. 아하, 그런 거구나. 둘이 나 몰래 만나고 있던 사이였지? 뱃속에 들었다던 애도 네놈 자식이지?"

용운의 악다구니에 서인이 두 눈을 꼭 감았다. 창피해서 견딜 수가 없었다. 하필이면 왜 저런 남자였을까. 하필이면, 재준 앞에 이런 모습을 보여야 할까.

"이런 더러운 것들, 그럴 줄 알았어. 한서인. 뭐? 오빠라고? 이 더러운 것들이!"

용운이 발악을 하기 시작했다. 재준이 용운의 배를 강타하고 바닥에 눕혔다. 뭐라고 더 악을 쓰려는 용운의 입을 구둣발로 막았다. 그러고는 상대할 가치도 없다는 듯 휴대폰으로 전화를 걸었다.

"경찰이죠. 여기 무단침입해서 술 먹고 행패를……."

"그만!"

발악을 하며 자리에서 일어난 용운이 재준의 손에 있던 휴대폰을 떨어뜨렸다.

"좋아. 이번엔 간다, 가. 가는데, 어디 두고 봐! 내가 어떻게 할지. 너, 한서인! 두고 보자! 날 배신한 값이 어떻게 되는지 톡톡히 알게 해줄 테니까!"

큰소리를 친 용운은 그대로 뛰어 밖으로 나갔다.

"입은 제대로 살았군."

헛웃음을 짓던 재준이 서인에게로 몸을 돌렸다. 눈이 마주치는 순간 서인의 마음속에 수치심이 일었다. 아무렇지 않은 척 자리에서 일어나고 싶었지만 몸이 움직여지지 않았다. 가만 보니, 제 몸이 떨리고 있었다.

"그대로 있어."

그녀의 마음을 안 사람처럼 그가 말했다. 그러고는 읽을 수 없는 표정으로 그녀의 곁에 다가와 앉았다. 서인은 아무 말도 하지 못하고 그저 떨고 있을 뿐이었다.

그는 단추가 풀려 하얗게 드러난 그녀의 어깨를 어루만지듯 감싸다가 제 옷을 벗어 덮어주었다. 헝클어진 머리칼을 매만지던 그가 그녀와 눈을 마주했다. 표정에서는 아무것도 읽을 수가 없다. 비난도, 동정도, 한심함도. 하지만 자신의 마음은 알 수 있었다. 비참, 참담, 그리고 창피함. 이대로 땅으로 꺼지고 싶은 마음들을.

한참 동안 그녀를 바라보던 그는 떨고 있는 제 몸을 잡아주듯 두 손으로 어깨를 눌렀다.

"가자."

갈 곳이 있구나. 그저 단 한 마디로 그녀의 마음이 거짓말처럼 진정이 됐다.

차를 타고 그의 집으로 돌아오는 길. 두 사람은 말이 없었다. 그는 짐을 싸는 것을 돕거나, 빨리 가자고 재촉하지 않았다. 그가 한 것이라곤 차에 타고 나서 서인 쪽의 창문을 열어 바람을 쐬게 해준 것이 다였다.

그녀는 바람을 쐬며 정확히 한 가지를 확신했다. 한서인은 완전한 바닥이라는 거.

그가 집 앞에 차를 세웠다. 그의 집. 모든 것을 잊고 여행처럼 쉬었던 공간. 그 공간에 또다시 오고 말았다. 또다시 좋지 않은 일로.

"내려."

그녀는 내릴 수 없었다.

"한서인."

눈을 마주하자 더욱 자신이 없었다. 이번엔 지난번처럼 그렇게 무작정 모든 것을 잊고 지낼 수 있을지 모르겠다. 그땐 여행이었고, 이젠 체류가 될 것만 같아서.

그녀가 망설이는 것을 느꼈는지 나가려던 그가 행동을 멈췄다.

"왜."

"……."

"왜, 말 안 했어?"

"……."

"그 자식한테 유부남인 거 알고 있다고 왜 안 밝혔지?"

"……."

"왜 멍청하게, 한마디도 따지지 않은 거냐고."

그녀가 고개를 돌려 창밖을 내다봤다. 어두운 골목길, 길고양이가 주변 눈치를 살피다가 휙, 하고 사라지는 것이 보였다.

"남기기 싫어서요."

그녀가 자조하듯 말했다.

"내 생애 최악 같은 거 남기기 싫어서."

"……."

"사랑한다고 믿었던 사람이 그런 사람이라는 거 밝히기도, 꺼내기도 싫어서 그대로 덮고 싶었어요. 정말 멍청하게도, 그러면 그렇게 될 것 같았어. 그래서 그냥 피하고 싶었어요. 결국…… 최악이 되어버렸지만."

그녀의 말끝에 웃음이 배었다. 기가 차서, 멋대로 웃음이 나온다. 서인이 허탈하게 웃음 지었다.

"이상해요. 그땐 그게 최악 같았어. 더는 끝이 없을 것같이. 그런데 더 최악이 있었어. 어떻게 이렇게까지, 이렇게까지……. 오늘 같은 이런 일…… 정말 최악이잖아요."

그녀가 슬픈 눈으로 그를 바라봤다.

"그런데 무서워요. 이제 이보다 더 바닥은 없을 텐데, 그게 최악이 아니라고 하면서 더 최악이 또 찾아올 것 같아요. 이런 최악 더는 없을 텐데."

"연일 하락세 같은 건가?"

"맞아요. 연일 하락세."

그녀가 연일 하락세……라고 한 번 더 조용히 읊조렸다. 그녀의 말끝으로 무거운 침묵이 감돌았다. 잠시 후 그녀가 망설이다 입을 열었다.

"더는, 신세 질 수 없어요."

"전화를 안 받았어."

"그 사람이 갑자기 찾아와서 그랬어요."

"핑계는 많지."

"거래 시간, 어차피 아니었잖아요."

"전화 안 받으면 멋대로 하라고 한 건 당신이야."

하지만 기대면 안 되잖아요, 나.

그의 집에 머무를 이유 같은 건 없었다. 유산이 됐을 때는 몸이 황폐해 주변을 추스를 상태가 아니라고 생각하면 그만이었다. 하지만 이젠 그의 집에서 숨을 쉴 때마다 이유를 찾기 위해 애써야 할 것이다. 브로커와 고객이라는 관계 외에 생길지 모르는 다른 감정 같은 것이, 가장 마음이 힘들고 외로울 때 그녀를 찾아오면 안 되니까.

"그만 갈게요."

"서킷 브레이커라고, 아나?"

질문을 던진 그가 그녀를 가만히 바라봤다.

"전날 종가 대비 10% 이상 하락한 상태가 1분 이상 지속되면 주식 거래를 20분간 정지시키는 거야."

"……."

"20분이 지나면 10분 동안 호가를 접수해서 다시 매매를 시작하지."

그가 그녀의 턱을 잡아 눈을 마주했다.

"말하자면, 정신없는 추락을 잠시라도 정지시키는 거. 어떻게든 회복할 수 있도록."

"……."

"누구 상황이랑 비슷하지 않나, 연일 하한가 아가씨?"

그의 눈은 호수처럼 고요했다. 바람도 없고 흔들림도 없었다. 적막한 고요뿐. 한 번 발을 헛디디면 그대로 영원히 잠겨 버릴 것 같은 바닥을 알 수 없는 어두운 호수.

"주식에도 그런 게 있는데 하물며 사람에게 그런 게 없다는 건 너무 비인간적이지."

그런 호수 속에 숨고 싶다는 유혹이 그녀의 마음에 파장을 일으켰다.

"한서인."

그의 눈매는 강하고 또렷했다.

"내가 너의 서킷 브레이커가 돼줄게."

"……"

"더 이상의 최악이 오지 못하도록."

그는 최고를 약속하지 않았다. 그저 최악을 막아줄 뿐.

이유를 말해주지 않았다. 묻지도 않았다. 서인은 흔들리고 있었다. 그래선 안 된다는 걸 알지만, 막을 수가 없었다.

7. 반등

새벽 5시. 재준은 출근 준비를 하고 있었다. 이른 아침이었지만 거울을 들여다보는 그의 눈빛은 맑고 날카로웠다. 넥타이를 만지던 그는 거울을 통해 제 손에 난 상처를 바라보고 잠시 행동을 멈췄다.

어렸을 때부터 동네에서 싸움이란 싸움은 모두 하고 다녔다. 아무런 상관도 없는 사람들, 스치듯 지나치는 무심한 세상. 어린 시절 강재준의 세계는 늘 그랬다. 답답하고 숨이 막혀 견딜 수 없었다. 지금에 와서 생각하면 무관심한 세상을 향한 일종의 반항이었다. 내가 여기 있다고, 관심을 가져달라고 그렇게 세상을 향해 발악했던 것. 유치한 사춘기 감성이었다.

덕분에 사람 하나 두들겨 패는 것은 일도 아니었다. 오히려 강약이 어려웠다. 그 자식을 죽일 수도 있었다. 그러고 싶었고. 하지만 떨고 있는 서인을 두렵게 하는 것이, 용운이 아닌 자신이고 싶지 않았다. 가치도 없는 놈 때문에 굳이 힘을 낭비할 사춘기 소년이 더는 아니었다.

넥타이를 맨 그가 뻐근한 목을 살짝 돌렸다. 어젯밤 늦은 시각까지 잠을 자지 않고 있었다. 서인을 그녀가 기거하던 방으로 도로 들여보내 놓고 거실에서 앉아 지키듯 문을 바라보고 있었다. 그녀가 도망갈 것 같아서인지, 지켜주고 싶어서인지 잘 몰랐다.

확실한 것은 그녀를 순순히 보내준 것에 대해 스스로 화가 나 있었다는 것. 너무 화가 나 견딜 수가 없었다는 것이었다. 한발만 늦었더라면 그녀가 어떤 일을 당했을지 알 수 없었으므로.

서킷 브레이커.

재준의 제의에 그녀는 거부도, 질문도 하지 않았다. 그 역시 스스로에게 왜 그녀에게 그런 제의를 하는지 묻지 않았다. 이유를 알고 있었다. 용운이라는 놈이 서인의 위에서 몸을 흔들고 있을 때, 그 순간 이유를 알게 되었다.

한서인. 그녀에게 품은 감정. 눈길이 가고, 그래서 관심을 주는 정도의 감정이 아니었다. 그녀가 그렸던, 그리고 있는, 앞으로 그릴 인생의 그래프를 세밀히 살피고 분석하고 싶었다. 그러려면 그녀는 자신의 시야에 있어야 했다. 한순간도 놓치지 않아야 했다. 그 사실을 찰나의 순간, 강렬하게 깨달았다.

재준은 소매를 여미고 재킷을 입었다. 여전히 해소되지 않는 참을 수 없는 분노로 치가 떨려왔다. 그때의 기억에 재준의 턱 근육이 불끈거렸다.

거실로 나가기 위해 방문을 열다가 거실 불이 켜져 있는 것에 잠깐 멈춰 섰다.

어젯밤 불을 안 껐던가.

보통 출근 때는 거실 불을 켜지 않았다. 아침은 나가서 해결하니 주방을 쓸 일도 없었다. 그런데 주방 쪽 불도 켜져 있는 데다 시끄러운 소리가 들렸다.

나가 보니, 서인이 있었다. 분주하게 냉장고를 뒤지는 모습에 재준이 잠시 그대로 서 있었다. 인기척을 느꼈는지 서인이 돌아봤다.

"일어났어요?"

그녀가 미소를 지었다. 회복된 사람처럼. 아니, 그렇게 보이려는 사람처럼.

"이 시각에 뭐 해."

"아침이요."

재준이 식탁을 바라봤다. 구운 식빵과 계란프라이가 접시에 담겨 있었다. 대꾸하지 않고 바라만 보자 그녀가 참지 못하고 자리를 권했다.

"앉아요."

이해할 수 없어 재준이 이번엔 그녀를 뚫어지게 바라봤다. 그녀가 멋쩍게 웃었다.

"김 여사님 반찬이 냉장고에 있을 줄 알고 밤에 살펴보지 않았는데 냉장고에 든 게 계란뿐이에요. 그동안 김 여사님 안 오셨던 거예요? 어떻게 잼도 없어요?"

"집에서 밥 먹는 일 거의 없어."

"그럼 아침은, 아침두요?"

"나가서."

"먹긴 먹구요?"

"나가서."

서인이 상심한 듯 고개를 끄덕이자, 그가 눈을 가늘게 떴다.

"전엔 이 시각에 일어나지 않았던 것 같은데."

"그땐 아팠고……. 이거 버려야 해요?"

접시에 담긴 음식을 바라보며 서인이 한숨 섞인 목소리를 냈다.

"먹어."

그가 식탁을 지나치며 무심하게 대꾸했다.

"태워다 줘요."

그를 놓칠까 봐 걱정된 듯 서인이 빠르게 말했다. 의아해진 재준이 질문 대신 눈썹 끝을 올렸다.

"나도 출근해야죠."

그제야 서인의 옷이 평상복이 아니란 걸 알았다. 단정한 블라우스에 구김 없는 치마. 다만 음식 때문인지 양쪽 허벅지에 손가락 모양의 물 얼룩이 나 있었다.

금방 마를 텐데도 저것조차 안타깝다면 확실히 오버겠지?

그는 그녀가 제집에서 좀 더 편하게 있었으면 했다.

"출근해?"

의아해 물은 질문에 그녀가 웃음을 터뜨렸다.

"안 해요? 나도 직장인이에요."

나가지 말라는 말이 목 끝까지 올라왔다. 민용운이라는 작자가 그녀의 회사 근처에서 배회할지도 모르는 일이었다.

"좀, 쉬지 그래?"

"……"

"당신은 쉬어야 돼."

"태워줄래요?"

그녀가 말을 돌렸다.

"출근하기엔 이른 시각 같은데?"

"당신은요?"

"나는 7시 반부터 회의가 있어. 그전에 가서 시장 분석해야 하고."

"바쁘네요. 근데 아직 늦은 건 아니잖아요."

"당신이 이른단 소리야."

그녀가 웃음 지었다.

"일찍 출근하는 건 회사에서 뭐라고 안 해. 회사 생활 해봐서
알잖아요."

"……."

"더 있다간 늦겠어요. 나 먹을 때까지 기다려 줘요."

"한서인."

"그러다가 심심하면 같이 먹어도 되고."

그녀가 자리에 앉았다. 출근을 말리고 싶어 하는 제 마음을
읽었으면서도 그녀는 딴청을 피우는 것 같았다.

재준이 그녀의 맞은편에 앉았다. 나가지 말라는 말을 하기
위해서였지만 그녀는 이미 무시할 것처럼 음식만 먹기 시작했
다.

고집 있는 여자였다. 그가 음식을 먹기 위해 젓가락을 들자
그제야 그녀가 고개를 들어 미소를 지었다.

"저녁에 장 볼까요?"

"김 여사님 부르면 돼."

"그럴 거 없어요."

"그럴 거야."

"집에서 밥 잘 안 먹는다면서요. 간단하게 필요한 것만 사
서……."

"이제 먹으면 돼."

그녀가 눈을 흘겼다.

"고집 세요."

"누가 할 소리."

재준의 말에 그녀가 미소를 지었다. 정말 재미있다는 듯 웃는
모습은 처음 보는 것 같았다. 웃는 게 예쁜 여자였다.

"우유 같은 건, 내가 사도 돼요."

더 웃게 하고 싶다는 생각이 들면, 그것도 오버겠지.

"치즈나 과일 같은 것도요."

옆에 두고, 그렇게 해주고 싶다는 생각이 드는 건.

"아, 오렌지주스같이 무거운 것들은 김 여사님이 들고 오시지
도 못할 텐데."

"당신은?"

그가 묻자 서인이 의아하게 바라봤다.

"당신은 들고 올 수 있고?"

"당연하죠. 그 정도 힘은 있어요."

"……."

"한두 개 정도는요."

"그럼 차 불러줄 테니까 출근하지 말고 장이나 봐."

그의 말에 그녀가 웃음을 터뜨렸다. 그다지 우스운 이야기는 아니었지만 그녀는 어깨까지 들썩이며 웃었다. 그럴 만한 참견을 할 위치가 아닌 사람이 한 말이기 때문일까.

"김 여사님 자르고 나 쓸래요?"

"뭐?"

"그럼 출근 안 할게요."

그녀가 농담조로 말했다. 어쩐지 허공을 떠도는 대화들. 크게 당한 배신의 상처를 어떻게든 지워보려는 몸부림일까. 그렇게 많이도 민용운을 사랑했던 걸까. 아무리 그녀에게 나쁜 짓을 했다 해도 그 사랑을 잊기란 쉽지 않은 거겠지.

"두 배."

"……."

"두 배로 되찾아줄게."

빤히 바라보는 그녀의 시선에 재준이 설명을 붙였다.

"당신 돈."

"……."

"잃은 돈 말이야."

그러니까 당분간, 좀 쉬라고.

그는 그녀에게 부담을 주지 않기 위해 뒷말을 삼켰다.

"룰이 아니라면서요."

그녀가 미소를 지었다.

"그건 이 세계 룰이 아니라면서요."

"그래, 맞아. 하지만."

"……."

"내 세계는 달라."

그의 단호한 말에 그녀의 눈동자가 흔들렸다. 그러나 감추고 싶은 사람처럼 후후 불어 커피를 마셨다.

"난요, 강재준 씨."

잔을 내려놓은 그녀가 그와 눈을 마주했다.

"시간을 되찾았으면 좋겠어요."

그녀가 자조적인 미소를 지었다.

"내가 잃어버렸던 것들, 잊을 수 없는 것들 다 싹싹 지울 수 있을 만큼……. 두 배로, 멋지고 폼 나게. 일어난 적 없었던 것처럼."

그녀가 두 눈을 마주했다.

그건 안 되잖아요?

재준에게 쓸쓸히 묻는 것 같았다.

"내가 해주면?"

그게 무슨 뜻이냐는 듯 바라보는 그녀에게 다시 물었다.

"내가, 그것까지 해준다면?"

"……."

"한서인."

그녀는 대꾸 없이 빵을 넘기고 커피를 마셨다. 그가 한참을 바라보자 손에서 포크를 내려놨다.

"아무래도 강재준 씨 늦겠어요. 먼저, 가요."

"기다려 줄게."

"시간 알려주면 놀랄걸요?"

그녀가 휴대폰을 켜 커다란 숫자를 보여주었다. 당장 출발하지 않으면 빠듯할 시간이었다.

"잘 다녀와요."

그가 일어나기도 전에 그녀가 먼저 일어나 서둘러 방으로 들어갔다. 그녀가 닫아버린 문을 물끄러미 바라보던 그가 밖으로 나갔다. 아직은 노크조차 쉽지 않은 사이였다.

한 번 기댄 마음이기 때문일까.

그의 말이 자꾸 착각을 일으켰다. 그는 그저 자신이 투자해야 할 상대에 대해 관심을 주는 것뿐일 텐데도 자꾸 그의 말들이 다르게 들려왔다. 그래선 안 된다는 거, 잘 알고 있다.

자신은 다른 남자의 여자였고, 게다가 그 남자는 다름 아닌 유부남. 거기다 그런 남자의 아이까지 가졌었다. 비록 아이는 사라지고 없었고, 아무 일 없는 듯 살아도 그만일 테지만, 이 모든 고통스러운 과정에 하필 그가 있었다. 의도치 않은 불륜녀인 그 순간에.

그녀는 평정을 잃지 않아야겠다고, 다짐했다. 이렇게 불쑥, 그가 다가와 제 마음을 흔들어놓는다 해도, 그건 절대, 사심으로 해석해서는 안 되는 거라고, 생각하면서.

퇴근 시간, 건물을 나온 서인은 버스를 타기 위해 정류장으로 향하며 지나가는 사람들이 흘끔흘끔 바라보는 곳을 향해 시선을 보냈다. 심장이 철렁, 내려앉아 걸음을 멈췄다. 네이비블루 빛 정장을 입고 서 있는 남자가 한눈에 들어왔다.

"어떻게 왔어요?"

퇴근 시간. 재준이 찾아올 줄은 몰랐다.

"일찍 끝났어."

"그래도 여기까지……."

"사람 보내 차 타고 다니라는 말 들었으면 좋았잖아."

그가 차 문을 열어주었다. 말투는 차갑지만 조금은 다정한 남자. 서인은 문득 그의 연애 생활은 어떨까 하는 생각이 들었다. 여자가 생기면 원래 이런 남자인지. 아니면 그냥 불쌍한 여자라는 사실이 안타까워 이러는 건지.

그러다 흠칫했다. 혹시, 이미 있는 것은 아닐까. 고객하고 잠을 잘 만큼 궁한 남자가 아니라고 했으니, 어쩌면 애인이 있는지도 모른다.

조심, 해야 할까.

그녀가 고개를 들어 그를 올려다봤다. 그의 사생활. 알아선 안 되는 거겠지?

"타."

고개를 끄덕인 그녀가 먼저 차에 올라탔다.

"직접 올 줄은 몰랐어요."

문을 닫아주고 차에 타는 그를 보며 그녀는 애써 미소를 띠었다. 가만히 바라보던 그가 그녀의 앞으로 다가왔다.

"보통 고집불통이어야지."

그는 긴 팔로 자신을 감싸는 듯 안전벨트를 잡아당겼다. 그가 가까이 있다는 생각에 불쑥 들어서는 긴장을 억지로 내리눌렀다. 하지만 심장이 멋대로 뛰는 것만은 어떻게 할 수가 없었다. 그녀가 그의 행동을 저지했다.

"내가 할 줄 알아요."

이러지 말라는 듯이 조금은 강한 어조.

그는 짧게 고개를 끄덕이며 두말없이 물러섰다. 시동을 켠 그가 출발할 듯 스틱을 만지다가 도로 그녀를 바라봤다.

"묻지 않는군."

"……"

"왜 이렇게까지 하는 거냐고."

"……"

"궁금하지 않아?"

재준의 물음에 서인이 희미하게 미소를 지었다.

"관심이겠죠."

"······."

"투자할 사람에 대한 관심. 그리고······."

"······."

"오빠라고 그랬으니까."

그는 오빠라고 했다. 연인도 친구도 아닌, 오빠. 가족의 일원으로.

그게 섭섭할 이유는 없었다. 어쩌면 든든했다. 어차피 이런 식의 인연으로 그에게 여자로 존재할 수는 없었다.

"난 당신 진짜 오빠가 아니야."

그게 사실이고 정말인데도, 그 의미가 다르게 들려온다. 하지만 마음 흔들리면 안 된다. 배신감에 젖어 고통스럽고 아이를 잃어 비통하지는 못하더라도 밤마다 용운이 자신을 괴롭히는 악몽에 시달리는 이 시기에 행여나, 착각은 금물이었다.

"진짜 오빠 해주면 좋겠어요."

서인이 담담히 말했다. 그녀를 응시하던 그가 물었다.

"그걸 원해?"

"네."

스스로 들으라는 듯이 단호히 말했다. 그리고 자신을 빤히 바라보는 재준을 보며 그녀는 아까보다 더 크게 미소를 지었다.

"이왕 이렇게 된 거 오늘은 꼭 장 보고 들어갈 거예요. 그러니까 먼저 들어가요."

"먼저 들어갈 거면 오지도 않았어."

"혹시, 장 보는 것 때문에 왔어요?"

"보통 졸라야 말이지."

"그런 적 없어요. 혼자 갈 수 있는데, 못 가게 하니까 그런 거죠."

"못 가게 하는 걸 왜 그렇게 가려고 하는데. 혹시 돈 쓰고 싶은 건가?"

"나 지금 무일푼인 거 잊었어요? 내 담당자가 홀랑 날린 투자금……."

재준이 미간을 좁혔다.

"전화를……."

"알아요. 고객이 전화 안 받았다구요."

"못 해도 30%는 먹을 수 있었어."

"30%요?"

"50%도 가능하긴 했지."

그런 걸 모른 채 지냈구나. 좀 더 빨리 알았다면, 그렇다면 그에게 이런 모습은 보이지 않을 수 있었을 텐데.

그녀가 슬픈 마음을 미소로 감추며 명랑하게 말했다.

"에개, 두 배는 해줄 수 있다고 큰소리쳐서 그 정도인 줄 알았더니."

"해줄게. 전화나 잘 받아."

그가 못마땅한 목소리로 말했다. 서인이 웃음을 지으며 고개를 돌렸다. 웃는다고 웃었지만 금방 표정은 어두워질 수밖에 없었다.

'두 배로 되찾아줄게. ……당신 돈. 잃은 돈 말이야.'

'난요, 시간을 되찾았으면 좋겠어요. ……두 배로, 멋지고 폼나게.'

시간을 되찾을 수만 있다면, 그게 가능하다면, 그땐 강재준 당신에게 투자하고 싶어요. 내 전부를 모두 당신에게. 비록 바닥을 친다 해도, 당신과 있으면 웃을 수 있으니까. 그게 가면을 쓴 채라도.

서인은 눈을 꼭 감았다. 이미 시간은 지났고, 잃었고, 그녀는 바닥이었다. 돌이킬 수 없는 바닥, 이었다.

"고작 이거 사려고 마트에 오자고 한 건가."

카트를 바라보며 그가 어처구니없다는 듯 말했다.

계란, 식빵, 우유, 딸기잼, 오렌지주스, 쌀.

김 여사가 마련해 줄 수 있는 것들을 제외한 식품들이었다.

"둘이서 충분하잖아요."

"둘?"

그의 반문에 서인이 살짝 당황했다. 너무 당연한 듯 말했나 보다. 그녀는 최대한 태연하게 대꾸했다.

"앞으론 집에서 먹는다고 해서요. 아니에요?"

"맞아. 그랬어."

"그래서 한 말이에요."

그녀가 오해하지 말라는 듯 말했다.

"난 빵 안 먹는데."

그가 단호하고 차갑게 말했다. 얼마 전 빵을 올린 식탁이 떠올랐다. 그때는 그런 말 없더니. 서인은 카트 안에 있는 빵을 집어 들었다.

"몰랐어요. 뺄게요."

"뭐."

그가 카트를 미는 바람에 서인은 집었던 빵을 놓쳤다.

그는 계산대까지 카트를 밀고 나갔다. 그러면서 눈에 보이는 과일 같은 것들을 잔뜩 담기 시작했다. 서인이 뒤를 쫓는 사이, 순식간에 카트가 가득해졌다.

"이걸 누가 다 먹는다고요."

"누가 먹긴. 둘이 먹어야지."

그가 미소를 지었다.

둘…….

그녀는 떨리는 가슴을 모른 척하고 시선을 카트로 옮겼다.

"과일 좋아했어요?"

"아니."

"근데 왜…….''

"한서인 먹으라고."

"나 이렇게 많이 못 먹어요."

"앞으로 많이 먹어."

"그래도……."

그가 지갑을 꺼내자 서인이 얼른 나섰다.

"내가 낼게요."

"돈 없다며."

"이 정돈 내요."

그녀가 완강히 말했지만 그는 물러서지 않고 물건을 계산대
에 올리기 시작했다. 그녀가 몇 번이나 그를 불렀지만 계산을
할 때까지 들은 척하지 않았다.

"강재준 씨."

그가 차에 물건을 싣고 트렁크를 닫을 때까지 서인은 꼼짝도
않고 그대로 서 있었다. 못 말리는 마이페이스.

"타."

"버스 타고 갈게요."

"뭐?"

"차비라도 내가 치러야 할 것 같아서요."

그가 피식, 웃음 지었다.

"집 빼."

"⋯⋯."

"보증금 생기면 그때 돈 내게 해줄 테니까."

그가 차 문을 열고 타라는 시늉을 했다. 그녀는 움직이지 않
았다. 묻고 싶었다.

왜 이렇게 잘 해줘요, 대체 왜⋯⋯.

"그렇게 부담스럽다는 표정."

그가 그녀의 미간을 눌렀다.

"그런 표정 지을 거 없어."

"⋯⋯."

"이건 그냥 인도주의적 차원이니까."

인도주의적⋯⋯?

"그날, 도와달라고 했었어. 당신이 내게."

그날. 그날이라고 하면 아기를 잃었을 때일 것이다. 절박하고
무서웠던 순간. 그의 얼굴을 보는 순간 그녀는 그대로 그에게
기대 잠에 빠져들었다. 아마도 다정할 것 없는 그의 눈빛이, 냉

철한 그 눈빛이, 오히려 신뢰가 간지도 모르겠다.

도와달라는 말 때문이었구나.

그렇다면 여태까지 자신에게 보였던 모든 호의는 그저 도움이었단 거겠지. 자신이 불쌍해서, 그래 보여서.

"타."

그녀가 꼼짝도 하지 않자, 그도 그대로 섰다. 도움을 주는 사람의 눈빛은 도움을 받는 사람에게 점점 위험해진다.

"도와…… 달라고 하면, 다, 도와줘요?"

떨리는 목소리를 간신히 내리눌렀다.

"아니."

그럼 대체 왜…….

그녀는 겁이 나 묻지도 못하고 보조석에 올라탔다. 그가 고개를 숙여 보조석 창문으로 그녀를 바라봤다. 그녀는 그를 바라보지 않았다. 눈을 마주하는 건 앞으로도 피할 생각이었다.

"부담 갖지 마."

"……."

"동생이라서 그런 거니까."

오빠와 동생, 그렇게 규정한 건 자신이면서도 동생이란 말에 알 수 없는 거부감이 일었다.

"나 진짜 동생 아니잖아요."

아까와는 다른 말에 그가 미소를 지었다.

"그마저도 부담스럽다 이건가?"

"……."

"그 정도는 참아. 네가 원하는 진짜 오빠 해줄 테니까."

졸지에 생긴 오빠는 앞으로 동생의 마음을 무척이나 불편하게 할 것 같았다. 돌아서 제 자리에 탄 그를 잠시 바라보다가 그녀가 퉁명스럽게 한마디를 내뱉었다.

"잔소리 많을 것 같은 오빠예요."

"안 그래도 할 참이야."

그녀가 바라보자 그가 단호히 말했다.

"집 빼."

"알아서 할게요."

"말 듣는 게 좋을 거야. 민용운 그 자식 찾아가서 곤죽을 만들어놓기 전에."

서인이 웃음을 터뜨렸다.

"누구보다 그렇게 되길 원하는 사람인걸요."

"거짓말. 당신은 조용히 넘어가고 싶어 하는 사람이잖아."

그가 확신하듯 말했다. 반박할 수 없었다. 사실이니까. 그녀는 괜히 말을 돌리며 트집을 잡았다.

"근데 왜 번번이 말을 놓는 거예요? 동생이라서?"

"그래, 맞아."

서인의 표정이 일시 굳어졌지만 이내 다시 미소를 지었다.

"오빠라고 부를까요?"

"참아."

말은 그렇게 했지만 그녀도 입 밖으로 내지 않았다. 내고 싶지 않았으므로.

8. 상승세

  잠들기 전 문단속을 하던 재준은 서인의 방에서 흘러나오는 소리에 조심스럽게 문을 열었다. 살짝 열린 문 사이에서는 아무 소리도 들리지 않았다. 다시 문을 닫으려는 찰나, 다시 한 번 서인의 소리가 났다. 신음과 거친 숨소리였다. 재준이 문을 열고 들어가 그녀의 상태를 확인했다.

  "한서인?"

  그녀의 몸은 땀에 범벅되어 있었고, 고통스러운 듯 신음하고 있었다.

  "한서인."

  그가 그녀를 흔들어 깨웠다. 잠에서 쉽사리 깨어나지 못하던 서인이 겨우 눈을 떴다.

"재준…… 씨?"

그녀는 그의 모습을 확인하고 얼른 자리에서 일어나 앉았다. 땀이 식어 한기가 오는 건지, 악몽의 후폭풍인지 몸이 부르르 떨리는 것이 보였다.

"악몽을 꾸는 것 같아서."

"……네에."

무슨 꿈인지 묻지 않아도 알 수 있었다.

"언제부터야."

"뭐…… 가요."

"꿈 말이야."

"……."

"그날 이후부턴가?"

용운에게 험한 꼴을 당할 뻔했던 그날 이후. 그녀는 대답하지 않았지만 분명 그날 이후가 틀림없었다.

"그 자식 내가……."

"그 사람, 만날까 해요."

그는 잘못 들었다고 생각했다.

"누구?"

"민용운이요."

"뭐?"

"만나서 완전히 관계를 정리할까 해요. 그때처럼 갑자기 찾아와 엉뚱한 소리 들으면서 상처받고 싶지 않아요."

"그런 거면 내가 얼마든지 해줄 수 있어."

"곤죽 만든다는 거, 말인가요? 그런 게 처리 방법은 아니잖아요."

"다른 방법 찾아볼게."

"만나야 해요, 내가."

"왜, 그리워?"

그의 마음속에서 분노가 일었다. 그녀가 바보 같아서, 답답해서라고 생각하고 싶었지만 그런 게 아니었다. 질투와 시기. 그녀가 그를 만나고 있는 것을 참아줄 수 없을 것 같았다.

"잊지 못했냐는 말이야."

지금 솟은 이 마음을 가라앉히려면 그녀가 아니라고 말해야 한다.

"죽일까, 해요."

그가 그녀를 빤히 바라봤다. 그녀가 생긋 웃었다.

"죽여 버리려구요."

"하나도 안 무서워."

그가 다가왔다.

"그렇게 잊히질 않나?"

"……."

"그렇게, 그놈의 마지막을 아름답게 장식할 만큼?"

그녀가 고개를 저었다.

"민용운이 나오는 꿈. 불쑥 나타나서 자꾸 매달리는 꿈. 괴롭히는 꿈. 이 꿈, 멈추고 싶어서요."

"하루 이틀이 아닌 모양이군."

그녀가 고개를 끄덕였다.

"멈출 줄 알았는데, 심해지기만 하니까."

"그래서, 꿈에 나오지 말라고 가서 말하려고?"

그의 얼굴이 차갑게 변했다.

"아니요. 그 사람하고의 마지막을 다르게 장식하려구요. 원래 그런 사람 아니었거든요. 다정하고 부드럽고 잘해주던 사람이었어요. 그런데 갑자기 모든 게 다 거짓말이었고, 게다가 마지막에……."

그때 일이 떠올랐는지 서인이 입술을 깨물었다.

"좋게 헤어지면 안정이 될지 모르니까."

"안정? 미련이 아니고 안정이란 말인가."

"사과받고 싶어요. 사과받고 좋게, 마무리하고 싶어요."

그녀는 그의 질문에 명확히 답하지 않았다. 설마, 여전히 미련이 있는 건 아닐까. 그의 마음이 불안해졌다.

"웃기지 마. 그 자식 못 만나."

"강재준 씨."

"오빠 월권 넘어섰다고 해도 좋아. 이건 남이라도 말릴 일이
니까."

"하지만……."

"악몽만 안 꾸면 되는 거야?"

오빠 노릇이 아니라 아빠 노릇이라고 항의를 한다고 해도,
어쩔 수 없었다. 그녀가 그 자식을 만나는 건 미치도록 싫으니
까.

"그런 거라면 내가 안 꾸게 해줄게. 그러니까 미련이고 뭐고
그 자식 만날 생각 하지도 마."

그녀가 희미한 미소를 지었다.

"악몽도 안 꾸게 해줄 수 있어요?"

"동생한테 못 할 게 뭔데."

"동생, 정말 가지고 싶었나 봐요."

"오빠 해달라고 한 건 그쪽이야."

그는 말없이 침대 앞으로 의자를 끌어다 앉았다.

"어서 자."

"설마, 아니죠?"

"뭐가 아닌데."

"거기서 그렇게 나 잠든 모습, 지켜보고 있을 거."

"왜 아니야."

"고맙네요. 눈물 나게 우애 좋은 남매."

그녀가 항의하듯 말을 꼬았지만 그는 눈 하나 깜짝하지 않았다.

"잠이 올 리 없잖아요."

그는 스탠드 불을 켜고 방 불을 껐다. 은은한 빛이 그가 앉은 의자 근처에서 끊겼다. 방 안으로 서인만이 비춰지고 있었다. 그녀가 숨 쉴 때마다 들썩이는 쇄골까지 명확하게.

"꿈에 나오겠어요."

조금은 신경질적으로 그녀가 중얼거렸다.

"그래. 차라리 내 꿈을 꿔."

"유머도 할 줄 알아요?"

"늦었어. 어서 자."

그의 말에 그녀는 그에게서 등을 돌리고 말 잘 듣는 아이처럼 눈을 감았다. 순간적으로 그녀의 어깨를 안고 싶다는 충동이 그를 덮었다.

"다정한, 편…… 인가 봐요."

누구한테.

"여자한테요."

아니, 한서인 너에게만이겠지.

"여자친구…… 있어요? 애인 말이에요. 사랑하는 사람."

없다, 그런 거.

사랑 같은 거 없다고 생각하고 살았다. 그런데 그녀가 질문하

는 순간, 이젠 그런 존재가 있는 것도 나쁘지 않을 거란 생각이
들었다.

"걱정 말아요. 사심 있어서 그런 거 아니니까."

대답하기 싫은 것으로 알았는지 그녀가 말을 보탰다. 그런데
잔뜩 마음에 안 드는 말뿐이었다.

"혹여나 부담 갖지 말아요. 그냥 당신에 대해서 너무 몰라서
그래요. 이왕 오빠 하기로 했는데 뭐부터 물어봐야 할지 몰라서
요. 당신은 나에 대해서 너무 많은 걸 알아버렸는데, 나는 당신
에 대해서 아는 게 없어서."

"난 당신에 대해서 알게 된 거 없어."

그의 말에 그녀가 어이없다는 듯 웃었다.

"왜 없어요? 다 봐놓고. 순식간에 내 치부를……."

"무슨 색 좋아해?"

한서인이 처한 상황을 안다고 해서 한서인을 아는 건 아니지.

"무슨 꽃 좋아하지?"

"……."

"싫어하는 건 또 뭐고."

그가 자세를 고치자, 얼굴 윤곽이 드러났다. 날카로운 턱 선
과 높은 콧날. 매서운 눈매. 전체적으로 아주 차가운 인상이지
만 그것이 그를 더 멋지게 만들었다. 그리고 그런 남자에게 서
인은 매번 설레고 있었다.

"연분홍."

그녀가 중얼거렸다.

"그 색을 좋아해요."

"어울리는군."

"칭찬이죠?"

"여자한테, 다정한 편은 아니야."

그렇다고 생각했지, 한서인 당신을 만나기 전까지는.

"그럼 못 쓰는데. 여자는 다정한 남자 좋아해요."

그녀가 안타깝다는 듯 말했다.

"그런가?"

"네. 딱딱하게 굴다간 노총각 돼요. 결혼할 때 다 되지 않았어요? 좀 더 부드럽게 굴라구요."

"결혼할 때라는 게 언젠데. 그리고 사회적인 개념으로 보면 나, 이미 노총각이야."

"그러고 보니 나 강재준 씨 나이 확인한 적 없어. 혹시 알고 보면 동생 아니에요?"

"그런 걱정은 마. 지금이라도 지갑 열어 보여줄 수 있으니까."

두 사람의 말끝에 웃음이 묻어났다. 그녀가 미소를 지으며 말했다.

"장미를 좋아해요. 남들 다 좋아하는."

"그것도 어울리는군."

서인이 미소를 지었다.

"동생에겐 다정한 강재준 씨."

"……"

"악몽도 물리칠 수 있는 강재준 씨."

그녀는 감기는 눈을 깜빡거렸다.

"그거…… 주식시장에서 흔히 있는 일이에요? 그 서킷 브레이커라는 거."

"아니. 몇 년에 한 번. 위기 때만 가끔."

"아…… 위기 때만……."

그녀의 숨소리가 서서히 잦아들기 시작했다.

"그거 걸릴 일 없을 거야……. 더 이상 바닥은 없을 테니……."

희미한 불빛이 깜빡깜빡 흔들렸다. 오로지 그의 눈동자만이 오롯이 그녀를 바라보고 있었다. 절대 민용운이 그녀를 괴롭히지 못하게 할 것이다. 하물며 그게 꿈이라고 해도. 그녀의 삶에서 더 이상 용운의 자리는 없을 테니까.

그는 단 한 순간도 그녀에게서 눈을 떼지 않았다.

아침 시간. 영업미팅 장소로 향하는 재준은 지석과 통화 중이었다.

—누구?

"민용운이라고 영광물산에서 일하는 놈인데."

—민용운이면, 민 사장 아들 아닌가?

우뚝. 그가 걸음을 멈췄다.

"뭐라고?"

—민용운. 영광물산 민 사장 아들이야.

"너, 그 자식 잘 알아?"

—친분이 있는 사이냐고 묻는 거면, 노. 내가 아무리 그쪽으로 발이 넓다고 해도 쓰레기하고는 안 노는 거 알잖아?

"무슨 말이야."

—그 자식 완전 쓰레기야. 여자관계니 부부 관계니 하여튼 소문 많고 더러워.

재준이 미간을 좁혔다.

"그냥 루머야, 아니면……."

—몰라. 그 자식 소문이 워낙 많아서. 그럼 영광물산 관련된 '찌라시' 좀 찾아볼게.

"진짜만이어야 돼."

—당연하지. 근데 왜. 뭐 영업하려고?

"알아내면 전화해."

전화를 끊고 카페로 들어서던 재준은 잠시 자리에 멈췄다. 영업미팅으로 찾아온 곳에 앉아 있는 고객 때문이었다. 분명 영업을 할 때 남자 고객으로 알고 있었다. 그런데 여자였다.

"약속 잡기 힘드네요, 강재준 씨."

홍라연.

"전국 지점 통틀어 제일 잘나가는 분이라 그런가."

그녀가 재준을 올려다보며 미소를 지었다. 8년의 세월. 라연은 그 세월 동안 변한 게 없어 보였다. 여전히 예뻤고 자신감 넘치는 사랑스러운 얼굴이었다. 하지만 그에겐 더 이상 예쁘지도 사랑스러워 보이지도 않았다.

그는 그녀를 보고 인사도, 동요도 없었다. 이미 그의 마음속에 지워진 지 오래된 여자였다.

"걱정 마. 안 잡아먹어. 정말 일 때문에 부른 거야."

굳어 있는 그를 본 그녀가 우습다는 듯 마시던 찻잔을 내려놨다.

"정말이래도?"

"……"

"앉아, 재준아. 아니, 강재준 차장님. 걱정 말고 앉으시죠?"

라연의 부탁 어린 목소리에도 재준이 움직이지 않자 그녀가 한숨을 내쉬었다.

"설마 아직도 나 못 잊어서 이렇게 불편해하는 거 아니라면,

앉아줘."

그녀의 말에 재준이 가방을 테이블 위에 올려놓고 자리에 앉았다. 라연의 눈빛이 쓸쓸해졌다.

"차라리 가버리는 편이 좋았겠다."

혼잣말을 하는 라연을 바라보자, 그녀가 미소를 지었다.

"안부도 안 물어봐?"

"……"

"장난치는 거 아냐. 그러니까 화내지 마. 그 옛날 가난한 홍라연 아니니까. 이혼하면서 돈을 좀 받았어. 소송 걸려고 난리 치니까 겁났는지 돈 좀 쥐어주더라고."

그녀가 생각만 해도 우습다는 듯 코웃음을 쳤다.

"짠돌이. 어찌나 돈 안 내놓으려고 발악을 하던지."

라연의 말을 무시하고 재준이 가방 안에서 준비해 온 포트폴리오를 꺼내 들었다.

"한샘증권 강재준 차장입니다. 브리핑하겠습니다."

그는 그녀 앞으로 서류를 내밀고 투자 방법에 대해서 설명했다. 말없이 가만히 재준을 바라보는 라연이 그의 말을 꼭 듣고 있는 것 같진 않았지만 재준은 설명을 멈추지 않았다.

설명을 모두 마친 그가 고개를 들었다. 라연과 바로 눈이 마주쳤다. 부성애라도 일으킬 만큼 가녀린 눈빛. 그녀의 무기였고, 재준의 약점이었다. 그러나 그런 눈빛으로 그녀는 그에게 커다란 아픔을 줬다.

배신.

서인이 용운에게 배신을 당하고 원치 않은 불륜녀가 되었다면, 이 여자는 스스로 원해서 불륜녀가 되었고 그 당시 사귀던 자신을 아무렇지도 않게 배신했다. 게다가 그녀는 자신이 그 사실을 알아챘다는 것을 알지 못하고, 가난을 핑계로 자신을 떠났다. 모든 것을 재준의 탓으로 돌리며 울고불고 연극까지 해가면서.

이십대 초반의 가난하지만 아름다웠던 러브스토리는 그렇게 배신과 진창 속에서 재준에게 사랑을 빼앗아가고 끝을 맺었다. 재준의 세상에는 이제 사랑 대신 오직 돈과 욕망만이 자리할 뿐이었다.

어머니에 이어서 라연까지. 사랑이란, 그렇게 사람을 우습게 만드는 것일 뿐이었다. 그때 이후로 그의 머릿속에서 '사랑'이란 단어는 더 이상 없었다.

그랬었다. 하지만 이제는…….

재준은 잠시 서인을 떠올렸다. 재준이 서인에게 더 마음이 쓰였던 것은 어머니 때문일 수도 있겠지만 어쩌면 자신이 당했던 배신을 서인이 똑같이 당했기 때문인지도 몰랐다. 용운에게 험한 일을 당하면서도 끝까지 모른 척하려는 것이 왜인지, 진실을 드러내지 않으려는 마음이 왜인지 알기 때문에.

소멸.

일을 묻어버리고 조용히 소멸시켜 아예 없었던 일처럼 만들고 싶은 마음. 기억 속에서 영원히 꺼져 버리게 만들어 버리고 싶은 마음. 그러려면 그 어떤 것도 들춰선 안 됐다. 요란하지 않게 조용히, 촛불이 꺼지듯. 아니, 촛불이 꺼진 후 연기조차 느껴지지 않게 그냥 뚜껑을 덮어서 공기를 차단해 제풀에 꺼져 버리게 하려는.

"무슨 말인지 하나도 모르겠어. 다시 차근차근 설명해 줄래, 재준 씨?"

라연의 말에 재준이 브리핑을 멈추고 포트폴리오 파일을 닫았다. 서류를 준비하기 위해, 투자를 하기 위해 머리를 썼던 시간이 아까웠다. 라연이었다면 나오지 않았을 것이다.

"더 자세히 설명 드릴 시간이 없군요."

그가 손목시계를 바라봤다.

"다른 직원을 연결해 드리겠습니다."

"왜 그렇게 딱딱하게 구는데?"

"……."

"다시 만난 옛날 애인, 껄끄러워?"

"그런 거 없습니다."

"여자…… 있어?"

라연의 질문에 재준은 더 있을 필요 없다는 듯 서류만 챙겼다.

"없으면 나랑 가끔 만날래?"

"무슨 말인지 잘 모르겠습니다."

그가 가방을 들고 차갑게 대꾸했다. 라연이 어깨를 들썩이며 웃었다.

"무슨 말인지 누구보다 잘 알 텐데. 우리 꽤 잘 맞았잖아."

"……."

"우리 가끔 만나자. 나, 당신이 필요해."

재준이 희미하게 미소를 지었다.

"난 사랑 없이 그런 짓 안 해."

"그건 날 사랑했다는 뜻이네."

그가 돌아서자, 라연이 자리에서 일어났다.

"보고 싶었어."

"……."

"매일, 그랬어. 당신이 안아주던 밤, 떠올리면서, 그렇게 하루하루 버텼어."

그녀의 말에 물기가 어렸다.

"나 잡지 않은 당신 원망스러웠어. 나를 떠나보낸 당신, 너무 미웠어. 그래서 매일, 당신에게 돌아가 복수할 날만 꿈꿨어."

헛짓했군.

"재준 씨, 나 사랑했잖아."

다급하게 대꾸하는 그녀를 향해 재준이 돌아섰다.

"내가 너에 대해서 잘 기억이 안 나서 그러는데, 혹시 기억도 안 나는 일로 피곤하게 구는 여자였나?"

"재준 씨."

"브로커 새로 알아봐. 혹시 필요하면 소개해 줄게, 젊은 놈으로."

"재준아!"

라연이 그의 곁으로 다가왔다. 예전과 변함없이 그녀에게선 장미향이 났다. 그 향에 취해 미친놈처럼 뜨거운 가슴을 안고 살던 때가 있었다. 이 향을 맡기 위해, 이 향을 지키기 위해 제 마음 부서지는 줄 모르고 살던 때가 있었다. 그런데 지금 이 순간 이 향을 맡으며, 떠오른 건 그 옛날에 아름다웠던 추억 따위가 아니었다.

'장미. 장미를 좋아해요. 남들 다 좋아하는.'

참 희한하게도 이 순간 서인이 떠올랐다.

"잘 생각해 봐, 우리."

메마른 눈빛을 하고, 위태로운 미소를 짓는, 전혀 동생 같지 않은 여자.

"우리 좋았잖아."

한서인. 한서인. 한서인.

"난 당신이 좋았어."

그녀에게 이런 말을 듣고 싶다면, 미친 걸까.

"너랑 같이 있고 싶다고."

미친 거겠지.

"재준아."

라연의 눈가가 촉촉해졌다.

"당신의 품이 좋았던 거야. 그땐 몰랐어. 그저 헐벗고 가난한 당신만 보였어. 그런데 헐벗고 가난한 건 나였어. 그래서 다 그렇게 보였던 거야. 당신 가슴은 그렇지 않았는데. 따뜻하고 다정한 사람이었는데……. 당신하고 같이 있고 싶어."

화려한 외모와는 달리, 뱉어내는 그녀의 말들은 전보다 훨씬 초라했다. 그녀의 눈동자는 추레하고 표정은 보잘것없었다. 이러려고, 이렇게 살려고 한 인간의 가슴을 조각냈던 걸까.

"말귀 못 알아듣는 것 같으니까 다시 말하지."

이젠 원망할 마음은 없었다. 다만 한심할 뿐.

그가 라연에게 다가가 속삭이듯 말소리를 낮췄다.

"난 씹다 뱉은 껌, 다시 안 씹어."

그녀의 눈썹이 파르르 떨리는 것이 보였다.

"다른 데 가서 알아봐."

그가 돌아섰다. 등 뒤로 떨리는 목소리가 들려왔다.

"나 피할 수 없을 거야. 나, 당신 되찾을 거니까."

그녀의 목소리를 뒤로하고 그는 자리를 빠져나왔다. 당연히 피하지 않을 거다. 그럴 일은 없을 테니까.

차에 올라탄 재준은 접대용으로 구비하고 있던 담배를 꺼내 물었다. 불을 붙이려다가 휴대폰을 바라봤다. 서인이 보고 싶었다.

지독했던 첫사랑 앞에서 다른 여자를 떠올리다니.

그것도 동생이라는, 생각만으로 오빠를 조마조마하게 만드는, 동생.

그는 서인에게 전화를 걸었다. 이제 그는 서인에게 있어서 매우, 위태로운, 위험한 오빠가 되어가고 있었다.

"나두요. 나두, 커피."

커피를 타는 서인 뒤로 정은이 다가왔다. 같은 부서인 인사팀 동료이자, 굳이 주변인과 친분을 쌓으려 들지 않는 서인에게 그나마 가장 친한 동생이었다.

"아웅, 피곤해."

정은이 목과 어깨를 번갈아 돌리며 스트레칭을 했다. 그 모습을 물끄러미 보던 서인이 물었다.

"뭐 하고 다니기에 아직 점심때도 안 됐는데 벌써 처져?"

"이미 아아—침부터 처져 있었어요."

서인의 손에 들린 커피를 빼앗다시피 가져간 정은은 후후, 불다가 한 모금 마시고 명랑한 미소를 지었다.

"이 대리님이 탄 커피 진짜 맛있어."

"또 남자친구랑 통화하느라?"

"몰라요. 얼마나 사람 괴롭히는지. 잠도 안 재우고 전화통화를 하재."

"사귄 지 얼마 안 됐잖아. 좀 봐줘."

서인의 핀잔에 정은이 그녀를 빤히 바라봤다.

"난 가끔 대리님이 그런 소리 할 때마다 이상해."

"왜?"

"그냥. 이 대리님은 정말 남자 사정 하나도 안 봐줄 것 같은데 말이죠."

"내가? 어딜 봐서."

"예쁜데 차가워 보이니까."

"내가?"

정은이 새침한 눈으로 서인을 흘겼다.

"설마, 예쁜 걸 모르시는 건 아니죠? 차갑다는 말에 놀라신 거죠?"

"아니, 예쁜 걸 몰랐는데?"

"와. 거짓말."

서인이 미소를 지었다.

"가뜩이나 얼굴 예뻐서 남자들이 쉽게 말도 못 걸 상대인데 표정도 말투도 찬바람 쌩쌩 나게 서늘하고 도도해 보이고. 회사 동료인 나조차도 대리님한테 쉽게 말도 못 하고 그랬는데 남자들은 어렵하겠어요?"

도도한 한서인.

서인은 커피잔을 잡은 손에 힘이 들어갔다.

도도할 거면 차라리 끝까지 도도했어야 했는데. 하필 그런 사람에게……

서인은 생각하지 않으려고 애써 미소를 지었다.

"설마 대화하면 온통 허당이라고, 그 말 하려는 거야?"

"그렇게까지 온통은 아니에요."

"허당은 맞고?"

"온통은 아니라고요."

"알았어. 커피 타주고 아침부터 허당 소리, 고마워."

"대리님, 그게 아니구요."

서인의 주머니에 있던 휴대폰이 울렸다. 액정을 확인하니, '용운'이 찍혀 있었다. 그녀의 얼굴이 드러나게 굳어버렸다.

"안 받으세요?"

울리는 벨소리 앞에서 제사라도 지내고 있는 듯 보였는지 정은이 재촉했다. 전화를 받으려던 서인은 행동을 멈췄다. 재준의 목소리가 들려왔다.

'웃기지 마. 그 자식 못 만나, 너.'

서인은 전화를 받는 대신 벨소리를 죽였다. 정은이 의아한 표
정을 짓는 것이 보였다. 서인이 아무렇지도 않은 척 미소를 지
었다.

"보험 가입 전화."

"아하. 귀찮죠, 그런 전화. 나는 보험사에 대출업체에 보이스
피싱까지. 번호를 바꿔야 할 판이더라구요."

"그러게. 가서 일하자. 과장님 싫어하시겠다."

"아닐걸요. 과장님도 술떡 돼서 지금 책상에 널려 있을 거예
요. 아함."

정은이 도저히 안 되겠는지 커피를 내려놓고 크게 기지개를
켰다.

서인이 먼저 자리로 돌아와 앉았다. 정은의 말대로 과장은 책
상에 반쯤 고개를 묻고 있었다. 많이 피곤한 모양이었다. 미소
를 짓던 서인은 요 근래 어느 때보다 쾌적한 날들을 보내고 있
다는 사실을 깨달았다. 며칠째 잠을 잘 잤기 때문이다. 잠들 때
까지 흐트러짐 없이 자신의 곁에 앉아 있는 오빠라는 남자 덕분
에.

그가 보고 있으니 잠이 오지 않을 거라고 생각했는데, 마치 할머니나 엄마에게 옛날이야기나 동화를 듣는 것처럼 그와의 짧은 대화가 잠이 드는 데 특효약 같았다.

그 사람은 피곤하려나.

미처 생각하지 못한 걱정이 떠올랐다. 최대한 빨리 잠들려고 노력은 하고 있지만 그가 언제 돌아가는지 알 수가 없으니, 자세 하나 바꾸지 않고 의자에 앉아 있는 그는, 피곤할지도 모른다. 그렇다고 그가 피곤하다고 말할 사람도 아니고. 그에게 갈수록 신세만 지고 있다.

뭔가 해줄 게 없을까.

음식도 김 여사님이 다 해주시니, 자신의 솜씨가 오히려 민폐가 될 것이다. 그러고 보니 그가 뭘 좋아하는지도 모른다.

동거인이자 오빠가 된 남자에 대해서 아무것도 모른다는 것. 이건 혹시 또 뭔가를 놓치고 있는 것일까. 자신의 주변에 있는 것들에 대해 또다시 무관심하고 있는 건 아닐까 걱정이 됐다.

하지만 그에게 관심을 가져서는 안 되는걸.

그에게 관심을 갖는 순간 그는 더 이상 서인에게 오빠로 남기 어려울 것이다. 지금도 충분히…….

그사이 또다시 휴대폰 벨소리가 크게 울렸다. 주변에서 그녀 쪽으로 시선을 보내는 것이 보였다. 또 용운일까 싶어 아예 휴대폰을 꺼버리려던 서인은 행동을 멈췄다. 용운이 아닌 다른 이름이 떠 있었다.

강재준.

그녀의 가슴이 떨려왔다.

9. 대폭락

재준은 창밖을 내다보고 있었다. 지점에 있을 시간이었지만 그는 서인의 회사 근처 식당에 와 있었다. 볼일이 있던 장소와 완전히 반대되는 곳. 이곳에 와버렸다.

사실 재준은 영업을 나와도 볼일이 끝나면 금방 지점으로 돌아가곤 했다. 주식시장은 시간과 숫자의 싸움이었다. 그리고 그것이 곧 돈으로 연결되었다.

돈.

그것은 가난했던 어린 시절을 보낸 재준에게 원수 같은 것이었다. 남의 남자를 빼앗지 못해 안달 난 어머니는 툭하면 재준의 존재로 아버지를 협박해 돈을 얻어냈고, 그것으로 본인의 치장을 하고 아버지에게 어떻게든 잘 보이려고 하는 통에 집안을 신경 쓰지 않았다.

아들이 굶는지, 해진 신발로 어딜 어떻게 걸어 다니는지, 어떤 놀림을 당하면서 사는지. 어머니는 아무것도 관심을 갖지 않았다. 그나마 어머니의 자살 연극이 더 이상 연극이 아니게 된 사건을 끝으로 질기고 끔찍했던 어린 시절이 끝을 맺었다.

뒤늦게 아들을 들여다보게 된 아버지의 도움을 받아 대학에 입학할 수 있었다. 아버지의 도움 역시 받고 싶지 않았지만 가난을 벗어나기 위해선 때론 더러운 것도 참아내야 한다는 것을 알았다.

그는 미친 듯이 공부하고 미친 듯이 일했다. 그렇다고 그가 증오심까지 안고 산 건 아니었다. 라연을 만나기 전까진, 그저 성실하게 살고 싶은 마음뿐이었다.

저녁 아르바이트를 하는 호프집에서 라연을 만났다. 라연 역시 자신과 비슷한 처지였던지라 금방 마음이 맞았다. 그의 고통을 누구보다 잘 아는 여자. 그래서 믿었던 여자. 그러나 자신과 너무 비슷했기에 배신은 예견된 일이었다. 단지 라연이 조금 더 빨랐을 뿐.

라연은 가게 사장과 만나기 시작했다. 사장은 번화가 상가 몇 개를 가진 건물주였다. 그는 온갖 달콤한 말과 돈으로 라연의 눈과 몸을 현혹시켰다. 라연은 당연히 넘어갔다. 돈은 저보다

20년 연하의 어린 여자도 아무렇지도 않게 제 것으로 만들 수 있는 힘이 있었다.

라연은 그렇게 그를 떠났다. 라연의 배신에 이유를 달아줄 수밖에 없었던 가난이라는 그의 조건. 그는 그때부터 완전히 다른 사람이 되었다. 그는 돈을 탐색했고, 그 힘을 이겨내기 위해 노력했다. 그리고 자신의 돈이 아니어도 제 것처럼 주무를 수 있는 곳에 올랐다. 그러면서 더 이상 부러울 것 없을 정도로 돈을 벌었다.

"무슨 생각을 그렇게 골똘히 해요?"

서인의 목소리가 상념을 깨웠다. 그가 고개를 들었다. 니트에 정장 치마를 입은 서인의 단아한 모습이 눈에 들어왔다. 검은 머릿결은 만지고 싶을 만큼 윤기가 흘렀고 얼굴은 창백할 만큼 하얘 눈이 부셨다. 얇게 쌍꺼풀 진 눈매와 동그란 콧날. 붉게 물든 입술이 부드러워 보였다. 살짝 어긋나는 심장박동을 느끼며 그가 짧게 미소를 지었다.

"앉아."

서인이 다소곳이 자리에 앉았다. 그리고 보니 밖에서 이렇게 평안한 마음으로 그녀를 본 건 이번이 처음인 듯했다. 둘 사이에는 평범한 일보다는 말 못 할 일들이 많았다.

"어떻게 왔어요?"

"지나가는 길이었어."

거짓말인 줄 모르는 그녀는 고개를 끄덕이며 가볍게 넘겼다. 그녀가 메뉴판을 집고는 천천히 읽어 내려갔다.

"뭐, 먹을까요?"

고개를 든 그녀의 웃음기 어린 검은 눈과 마주쳤다. 이번엔 크게 어긋난 심장박동. 저릿함이 몸 전체로 퍼진다.

어째서 이곳에 왔을까.

"이 시각까지 점심 안 먹고 뭐 했어?"

"일했죠."

라연 때문에 상한 마음을 달래고 싶었던 것뿐인데.

"그 회사는 점심시간도 없나."

"있으니까 나왔죠."

꼬박꼬박 대꾸하는 서인을 재준이 다시 바라봤다. 차갑고 서늘하고, 강한 척하는 예쁜 여자의 모습. 덕분에 재준의 가슴이 멋대로 날뛰었다.

'혹시 몸…… 원해요? 나한테서 그런 거, 원해요?'

지금 이 순간 그녀가 다시 묻는다면 그렇다고 대답하기도 전에 그녀를 안을지도 모른다. 자신의 속내에 재준의 표정이 굳어졌다. 용운과 다를 바 없는, 이런 놈이라는 걸 그녀가 알면 경멸할까.

"강재준 씨는 왜, 이제 먹어요?"

"아침부터 스케줄 펑크. 일이 꼬였어."

"뭐, 문제 생긴 거예요?"

"어떤 여자 고객이 만나자마자 대뜸 같이 있고 싶다고 해서."

서인의 눈이 동그래졌다.

뭘 위한 도발인가, 멋대로 지껄이는 이 말은.

그녀가 무슨 말을 할지 미치도록 궁금했다.

"배고…… 프다."

그녀는 잠시 어쩔 줄을 모르다가 얼른 메뉴판으로 시선을 돌렸다.

"고를 게 딱히 없는 것 같아요. 여기 점심 코스로 해요."

서인은 재준에게 묻지도 않고 종업원을 불러 메뉴를 시켰다. 종업원이 다 돌아갈 때까지 그녀는 계속 다른 곳을 보았다.

한서인, 너는 지금 무슨 마음일까. 내 마음은 여기로 향하던 순간 알았는데.

재준은 그녀의 마음을 알고 싶었다.

"그래서."

종업원의 뒷모습을 바라보던 서인이 차분한 표정으로 물었다.

"여자 고객이랑 그러느라고 영업은 펑크 낸 거예요?"

말 돌리고 다신 안 물을 줄 알았는데 그녀는 아무렇지도 않게 묻고 있었다. 마치 자신이 어떤 여자와 자도 상관할 바가 아니라는 표정. 이해하면서도, 막상 재준에게 무척이나 거슬렸다.

"그런 게 뭔데?"

표정으로 대답을 알았다.

"내가 그런 놈으로 보여?"

"⋯⋯."

"고객이랑 자는 놈? 아니면 고객이랑 자느라 영업 펑크 낼 놈? 뭐로 보여."

쭈뼛거리는 그녀를 보며 그가 웃었다. 아무래도 한서인은 자신이 아무 여자하고 시간이나 보내는 그런 놈으로 보나 보다.

"둘 다라면요?"

그가 피식, 웃음을 뱉어냈다.

"난 사랑 없이는 여자랑 안 자."

물컵을 들던 그녀의 손이 살짝 떨리는 듯했다. 그가 피식, 웃음을 지었다.

"왜. 아닐 것 같아?"

"조금."

그녀가 물을 한 모금 마셨다.

"의외예요."

"의외?"

"강재준 씨 입에서 사랑 얘기⋯⋯ 어색하니까."

"보통은 당연하다고 할 텐데?"

"당연한 건데."

그녀가 뭔가를 생각하듯 고개를 끄덕였다.

"낭만적이네요."

"말투가 꼬였군."

"편견이에요."

"당신이야말로. 남자들 모두가 사랑 없이 그것만 원하진 않거든? 그건 아주 나쁜 케이스였을 뿐이야."

"위로 고마워요. 강재준 씨는 무척 낭만적이라고 해둘게요."

확실히 꼬였다. 과거의 남자가 만들어 버린 상처에 모두를 그렇게 보는 시기. 그녀에게 그런 시기가 오고 있었다. 그 예전에 자신이 그랬던 것처럼.

"뭐, 애써 선심 쓸 거 없어. 알고 보면 별로 낭만적이지 못해."

"왜요?"

"여자가 매달리면 자주거든."

그녀의 미간이 드러날 정도로 좁아졌다.

"사랑 없이는 여자랑 안 잔다면서요?"

"나에게 사랑은 없는 거나 다름없었으니까."

그럴 예정이었다. 분명 그랬다. 보고 싶지 않은 것들을 많이 봤고, 당하고 싶지 않은 것들을 당했다. 그래서 재준에겐 그런 것은 오지 않을 거라고 생각했다.

"강재준의 세상엔 사랑이 없나요?"

그건 자신이 묻고 싶은 말이다.

"한서인의 세상엔 사랑이 있나?"

그녀는 조심스럽게 고개를 끄덕였다.

"언젠가…… 만들어서라도 해보고 싶긴 해요. 그 사람이 내 끝사랑인 건 싫을 것 같아서."

"……."

"언젠가…… 할 수 있겠죠. 당장은 할 수 없어도."

그녀가 서글픈 표정으로 미소를 지었다. 끝사랑이 민용운인 게 싫어서, 하고 싶지 않아도 사랑을 해야 할 것 같다는 그 말이 안타깝게 들려왔다. 너무 진심 어린 말이라 오히려 아픈 말. 그녀가 받은 상처가 마음까지 병들게 하고 있다. 그리고 또 하나. 한서인의 언젠가가, 강재준의 당장이 될 거라는 예감.

제길. 불길한 예감은 늘 맞았다.

"바보 같아 보이죠?"

고백도 전에 거부를 당한 기분.

"그렇게 당해놓고도 그런 걸 또 하고 싶냐고."

"아니."

그건 자신이 할 소리였다.

"멍청해 보인다, 한서인."

그녀가 화를 내는 대신 미소를 지었다.

"강재준 씨는 피곤해 보여요."

"전혀."

"잠 못 자서 그런 것 같아요."

"괜찮아."

"그런데 그래 보여요. 지쳐 보여."

"별로."

"나 때문에……."

"아니."

"그럼, 오늘 무리했구나?"

"……."

"오전부터 고객이랑 잔 게 너무 무리였구나?"

진지하게 말하는 서인을 보며 그가 웃음을 토해냈다.

"아니, 전혀. 아주 잘 끝냈어. 여자가 혈압으로 넘어갈 정도로."

조금이라도 질투를 유발하고 싶어 돌려 말했는데도, 그녀는 꿈쩍도 하지 않는다.

강재준, 넌 어려운 걸 시작하는 모양이다. 먼 훗날에도 하지 못할 거라고 생각했던 그것을.

"이젠 내 방에 오지 말고 편히 자요."

그녀가 옅은 미소를 지었다. 그 미소를 바라보던 재준이 고개를 저었다.

"그러지 말고요. 병나면 간호하기 귀찮아질 것 같아서 그래."

"한서인."

"음?"

"나한테 말 놓지 마."

"왜요?"

"그러다 오빠라고 부를까 봐 겁나."

풋, 하고 그녀가 맑게 웃었다.

"오글거려서?"

아니. 오빠하기 싫어 죽겠으니까.

그의 심장이 들끓는 듯 요란스러워졌다.

"오빠."

그녀의 부름에 재준이 미간을 좁혔다.

"오글거려요?"

그녀는 아무것도 모르는 얼굴로 싱긋 웃었다. 그가 마음에 안
든다는 표정으로 물을 들이켰다.

아직 밥도 안 먹었는데.

"체할 것 같다."

요란한 벨소리에 서인이 감았던 눈을 다시 떴다. 잠결이라 혹시 용운이 아닐까 걱정스러웠지만 이내 자신의 벨소리가 아니라는 것을 느낄 수 있었다. 재준의 전화였다. 자신의 등 뒤에서 소파에 앉아 불침번을 서고 있는 남자.

—나야.

혹시나 자신이 깰까 봐 재준이 전화를 받고 아무 말 없이 귀에 대고 있었던 모양이다. 불쑥 상대의 목소리가 들리는 걸 보면.

누구지?

조명등이 희미하게 불을 밝히는 조용한 방 안은 휴대폰의 성능을 확인하기 딱 좋았다. 스피커폰도 아닌데 여자의 목소리가 잘도 들려왔다. 무슨 상황일까 조금 들어보고 싶어 그에게 등을 돌린 채 서인은 꼼짝도 하지 않고 귀를 기울였다.

—나라고, 이 나쁜 자식아.

여자의 목소리는 술에 취한 것처럼 조절이 안 되는 것 같았다. 누굴까, 혹시 아침 영업을 망쳤다던 그 고객…….

"……전화 잘못 거셨습니다."

다행히 아무도 아닌 모양이다.

—끊지 마.

"……."

—끊지 말라고. 집으로 찾아가기 전에!

한숨이 들려왔다. 그리고 그가 자리를 피하는 소리도.

문이 닫히는 소리가 들려왔지만 서인은 움직일 생각을 하지 못했다.

'어떤 여자 고객이 만나자마자 대뜸 같이 있고 싶다고 해서.'

불쑥 떠오른 그의 말에 서인은 괴로운 듯 인상을 찌푸렸다. 생각 안 하려고 며칠 동안 열심히 일만 했다. 저녁 땐 들어와서 그와 아무렇지도 않게 대화를 나누며 티를 내지 않으려고 애를 썼었다. 그런데 결국 생각이 나고 말았다.

'여자가 매달리면 자주거든.'
'나에게 사랑은 없는 거나 다름없었으니까.'

결론은 사랑 없이도 여자랑 잔다는 거다. 능구렁이. 멋있는 척 말하는데 알고 보면 그냥 구렁이 담 넘듯 고객이랑 잤다는 얘길 한 거였다.

새침하게 아닌 척, 궁금하지 않은 척, 아무렇지 않은 척했는데 사실은 열심히도 그를 떠본 것이었고 그의 대답에서 오는 파동은 감당할 수 없이 너무 셌다.

'아니, 전혀. 아주 잘 끝냈어. 여자가 혈압으로 넘어갈 정도로.'

그날, 체한 건 자신이었다. 점심 먹고 나서 내내 속이 꽉 막힌 듯 답답해서 혼이 났다. 그런데 얼마 전 아침엔 고객, 오늘 밤에는 누군지 모르는 여자의 전화. 갑자기 왜 이렇게 몰려드는 건지 모르겠다. 관심 가지면 안 되는 남자에게 관심이 가는 것에 대한 경고일까.

"질투 느끼면 안 되는 거겠지."

아직은, 괜찮았다. 그와 그저 오빠 동생 같은 관계일 뿐이고, 호감을 느끼기엔 자신의 처지를 재준은 너무 잘 알고 있었다. 그리고 무엇보다,

'나에게 사랑은 없는 거나 다름없었으니까.'

꿈도 꿔선 안 된다. 그는 사랑 같은 거 모르는 남자니까. 오빠라고 했으니 오빠로 여기면 그만. 그래, 그는 그저 잠시나마 최악을 멈춰줄 수 있는 남자일 뿐이다. 하지만 한서인의 인생에서 그런 건 더는 필요하지 않을 것이다.

더 이상의 최악은 없을 테니까. 그럴 테니까.

하지만 서인의 마음은 그가 돌아올 때까지 영 다잡아지지 않

앉다.

❖

회사 복도에서 시끄러운 소리가 났다. 힐끗 돌아보던 인사팀 직원들은 도로 각자의 일을 하기 시작했다. 그러나 소리는 점점 커졌고 하나둘씩 자리에서 일어나 무슨 일인지 관심을 갖기 시작했다.

서인은 면접을 보러 올 예비 사원들의 명단과 직원들이 만든 이름표, 이력서 복사본의 순서를 재확인하고 있었다.

"여기 있는 거 다 알고 왔거든! 이년 어디 갔냐고!"

들어오는 곳 아니다, 경비 부르겠다, 대체 무슨 일이냐 등등의 소란스러운 말소리가 들려왔지만 서인은 다른 쪽으로 고개를 돌릴 정신이 없었다. 면접날이라 인사팀에선 가장 부산스럽고 정신이 없는 날이었다.

"이, 이봐요. 여긴 사무실입니다. 어딜 들어오세요?"

"여기 있는 거 다 알고 왔어! 이거 놔!"

"이보세요. 대체 뭘 알고, 뭐가 여기 있다는 겁니까!"

"한서인라는 미친년 말이야! 내 아들 후린 년! 이 쌍년 어디 갔어! 어디 갔냐고! 오호라, 여기 있었구먼! 이 육시랄 년이!"

욕설이 오가는 소리가 나서야 서인이 고개를 돌렸다. 그런데 느닷없이 머리채가 잡혔다.

"이년아! 네가 감히 내 아들을 건드렸어? 애 셋 낳고 잘 살고 있는 내 아들을 건드렸냐고! 이년아! 이년아!"

머리카락이 당기고, 무릎 근처에서 통증이 느껴졌다. 까이고 채이고 흔들리고 그러더니, 몸이 멋대로 뒤로 넘어가며 쿵, 하고 책상 모서리에 이마가 찍혔다. 뜨거운 무언가가 얼굴에 흘러내렸다. 순간, 아기를 잃은 날, 제 몸을 빠져나가던 액체의 온도가 떠올랐다.

여자는 모인 사람들 모두 들으라는 듯 그녀와 용운의 관계를 떠벌리기 시작했다. 말리던 사람들이 모두 몸이 굳을 정도로 서인은 순식간에 천하의 몹쓸 년이 되고 있었다. 너무 놀라서, 갑작스러워서 숨이 쉬어지지 않았다. 반박을 하고 싶은데 그럴 수가 없었다.

"지금 뭐 하시는 겁니까!"

다시 우악스러운 힘에 의해 머리가 들려 올려지는 순간 과장의 큰 목소리가 들려왔다. 이어서 나가라고 소리치는 정은의 목소리도 들려왔다. 누군가 서인의 이마에 손수건을 받쳐 주었다.

서인이 겨우 눈을 떴을 때, 경멸하는 듯 자신을 내려다보고 있는 한 여자와 눈이 마주쳤다. 얼굴이 기억났다. 용운의 아내였다. 일부러 비싼 옷을 차려입고 마치 이런 걸 노렸다는 듯 꼴

좋다는 얼굴을 하고 있었다. 이런 날이 올 수도 있다고 생각했었지만 막상 억울해졌다.

나는 벌을 받아도 쌀까? 모르고 한 일이라도 잘못을 했으면 벌을 받아야 할까? 그렇다면 지금 이 순간에 아무 말도 해서는 안 되는 거겠지.

하지만 문득 억울함이 올라왔다. 비난을 받고 싶지 않았다. 몰랐으니까. 알았다면 절대 이런 일은 없을 테니까.

"……어요."

그녀가 숨을 고르며 겨우 입을 뗐다.

"몰랐다고……."

서인이 사람들의 부축을 거절하며 자리에서 일어났다. 산발이 된 머리, 피가 흐르는 얼굴, 단추가 떨어진 블라우스, 발자국이 난 스커트, 올이 나가 버린 스타킹, 한 쪽 구두가 벗겨져 버린 맨발.

"당신 남편…… 이 유부남인 거 몰랐다고."

도려내는 것처럼 가슴이 욱신거렸다.

"몰랐어? 몰랐다고! 몰랐으면 다야!"

방방 날뛰는 아주머니와는 달리, 용운의 아내로 보이는 여자는 차분해 보였다. 우아하게 미안하다 한마디 하고 싶은데 억울함에 그럴 수 없었다. 서인은 숨이 차 헐떡이면서도 끝내, 입을 열었다.

"만나자고, 사귀자고, 결혼하자고 그런 건 당신 남편이었어. 유부남인 거 알았으면 만나지 않았어."

"뭐야! 이년이, 뭘 잘했다고 지금 변명하려고 들어!"

아주머니가 달려들려고 하자, 여자가 손을 들어 저지했다.

"그래서."

여자가 가까이 다가왔다.

"그래서 애 가졌다고 쇼했니? 아니면 정말 임신이라도 한 거야?"

서인이 미간을 찌푸리자 여자가 주변을 둘러보며 웃음 지었다.

"처녀가 임신을 했다는데요? 그것도 애 셋 딸린 유부남 애를."

사람들이 숙덕거렸다. 서인이 부들부들 떨리는 손으로 주먹을 쥐었다.

"몰랐다고?"

여자는 여유롭게 웃었다.

"몰랐으면 뭐, 네가 잘못한 게 바뀌니? 결과는 같아. 넌 불륜을 저지른 거야. 내 남편하고 그 짓 하면서 내 가정 파괴한 거라고. 임신을 했거나 아니면 내 남편이 너무 좋아 죽어서 임신을 한 척했거나."

여자가 서인을 아래위로 바라보고는 피식, 웃음을 토했다.

"임신한 것처럼 보이지 않는데? 보통 임신하면 폭력을 당할 때 배부터 가리지 않나. 그러니까 결론은 주제에 자기 분수도 모르고 영광물산 상속자 꼬셔내려고 임신한 척한 거?"

사람들이 더 크게 수군거리기 시작했다.

"누가 들어도 딱, 정답 나오는데?"

"왜 아니겠어! 이 버러지 같은 년이! 돈 노리고 그랬겠지!"

목소리를 높인 중년의 여자가 그녀의 머리를 다시 잡아챘다. 정은이 아주머니의 손을 떼어내려고 애를 쓰며 소리를 질렀다.

"그렇다고 폭력 쓰면 돼요? 누구 맘대로 이래요!"

그사이 누군가의 신고를 받은 경비들이 후다닥 뛰어 들어왔다. 쓰러져 있는 그녀의 상태를 보자마자 경비들이 아주머니의 양팔을 잡았다.

"이거 놔! 저년이, 저년이 내 아들 후리고 가정 파탄 낸 년이야! 맞아 죽어도 싼 년! 어디서 배운 게 없어서 돈 노리고 남의 아들을 노려! 내 아들이 어떤 앤지 알기나 해!"

아들이라고 말하지만 하는 행동이 누가 봐도 시어머니의 모습은 아닌 듯했다.

"지랄! 딱 들어보니 아무리 봐도 그쪽 아들이라는 작자가 우리 대리님 꼬여냈구먼! 아들 잘못 키워놓고 어디서 큰소리예요! 남의 집 귀한 딸한테 손대기 전에 당신 아들이나 작살내!"

정은이 소리소리 질렀다.

여자는 그 어떤 것에도 동요하지 않고 그저 서인을 가소롭다는 듯 바라보다가 조용히 돌아섰다. 경비 아저씨들을 단숨에 밀쳐 낸 아주머니가 여자의 뒤를 쫓았다.

"다들, 구경났어? 그만 보고 어서 일들 해, 일!"

과장이 직원들을 쫓아냈다. 직원들은 서인을 힐끔힐끔 쳐다보거나 수군거리다가 자리를 떠났다. 다른 부서 직원들이 있었으니, 회사 내에 소문이 퍼지는 건 삽시간일 것이다.

"대리님, 괜찮아요? 대리님, 피 많이 나요……."

정은이 안타까운 얼굴을 했다. 속으로 꽤나 놀랐을 텐데 그래도 티를 내지 않으니 이 순간엔 고마웠다.

"괜찮아. 닦으면 돼."

그녀는 아무렇지도 않게 미소를 지었다. 미소 끝으로 서글픔이 밀려들었다. 표정을 잃지 않으려고 애를 쓰며 팀원들의 달라진 눈빛을 뒤로하고 조용히 화장실로 향했다. 사람들의 시선들이 무수히 꽂혀 들어왔지만 그녀는 그걸 생각할 겨를이 없다.

물을 틀고 얼굴을 닦아냈다. 피는 멎었지만 얼굴이 엉망이었다. 무릎은 신발에 찍힌 자국이 선명했다. 폭력은 참 쉽다. 순식간에 사람을 곤죽으로 만들 수 있다. 하긴, 차라리 몸의 폭력이 나은지도 모른다. 마음의 폭력은 영원히 낫지 않고 그녀의 가슴에 머물 테니까.

서인은 울지 않으려고 이를 앙다물었다. 어디, 드라마에서나 나올 법한 일이 실제로 일어났다는 사실이 우스웠다. 그렇다고 웃음이 나지도 않았다. 그저 현실감이 없을 뿐이었다. 남의 인생에 잠시 끼어든 것처럼, 그냥 그랬다.

하지만 분명히 그녀의 인생.

싫다.

정말 이렇게 말도 안 되는 인생 위에 서게 된 자신이 싫다.

"저기……."

서인이 고개를 돌렸다. 정은이 머뭇머뭇 서 있었다.

"어, 정은 씨. 왜?"

"부장님이……."

어떤 말을 들을지 뻔했다.

"알았으니까 가봐."

그녀는 걸레처럼 뜯긴 스타킹을 벗어내고 차분히 스커트를 정리했다. 피 묻은 블라우스를 최대한 깨끗하게 만들었다. 머리를 단정하게 마무리한 그녀는 사람들의 시선을 무시하고 조용히 부장실로 들어섰다.

"부르셨어요."

서인을 본 부장이 조금은 복잡하고 황당한 표정을 지었다.

"앉지."

마주 앉고도 잠시 말이 없었다.

"불륜…… 이라는 거, 사실인가?"

"……."

"만약 사실이 아니라면……."

서인이 조용히 고개를 끄덕이자 부장이 흠칫했다.

"자네가 그럴 줄은 꿈에도 몰랐어."

과정은 중요하지 않았다. 중요한 건 결과. '멍청한 불륜녀'라는 결과만 있을 뿐이다.

"하필이면 직원 면접 있는 날."

"……."

"시말서로 끝내면 좋겠는데……. 이렇게까지 하지는 않으려고 했는데 면접 본다고 사장님하고 이사님이……. 직원들도 다 알게 됐고. 아무래도 지사 발령이 피치 못할 것 같네. 자네도 직원들 얼굴 보기 좀 그럴 거 아니야."

서인은 대답하지 않았다.

"대충 사정 들어보니까…… 이 대리 사정도 억울한 면이 없지 않겠지만. 너무 야속하게 생각하지 마. 아무리 세상이 썩었다고 해도 불륜은……. 아무리 법이 바뀌었다고 해도 도덕적으로 이건 아니지 않나. 어디 외국이라면 몰라도 국내 회사에서 그런 걸 간과하긴 좀 어렵잖아."

"이해합니다."

"그래. 그럼 뭐 더 할 말이 없지. 너무 섭섭하게 생각 말고."

그녀가 아무 말도 하지 않자 부장이 그녀를 다독였다.

"오늘은 회사에 있기 뭐할 테니까 들어가고 조만간 연락해서 바로 다른 부서로 갈 수 있게 해둘게. 발령이 날 때까지 당분간 근신하라고."

"분란을 일으켜서 죄송합니다."

"그래, 그렇긴 했지."

부장의 씁쓸한 목소리를 뒤로하고 서인은 자리를 빠져나왔다.

터벅터벅, 힘을 주려고 하는데 힘이 들어가지 않아 자꾸 걸음이 처졌다. 그제야 사람들의 시선이 제대로 느껴졌다. 서인이 돌아보자 휙, 하고 사라지는 시선들. 이런 건 겁나지 않았다. 이런 게 두려운 게 아니었다.

자리로 돌아온 서인은 천천히 가방을 꾸렸다.

"대리님……."

"미안해, 정은 씨. 나 때문에 일 늘겠다."

"그런 건 괜찮아요."

정은의 눈에 눈물이 어렸다. 마지막처럼 그렇게. 그녀가 짐을 싸야 한다는 걸 예견했다는 듯이. 그녀가 저지른 일이 사회에서 지탄을 받고, 회사 생활을 할 수 없는 일이라는 것을 이미 알았다는 듯이.

"짐은 나중에, 나중에 가지러 올게. 좀 살펴줄래?"

정은의 고갯짓을 뒤로하고 서인이 회사를 빠져나왔다.

햇살이 너무도 눈부신 오전 시간. 햇살에 눈이 시렸고, 현기증이 났다.

어디로 가야 하나.

이 순간, 재준이 보고 싶어 견딜 수가 없었다. 그의 품에 안겨 제발 억지로라도 나의 마지막 사랑이 되어달라고 빌고 싶은 심정이니까. 하지만 세상 사람 다 안다고 해도, 하물며 재준이 알아챈다고 해도, 지금 이 모습을 보여주고 싶지는 않았다. 더 이상의 최악을 그에게 보일 순 없었다.

집으로 돌아온 재준은 현관문을 열다가 잠시 흠칫했다. 불이 꺼져 있다는 사실이 새삼스럽게 느껴졌다. 아주 짧은 기간이지만 퇴근하고 돌아오면 서인이 있었다. 가끔 자신이 먼저 퇴근해 불을 켜는 일도 있었다. 그런데 오늘따라 이 어둠이 어째서 이렇게 새삼스럽게 느껴지는지 모를 일이었다.

실내로 들어온 재준은 컴컴한 집 안을 둘러보다가 뒤늦게 불을 켰다. 고요한 집 안엔 아무도 없었다. 늘 그렇게 살아왔기에 이쪽이 훨씬 익숙해야 했다. 그런데 그녀와 함께 지낸 시간이 금방 적응된 모양인지 이런 상황이 그다지 유쾌하지 않았다.

각자 몇 시에 퇴근한다, 회식을 한다, 그런 대화를 나눈 적이 없었고 거기까지 관심을 가져야 할 이유는 없었다. 하지만 이 유쾌하지 않은 상황을 맞이하자, 그는 앞으로는 체크를 해야 하지 않을까 싶었다.

재준은 거실 소파에 가방을 내려놓고 잠시 자리에 앉았다. 등을 기댄 재준은 팔짱을 끼고 시계를 바라봤다. 그녀가 야근 중인 모양이다.

Rrrrrrrr.

휴대폰 소리에 재준이 자세를 고쳤다. 지석이었다.

"그래, 알아봤어?"

─넌 인사도 안 하냐.

"할 말만 해."

─매정한 자식.

"술 살게."

─좋아. 하지만 비싼 걸로 사야 돼.

"얘기나 해, 어서."

─그 자식 엄청난 바람둥이더라.

"그건 전에도 한 말 아닌가."

─그랬지. 근데 이건, 수준이 상상을 넘던데? 여자가 아주 많

아. 그냥 그중 한 명만 걸려라, 하는 타입? 쉽게 말해서 남자 꽃뱀이야. 물론 영광물산 후계자가 돈 때문에 그런 건 아니지만. 어쨌든 아주 유능하고 예쁜 여자만 골라서 그 짓을⋯⋯.

"필요한 말만 해."

지석이 툴툴거리며 말을 이었다. 지석의 말이 계속될수록 재준의 얼굴은 험악해졌다. 당한 것은 서인만이 아니었다. 많은 여자들을 만나 비슷한 행동을 했다. 다만 관계가 끝났을 때 다른 여자들은 돈으로 해결하고 끝을 맺었다고 한다. 서인이 그런 걸 받은 적이 없는 걸 보면 그러기 전에 일이 생겨 버린 것이다. 그때 민용운이 찾아온 것도 돈으로 매수를 하기 위해서였나.

─그리고 또 하나. 그 자식 와이프도 한 번 바뀌었더라. 원래 그 자식 세컨드였던 여자가 본부인 밀어내고 그 자리에 들어섰대. 졸부집 딸인 것 같다는데 정확한 건 모르겠어. 민 사장님은 정말 사람 좋잖아? 일만 하시느라고 아들이 그러고 다니는 거 전혀 모르나 봐? 아님, 그 자식이 연기를 죽이게 잘하던가. 완전 사이코패스지, 그거. 그런 놈한테 걸린 여자들은 진짜 재수가 없는⋯⋯.

"그만."

그가 듣기 싫다는 듯 미간을 좁혔다.

─근데 너 이거 왜 알아내려고 하는 거야? 민 사장님이랑 영

업하고 그러는 사이 아니었어? 혹시, 영업 끊자고 그래? 그때 두 배로 한 번 크게 수익 올려준 이후로 그분 너 엄청 믿잖아.

그래, 그 멍청한 자식 집안의 자산을 내가 불려줘 버렸군.

"알았으니까 그만 끊어."

―야, 뭐 벌써 끊어?

"왜, 나랑 연애라도 하게?"

―아니, 소식 전한다고.

"뭐."

―나 결혼한다.

예비 새신랑의 목소리가 침울했다. 그가 미소를 지었다.

―너 비웃는 거지?

"아니, 그저 조금 흥미로울 뿐이야."

―놀리지 마라.

현관문에서 도어록 열림음이 들려왔다. 서인일 것이다.

"그만 끊자."

지석의 전화를 끊은 재준은 서인을 보기 위해 현관 앞으로 다가갔다. 그러나 들어온 사람은 서인이 아니었다. 김 여사가 몇 가지 물건을 들고 들어오고 있었다.

"어? 차장님, 벌써 오셨어요?"

서인이 아니라는 사실에 저도 모르게 인상을 구겼다.

"아휴, 시간이, 벌써 오실 시간이었구나. 내가 정신이 없었네.

여기 아가씨가 메밀전 좋아하는 것 같아서, 그거 하나라도 더 부쳐 먹인다고."

"어서 오세요, 김 여사님."

들어오는 김 여사의 물건을 재준이 받아주었다. 식탁에 내려놓자 김 여사가 반찬을 챙겨 냉장고에 넣었다. 그러고는 시계를 쳐다봤다.

"어머, 시간이 정말 늦었네. 빨리 하고 가야겠다. 저녁 늦게 실례가 많아요."

"무슨 말씀을요. 괜찮습니다."

"그래도 그건 아니지. 난 그냥 아가씨한테 음식이 간에 맞는지 물어볼까 해서 시간 조금 늦춘다는 게 이렇게 됐네."

김 여사의 배려에 재준이 감사 인사를 했다.

"사람 하나 늘었는데 신경도 못 써드렸습니다. 힘드시죠?"

"힘들긴. 난 신나요. 내 음식 얼마나 맛있어 하는데. 차장님은 입도 짧고, 말도 짧고. 맛있는지 어떤지 말 한마디 안 해주고 먹어서 재미없었는데, 그 아가씨는 얌전한 것 같아도 조곤조곤 말도 잘하고, 내가 해준 거라면 다 잘 먹고. 요새는 이것저것 음식할 맛이 나요."

"음식, 잘 먹습니까?"

서인이 음식을 잘 먹는다는 말 하나에도 재준은 기분이 좋아졌다.

"그러니까 가늘가늘 하니, 끊어질 것같이 생겨서 내숭 떨 것처럼 생겼는데 엄청 잘 먹어. 그게 예쁘지. 뭐, 그것뿐인가. 이틀에 한 번은 전화해서 감사하다고 인사도 하고."

"그랬습니까?"

"응. 차장님 잘 먹은 음식 얘기도 해주고. 슬그머니 자기 먹고 싶은 거 말하기도 하고. 어떻게 했냐고 물어보고 배우려고도 하고. 생긴 것도 그렇고 야무져, 아주. 결혼하면 잘하겠어."

김 여사가 제 며느리인 것처럼 칭찬을 늘어놓았다. 그러면서 재준에게도 오지랖을 넓혔다.

"아이고, 그러고 보니까 우리 차장님 얼굴도 확 폈네. 확실히 집안에 여자가 있어야 돼. 얼마나 좋아요. 벌써 집 분위기가 다르구만."

처음에 그녀를 데려왔을 때부터 김 여사가 단단히 오해를 한 것 같았지만 재준은 딱히 서인과의 관계를 설명하지 않았다. 속 얘기를 모르는 사람들은 그런 사이가 아니라는 게 오히려 더 이상하게 느껴질 것이었다.

"근데 퇴근은 언제래. 따뜻할 때 먹어야 맛있는데."

김 여사가 반찬들을 바라보며 걱정스러운 얼굴을 했다.

"곧 들어올 겁니다."

"그래, 바쁜가 보다. 안 그래도 오늘 전화할 날인데 전화도 안 오고, 해도 받지도 않고. 오면 만날 줄 알고 그냥 왔더니만 실례만 하고."

"괜찮습니다."

"그나저나 차장님 아직 옷도 안 갈아입으시고."

"저도 이제 막 왔습니다."

"저녁 안 드셨으면 차려 드릴까?"

"아닙니다. 조금 있다가 먹겠습니다."

김 여사가 딱, 하고 박수를 쳤다.

"하긴. 여기 아가씨 들어오면 같이 먹어야죠? 내가 눈치도 없이."

"차라도 한잔하고 가십시오."

"얼른 가야죠. 다 정리했으니까 꺼내만 먹으면 돼요."

김 여사가 서둘러 현관 앞으로 다가섰다. 재준이 배웅을 위해 따라나서자 김 여사가 손짓을 했다.

"나오지 마요, 나오지 마. 나가면 금방 엘리베이터니까."

"네, 그럼 살펴 가십시오."

재준은 문이 닫힌 후에야 도로 집 안쪽으로 시선을 돌렸다.

그녀가 그사이에 김 여사와 친분을 쌓고 있을 줄은 몰랐다. 싹싹한 스타일이라고 생각하진 않았다. 하지만 생각해 보면 미친놈 하나 때문에 그녀의 본모습을 볼 수 없었던 건지도 모른다.

재준은 식탁에 놓인 메밀전을 내려다보았다.

이런 음식을 좋아했군.

기름진 향에 약간의 시장기가 돌았다. 서인이 음식을 잘 먹는 모습을 김 여사만큼 본 일이 없는 기분이었다. 그녀가 돌아오면 잘 먹는 모습 좀 구경해 보자, 생각하고 옷을 갈아입기 위해 샤워를 했다. 그 시각까지도 그녀는 소식이 없었기에 재준은 책을 읽기 시작했다. 뭔가 한번 하면 주변에 누가 지나가도 모를 정도로 몰입하는 타입이건만, 10분, 20분 간격으로 상념이 깨졌다. 어느새 10시가 훌쩍 넘어가는 시간이었다.

바쁜가?

'그래, 바쁜가 보다. 안 그래도 오늘 전화할 날인데 전화도 안 오고, 해도 받지도 않고. 오면 만날 줄 알고 그냥 왔더니만 실례만 하고.'

전화도 안 오고, 해도 받지도 않고……?

재준은 조금 이상한 생각이 들어 휴대폰을 찾아 그녀에게 전화를 하기 시작했다. 하지만 연결이 되지 않았다.

한동안 별일이 없어서 방심했던 건가.

벌떡, 하고 자리에서 일어난 재준은 방마다 문을 열기 시작했다. 그녀가 있을 리가 없었다. 서인의 방으로 들어간 재준은 혹시나 싶어 옷장, 서랍, 가방 등을 열어보았다.

그대로. 모든 것은 그대로 있었다.

재준은 다시 전화를 걸었다. 그녀는 받지 않았다.

민용운이라는 이름이 스쳐 지나갔다. 마음이 불안해진 재준이 차 키를 챙겨 현관 밖을 나서며 다시 서인에게 전화를 걸기 시작했다.

다시, 다시, 다시!

미친 듯이 전화를 걸었다. 미쳐서 딱 눈이 돌아갈 지경에 통화 연결이 됐다.

"한서……."

―야! 이 미친놈아! 왜 전화야! 대리님이 전화기 안 가지고 갔다고 몇 번 말해! 전화번호 바꿔서 전화하면 누가 모를 줄 알고? 너 때문에 대리님은 회사 쫓겨나게 생겼는데, 어디서 뻔뻔하게 전화질이야! 그리고 내가 누군 줄 알고 욕하고 난리야! 너, 나 알아? 이쪽으로 전화할 시간 있으면 네 와이프한테나 잘해! 자꾸 전화하면 네 마누라랑 그 우악스러운 아줌마 폭력 쓴 거 신고할 거니까! 증인이 몇 명인 줄 알아? 대리님 어디 있는지 모르니까 전화하지 마! 한 번만 더 전화하면 그땐 너 죽고 나 죽고…….

전화기를 잡은 재준의 손등에 힘줄이 섰다.

"누가, 무슨 짓을 했다고?"

서늘한 목소리에 전화를 받은 상대방의 목소리가 떨려왔다.

—……저기.

"다시 말해, 당장."

—누구…… 세요?

그가 다그치자 정은의 목소리가 잦아졌다.

10. 서킷 브레이커

서인은 하얀 천이 덮여 있는 침대 위에 멍하니 앉아 있었다. 그녀의 집이었다. 재준이 집을 내놓으라고 하기 전에 이미 부동산에 말을 해놓았는데, 관리를 따로 하지는 못했었다.

가구나 짐 위에 덮여 있는 하얀 시트를 보자니, 누군가가 관리를 하고 있었던 모양이다. 머릿속에 재준이 스쳤다. 분명 그일 것이다.

그의 집에 들어가지 않으면 걱정할지도 모른다는 생각이 들었지만 돌아갈 수 없었다. 거울을 통해 바라본 제 꼴이 너무 한심스럽고 우스워 그에게만은 보이고 싶지 않았다.

그렇다고 딱히 도망을 가자는 심산은 아니었다. 맞은 자국을

없앨 약간의 시간이 필요했을 뿐이었다. 남의 눈도, 재준의 눈
도 피할 곳이 이곳밖에 없었다.

기운이 떨어진 서인은 숨을 쉬는 것 같지 않은 모습으로 벽에
기댔다. 눈물 없는 메마른 얼굴이 오히려 우는 것 같은 표정이
었다.

'몰랐으면 뭐, 네가 잘못한 게 바뀌니? 결과는 같아. 넌 불륜을
저지른 거야. 내 남편하고 그 짓 하면서 내 가정 파괴한 거라고.'

그녀도 알고 있었다. 남들에게 답답해 보일지라도, 자신이 저
지른 죗값을 두고 당당할 수가 없었다. 어쩌면 그냥 넘어갈 수
도 있지 않을까 싶었던 마음이었다. 최대한 모른 척, 아닌 척 살
면 그냥 언젠가 좋아지지 않을까 싶었다. 그래서 어떻게든 아무
일 아닌 것처럼 살아보려고 했었다. 그녀만 떳떳하면 된다고,
그러니까 곧 일어날 수 있다고. 하지만 역시 무리였다. 용운의
아내를 보는 순간 자신이 무슨 짓을 저질렀는지 똑똑히 알 수
있었다.

순식간에 남의 가정을 파탄 낸 여자. 더럽고 추악한 여자.

아무리 몰랐어도, 그 여자의 말대로 자신이 했던 행동의 결과
는 바뀌지 않는 것이었다.

망신이 두려운 게 아니었다. 더 이상 일어설 수 없을 것 같은

이 마음이, 알지도 못하고 저지른 잘못으로 평생 죄인처럼 살아가야 하는 제 모습이 두렵고 무서웠다.

어째서, 대체, 왜, 하필 내가!

그저, 그냥 사랑을 했을 뿐이었다. 누군가를 만났고 다른 사람들처럼 연애를 하면서 평범한 결혼을 꿈꿨을 뿐이었다. 그런데 어째서 이렇게 추락하는 건지, 다시는 일어서지 못할 만큼 힘이 드는 건지.

울컥하는 마음이 들자 가슴이 터질 것만 같았다. 소리를 지르고 싶었지만 울음을 터뜨릴까 봐 그럴 수조차 없었다. 울고 싶지 않았다. 강해지고 싶었다. 민용운한테 당한 일 따위, 아무것도 아니라고 비웃어주고 싶었다. 하지만 그러면 그럴수록 몸이 떨려왔다.

왜, 하필 나였어! 왜, 하필!

밀물처럼 밀려든 원망과 미움에 꼼짝없이 사로잡혔다. 부르르 몸이 떨리고 극도의 공포와 몸을 에워싸는 고통이 느껴졌다.

민용운과 보냈던 밤, 그와 만나며 속없이 흘렸던 웃음, 그의 아이가 생겼다며 행복해했던 기억까지 모두 다 지워 버리고 싶었다. 평생 죄인이 되더라도, 그것만은 잊어버리고 싶었다.

서인은 찢어버릴 것처럼, 모든 걸 씻어내고 싶은 사람처럼 제 옷을 잡아 늘렸다. 속이 답답해 죽을 것 같았다. 씻어내고 싶다. 그럴 수만 있다면. 그런 방법이 있다면, 그런 방법이……!

"······인?"

자신을 깨우듯 그녀를 부르는 목소리가 들려왔다.

"한서인?"

미친 사람처럼 괴로워하던 서인이 행동을 멈췄다. 재준이 서 있었다.

또, 당신이야?

"한서인."

왜, 자꾸 당신인데?

"한서인!"

어째서, 내가 이렇게 추할 땐 늘, 당신이 있는 건데?

그녀가 그대로 주저앉았다. 그가 다가와 한쪽 무릎을 꿇고 그녀의 턱을 들어 올렸다.

"한서인."

재준을 보는 순간 왈칵, 눈물이 날 것 같았다. 자신의 추한 모습을 들키고 싶지 않아 그녀는 그에게서 고개를 돌렸다. 하지만 재준은 그냥 두지 않았다. 그는 고개를 돌리는 그녀의 얼굴을 제 쪽으로 마주했다.

"무슨 일이야."

그의 목소리가 매서웠다.

"그 자식이······."

꾹꾹 화를 누르는 목소리가 들려온다.

"그 자식이, 때렸어?"

"……."

"그 자식이 이런 거야?"

"내가……."

눈물 없는 울음을 삼키며 서인이 겨우 목소리를 냈다.

"내가 이랬어요."

"한서인."

"내가 이런 거야……."

"한서인."

"내가……."

재준이 그녀의 어깨를 강하게 잡아챘다.

"정신 차려. 누가 이랬어. 그 자식이 이랬어? 아니면 그 집 식구들이?"

"모르…… 겠어. 대체 누가, 대체 누가 그런 건지. 멍청했던 난지, 민용운인지, 그 사람의 아내인지……."

재준이 다독이듯 그녀의 머리를 쓰다듬었다.

"일단 병원부터 가. 진단받고 다시 얘기해."

"사과하지 못했어."

서인이 중얼거리듯 말했다.

"그 사람과의 일, 어쨌든 잘못이라고 생각했으니까. 그 여자, 얼마나 충격받았겠어. 찾아가서 사과는 못 해도 언젠가, 언젠가

보게 되면 사과해야지, 했어. 그 여자가 알게 되면. 알아서 혹시
나 찾아오거나 어쨌든 들키게 되면. 꼭 사과하고 용서 구한다고
생각했어. 그런데 막상 찾아오니까, 나는, 나는 갑자기 억울해
졌어. 그래서 변명만 했어."

그녀가 어깨에 올린 그의 손을 강하게 부여잡았다. 그만은 알
아주길, 간절한 마음이 들었다.

"나도 피해자잖아. 몰랐잖아. 몰랐다고, 그러니까 나도 피해
자라고. 그 여자한테 그 말밖에, 그 말 외에는……!"

서인의 목소리가 울먹임으로 바뀌었다. 머릿결을 쓰다듬던
재준이 그녀의 뺨을 매만졌다. 그의 눈동자에 복잡함이 깃들어
보였다.

"울고 싶으면 울어도 돼."

그의 한마디에 눈물이 날 것 같았다. 눈물이 펑펑, 쏟아져 내
릴 것 같았다. 하지만 이 사람을 붙들고 다른 남자 일로 울고 싶
지 않았다.

서인이 고개를 저었다. 마치 그것만이 유일하게 남은 자존심
인 것처럼 열심히 고개를 저었다.

"네 잘못 아니야."

"아니, 내 잘못이에요. 내가 망친 거야. 사람을 잘못 알아보
고, 사람을 잘못 사랑하고, 내가 불륜녀라는 거 인정하기 싫어
서 깨끗하게 정리 안 했어. 좋은 기억만 남기려고. 그런다고 해

결될 일이 아니었는데, 그럴 수 없는 거였는데. 내 욕심에, 내 욕심에……."

"한서인."

"나는 아닌 척하고 싶었어. 예쁜 척, 깨끗한 척, 피해자인 척. 하지만, 하지만 현실은……."

재준이 그녀를 안았다. 그의 품이 안락하게 느껴지는 건, 그저 지금 이 상황이 너무 힘들기 때문일 거다.

"더 이상 바닥은 없을 줄 알았어. 그런데 전날보다 더, 전날보다 더. 자꾸자꾸 하락이야. 어떻게 해, 어떻게 하면……. 평생 민용운 생각하면서 살아야 하나. 원망하고, 미워하고, 후회하면서, 평생 민용운을 생각하면서……."

"그만."

그녀가 고개를 저었다.

"그럴 수가 없어. 그럴 수가 없다고. 그만하고 싶은데 자꾸만 바닥으로 내려가. 내가 그러고 싶어서 그런 게 아니야. 내가 그러고 싶어서 그런 게……."

어떻게 이렇게까지 추락할 수 있을까. 어떻게 이렇게까지.

서인이 그의 품에서 떨어져 그를 바라봤다. 그의 뜨거운 눈과 마주하는 순간, 그녀는 그대로 무너지는 마음을 느꼈다. 그가 그것을 느낀 사람처럼 천천히 그녀의 뺨에 손을 올려 부드럽게 매만졌다. 상처를 치유하듯이, 약을 발라주듯이.

오지 말지⋯⋯. 나 당신에게 사정하고 싶잖아⋯⋯. 그거 해달라고, 내 최악⋯⋯ 막아달라고⋯⋯.

흔들리는 그녀의 눈동자를 바라보던 그가 그녀의 입술에 입술을 댔다. 잔잔한 호수에 무언가 떨어진 것처럼 짧지만 강한 전율이 그녀의 몸에 퍼져 나갔다.

"한서인."

입술이 떨어지자, 그녀가 재준을 올려다봤다. 그의 눈에서 갈망이 느껴졌다. 자신만큼이나 강한 갈망이.

"서킷 브레이커, 시간이야."

잔잔하고 어두운 호수 같던 그의 눈동자가 성난 파도처럼 일렁였다.

그런 건 오지 않을 줄 알았는데, 더 이상의 최악은 없을 줄 알았는데.

천천히 고개를 끄덕이는 서인의 몸이 떨려왔다. 고개를 미처 다 끄덕이지도 못했는데 그는 참을 수 없다는 듯 그녀에게 다가왔다.

"오빠 놀이 끝났어, 한서인."

순식간에 그가 몸을 기울여 입술을 가까이했다. 겁난 서인이 저도 모르게 몸을 뒤로 뺐다. 그가 그녀의 목덜미를 포박하듯 강하게 부여잡았다.

"후회할 거야, 강재준 씨. 당신 잘못 걸린 거라고. 나 같은 여자한테……."

더 강하게 잡아주길 바라면서도 그녀는 다른 말을 했다.

"아니."

그는 단호했다.

"잘못 걸린 건 너야, 한서인. 이제 네 끝은 내 몫이니까."

이런 남자였다면 어땠을까. 오빠가 아니라, 이 사람이 민용운이 있던 자리에 있었다면. 자존심을 세울 겨를도 없이, 울고불고 했을지도 모른다는 생각이 들었다. 아내에게 미안한 게 아니라, 아내를 샘내며 어떻게 하든 그 자리를 차지하고 싶어서 정말 거짓 임신이라도 꾸며내지 않았을까 하는 저답지 않은 생각이 들었다. 그는 가지고 싶은 진짜 남자였으니까.

입술을 두드리는 정도의 준비 과정은 전혀 없었다. 불쑥 입안을 가르고 들어온 그의 혀가 그녀의 입안을 헤집기 시작했다. 그녀의 치열을 훑어 내리는 듯했다가 금방 그녀의 혀를 말아 당겼다. 부드럽게 감싸는 것 같았지만 이내 무서울 정도로 빨아내기 시작했다.

맹렬한 기세에 겁이 나기 시작했다. 저도 모르게 그를 밀어냈지만 그럴수록 그는 더 무섭게 그녀의 입안을 휘저으며 그녀를 놔주지 않았다. 뒤로 물러서려고 했지만 잡힌 목덜미가 그녀를 옴짝달싹할 수 없게 만들었다.

그는 그녀가 더 이상 반항할 수 없게 허리를 제 쪽으로 밀착

시켰다. 한 치의 빈틈도 없이 그와 몸이 닿았다. 그의 것이 느껴지는 순간 심장이 미친 듯이 뛰면서 위험 신호를 보냈다. 하지만 빠져나갈 수 없었다. 그는 자신의 혀를 말아 그의 입안으로 끌어내고 있었다. 마치, 그녀 마음의 문을 억지로 열어내려는 듯이. 갇힌 그녀의 마음을 꺼내려는 듯이.

그는 사정 따위 봐주지 않았다. 지금 이 순간에는 용운보다 재준이 더 나쁜 남자였다. 일부러 아프게 하려는 사람처럼, 상처를 내려는 사람처럼 거칠었다. 다정함도, 따뜻함도 없었다. 어떤 감정도 담기지 않은 행위 그 자체.

그는 그녀의 혀뿌리가 통증을 호소하는 것은 알 바 없다는 듯이 아프게 혀를 잡아끌며 그의 안으로 흡입시켰다. 급하고도 집요한 놀림에 서인은 정신을 차릴 수가 없었다. 제 몸이 알몸이 되어가는 것도 그의 이에 혀가 눌리는 고통을 받고 난 뒤였다. 헐떡이는 소리로 호소를 했지만 그는 신경 쓰지 않는 듯했다. 그저 입안에 그녀를 담을 것처럼 그녀의 입술과 혀를 반복적으로 빨아 당기며 그녀의 옷을 벗겨내고 있었다.

얇은 옷차림 위로 제 몸을 쓸어내리는 그의 손길에 현실감이 들기 시작했다. 민용운과 있었던 일은 그저 텔레비전 속 드라마였고, 그와의 잠자리는 완전한 현실 같았다. 그의 뜨거운 숨과 욕망에 가득 찬 손길. 어떤 사정도 봐주지 않고 자신을 알몸으로 만드는 남자, 강재준만이.

그녀가 나체가 되자, 그의 입술이 떨어졌다. 그는 눈으로 그녀의 몸을 살피기 시작했다. 시선이 지나간 자리마다 소름이 돋아났다. 몸이 멋대로 떨렸다. 그가 손을 들어 살살, 젖꼭지를 매만졌다. 움찔, 하고 등이 꼿꼿이 섰다. 그는 그가 만질 때마다 반응하는 자신의 모습을 표정 없이 지켜보고 있었다. 그의 시선을 견딜 수 없는 그녀가 그를 밀어냈다.

"그만……."

겨우 입을 열었지만 그는 아랑곳없이 그녀의 가슴을 한 손안에 담아 세게 비틀었다.

"으흣!"

아파서 아무 생각도 할 수가 없었다.

"그만…… 제발……."

간절히 말했지만 그는 놓아줄 마음이 없어 보였다. 가슴을 매만지던 손이 엉덩이를 감싸 그의 쪽으로 잡아 눌렀고, 그의 것이 그녀의 배를 쉴 새 없이 눌러댔다.

사냥꾼에게 잡혔다는 것을 느낀 그녀는 본능적으로 벗어나려고 애를 썼다. 하지만 그럴수록 그의 것이 더 신랄하게 그녀에게 느껴졌다.

그녀가 봐달라는 듯 간절한 눈빛으로 말했다.

"강재준 씨……."

"서킷 브레이커는 정해진 시간이 있어."

흔들림 없는 목소리. 그의 입술이 그녀의 귀 주변에 다가왔다.

"한 번 걸리면 멈추지 않아."

멈출 수 없다는 그의 단호한 말.

그는 혀끝을 그녀의 귀에 대고 쭉 핥아냈다. 그녀가 몸을 떨자, 그는 그녀의 귓불을 담뿍 물고 빨아 당겼다. 이윽고 그녀의 귓속으로 그의 혀가 들락거렸다. 그녀의 귓속에서 체액이 출렁이는 소리가 현란하게 들려왔다.

숨이 가빠지기 시작했다. 버티고 서기 힘들어진 그녀가 그의 가슴팍을 잡았다. 그녀의 목덜미를 혀로 훑어 내린 그가 한 손으로 침대에 걸쳐진 하얀 천을 벗겨냈다. 그러고는 침대에 그녀를 눕혔다.

그는 맨몸이 된 그녀에게서 시선을 떼지 않은 채 하나씩, 제 옷을 벗기 시작했다. 이윽고 단단하고 건강한 몸이 그녀의 눈동자 안으로 들어왔다. 부끄러울 게 없다는 듯 그는 당당했다. 아름답게 자리한 근육, 전체적으로 이상적인 비율이 한눈에 보아도 어느 것 하나 단점이 없는 듯했다. 속옷을 모두 벗어버린 그는 흠잡을 곳 없는 섹시한 남자였다.

문득 초라함이 엄습했다. 그와 달리 모든 게 부끄러운 그녀의 몸. 맞아서 멍든 팔과 다리, 찢긴 이마. 그리고 처녀임에도 아이를 잃어 상처뿐인 한서인의 몸.

몸을 가리려는 순간, 그가 그녀의 다리를 벌리고 그 사이로 제 몸을 눕혔다. 그가 불쑥 삽입을 시도했다. 죽일 듯이 빨아 당기던 키스도 없었다. 성마른 그의 남성이 그녀의 안을 파고들지 못해 안달을 내는 듯했다. 그는 몇 번의 시도 끝에 훅, 하고 그녀의 안을 침범했다. 빽빽한 그녀의 여성이 갑자기 일어난 화마에 비명을 내질렀다.

"아파…… 요."

그녀가 고통을 호소했다. 그는 봐주지 않고 계속해서 거칠게 안을 파고들었다.

"아파……."

"다시 말해봐."

"아프…… 다고."

"다시."

그가 세게 그녀 안으로 들어왔다. 그녀가 두 팔로 그의 어깨를 때렸다.

"아파! 아프다고."

"다시."

그가 다시 한 번 세게 그녀의 안을 침범했다.

"다시 말해."

"그만! 그만해! 아프게 하지 마! 그러지 말라고!"

그가 그녀의 눈을 바라봤다. 흥분을 억누르려는, 아니, 억눌러지지 않아 애쓰는 그의 눈빛이 보였다.

"한서인."

"……."

"아파해. 실컷 아파해. 지금처럼 아프다고 말해. 정말 힘들다고, 너무 아프다고."

이런 순간에도 그는 상처받은 제 마음을 멋대로 꺼내 고해성사를 하게 만들었다.

"그리고 이젠 그 자식이 아니라, 나 때문에 아파해. 나 외에는 누구 일로도 아파하지 마."

갑자기 눈물이 터졌다. 억지로 참았던 것, 자존심처럼 지키고 있던 눈물이 멋대로 터져 버렸다.

이 남자가 무섭다. 차라리 이렇게 잊는 편이 좋을 것 같다는 단순한 생각뿐이었는데, 이 남자를 사랑하게 될까 봐 무섭다. 이젠 사랑할 수 없을 거란 제 생각을 쉽게 무너뜨릴 것 같은 남자라 무서웠다.

그녀는 아무 말도 하지 못한 채 그저 울음만 뱉어냈다. 그동안 받았던 상처가 드러나서, 자신의 인생에서 존재감을 드러내고 있는 남자가 자신에게는 더 큰 상처를 남길 것 같아서, 혹은 아무 이유 없이. 그냥 자꾸만 눈물이 흘렀다.

그가 그녀의 눈물을 입술로 닦아 내렸다. 일부러 울게 만든 사람처럼 기다렸다는 듯이. 눈물은 그녀가 흘리는 만큼 남김없이 그의 입으로 들어갔다.

"나쁘지 않아, 네 눈물."

그녀가 그를 들여다봤다.

"더 울어."

그의 눈빛이 아까와 달라 보였다. 차갑고 매서운 눈빛이 오간데 없이 사라져 있었다. 그는 부드럽고 따뜻하게 그녀에게 입맞춤해 주었다.

"……사랑하지 않을 거예요."

그녀가 낮게 중얼거렸다.

그에게 사랑이 없듯이, 자신에게도 더는 없을 것이다. 잘못된 사랑은 상처만 남을 테니까.

당신을 절대로,

"사랑…… 하지 않을……."

그가 그녀의 입술을 덮었다. 그리고 아까와는 다르게 부드러운 움직임으로 서서히 그녀의 입술을 열었다. 그의 체액이 그녀의 입안으로 뜨겁게 흘러들었다. 그가 혀를 굴려 그녀의 혀를 감싸기 시작했다. 부드럽고 다정한 놀림에 그녀가 차츰차츰 입술을 벌리고 서서히 혀를 움직였다. 그는 조금씩 그녀를 제 입 안쪽으로 리드했다.

서인이 혀를 내밀어 그의 입술 사이로 들어가 조심스럽게 그의 치열을 훑어 내렸다. 혀들이 얽혔다. 그리고 강하게 빨아 당기기 시작했다. 아까와 달랐다. 아프지 않았다. 그저 뜨겁고 부드러웠다. 그날, 입안으로 약을 밀어 넣던 날처럼 그는 자신을 치유해 주고 있었다.

언제 그랬냐는 듯, 눈물처럼 그녀의 안이 젖어 들어갔다.

그가 조심스럽게 몸을 움직이기 시작했다. 아픔 따위 느껴지지 않았다. 그녀가 아픔을 호소하지 않는 것을 확인한 그가 부드럽게 움직이던 몸에 서서히 강도를 올렸다.

"하앗."

저도 모르게 터져 나오는 탄성에 입술을 깨물었다. 그러자 그가 입술을 헤집어 그녀의 입술을 벌렸다. 어떤 말이라도, 어떤 표현이라도 다 해보라는 듯이.

"으훗."

제 소리를 더 듣고 싶다는 듯, 그는 격하게 몰아붙이기 시작했다. 그가 오갈 때마다 그녀의 여성이 뜨거워졌다. 금방이라도 불이 붙을 것 같았다.

"흐웃, 하아, 하아……."

감당을 할 수 없을 만큼 뜨거웠다. 이대로 계속되면 녹아내릴 수도 있을 것 같았다. 그녀는 어쩔 줄을 몰라 하며 그의 허리를 다리로 감쌌다. 그가 그녀의 허벅지를 잡고 그녀가 모은 다리를 풀었다. 그러고는 한쪽 다리를 잡아 강하게 눌렀다. 그의 남성이 더 깊이 들어왔다. 그가 그녀의 한쪽 엉덩이를 더 바싹 붙이

자, 있는 줄도 모르고 살았던 깊숙한 곳으로 강한 전율이 일었
다.

"하앗!"

저도 모를 소리가 멋대로 터져 나왔다.

알 수가 없다. 속이 왜 이리도 뜨거워지는 건지, 왜 이렇게 미
칠 것 같은지. 이런 경험을 해본 적이 없는 그녀는 어떻게 해야
할지 몰라 그의 두 팔을 부여잡았다.

"하앗, 하, 하앗."

너무 빨라.

"하앗. 그만, 그…… 만."

못 들은 사람처럼 그는 훨씬 더 거칠게 움직이기 시작했다.
그녀의 두 다리를 모두 들어 더 깊이 들어왔고, 더 빨리 움직였
다. 그가 밀어붙일 때마다 심장이 터질 것 같았다. 그의 몸이 땀
에 젖어 들어갔다. 자신 역시 땀에 절어 있었다. 그가 흘린 땀방
울이 그녀의 코끝으로 떨어져 제 몸에 흡수됐다.

정해진 시간이 있다면서.

"하아, 하앗. 흐읏."

시간 초과야.

"하아, 하아, 하핫, 핫, 흐읏……."

목 끝에 차오른 말이 다른 소리로 흘러나왔다.

노려보듯 바라보자 말 한마디 없이 자신의 안으로 파고드는

남자가 뚜렷하게 그녀의 눈동자 안으로 들어왔다. 지나간 아픔 따위가 생각나지 않는 건 당연했다. 그녀의 마음엔 오직 이 남자 하나만이 있을 뿐이었다.

"하아…… 하아앗, 하아!"

그녀의 신음이 절정에 이르렀을 때, 톡, 하고 솟아오른 그녀의 눈물과 툭, 하고 뱉어진 그의 정액만이 두 사람의 몸 사이에 현실처럼 자리했다.

11. 회복세

잠자리를 끝낸 재준이 그녀에게 집으로 돌아가자 했을 때, 그녀는 한참 동안 아무 말도 하지 않았다. 행여나 그녀가 여기가 내 집이에요, 이 일로 당신과 모든 걸 털어버린 거예요, 라고 말할까 봐 불안했다. 아마 다시 그녀에게 집에 가자고 말했을 땐 그녀도 느낄 정도로 목소리가 불안하게 나왔을 것이다.

그것 때문인지 그녀는 대답 없이 아주 잠시 동안 재준을 바라보았다. 눈물이 스며들어 반짝이던 눈빛이 희미하게 젖어들어 있었다. 노려본 것이 아닌데도 그 눈빛이 재준의 가슴을 찔렀다. 더 이상 강재준 심장엔 피가 없는 줄 알았는데 심장에서 뜨거운 무언가가 솟구치는 기분이었다.

차를 타고 집으로 향하는 길에 두 사람은 한참 동안 아무 말도 하지 않았다. 이젠 어쩔 생각이야, 하고 서인을 다그치고 싶었다. 그녀를 차에 태우고 집으로 향하는 자신은 어쩌고 싶은지 이미 알고 있기 때문에.

"회사는 어떻게 하기로 했지?"

운전을 하던 그가 처음으로 그녀에게 말을 걸었다. 마음과는 전혀 다른 말이었다. 잠자리를 끝낸 후 나누는 첫 대화치고는 건조할 정도로.

"당분간 근신이고, 곧 발령이 날 거예요."

"어디로?"

"그건 나도 모르겠어요."

"어떻게 할 셈이야?"

그녀가 뭐에 대해서 묻는 건지 모르겠다는 얼굴로 잠시 그를 바라봤다.

"회사에 관련된 얘기라면…… 발령지로 가야죠."

"이미 그곳까지 소문이 났을 텐데."

"그렇겠죠."

"그냥 그만두지?"

그의 말에 그녀가 희미한 미소를 지었다.

그만두면, 당신이 책임질 건가요, 그런 비슷한 질문을 해주길 바랐다. 하지만 그녀는 그러지 않았다.

"세 배로 찾아주면요."

자연스럽게 말도 잘 돌린다, 한서인.

알고 있다. 애초에 그녀가 자신에게 어떤 마음이 있어서 허락한 것이 아님을. 그녀는 그저, 잠시 이 고통을 멈춰줄 어떤 특별한 사건 하나가 필요했을 뿐이다. 한서인에게 있어서 강재준은 그저 그녀의 추락한 삶을 일시 정지시켜 주는 서킷 브레이커, 그 이상도 이하도 아니다. 하지만 재준의 마음은 완전히 달라졌다. 그녀를 안은 순간, 이 순간이 일회성에 그칠 수 없을 거라는 걸 알 수 있었다.

두 사람은 집에 도착할 때까지 아무 말도 하지 않았다. 미치도록 조바심이 났지만 다그치고 싶진 않았다. 두 사람은 각자의 방으로 들어갔다. 그녀가 편하게 잠들고 싶다고 말했기 때문에 그녀가 잠들 때까지 침대 앞에서 보초를 서는 일은 하지 않았다. 다만, 한 시간쯤 지난 후 그녀가 잠이 들었는지 확인하기 위해 방으로 들어갔다. 다행히 악몽은 꾸지 않는 것 같았다. 그녀는 그저 많이 지친 듯 곤하게 잠들어 있었다.

그녀가 자는 것을 확인하자마자 재준은 그녀의 옆에 앉아 뺨을 쓸어내렸다.

"당신은 그냥 도망이겠지만, 나는."

재준이 그녀의 입술을 살짝 매만졌다.

"나는 좋았다……."

외로울 새 없는 시간. 그걸 만들어준 한서인, 네가.

재준은 출근 시간까지 잠들지 않고 그녀 옆에 있었다. 주식시장에서는 늘 일각을 다투었다. 그런데 사람을 보면서 일 분 일 초가 아깝다는 생각이 드는 것은 처음이었다. 재준은 서인에게서 눈을 뗄 수 없었다. 그는 주식을 볼 때보다 훨씬 치열한 시간을 보냈다.

재준은 아침부터 바빴다. 지점장에게는 아침 영업이 잡혔다고 말했지만 사실 다른 곳으로 향하고 있었다. 그에게 있어서 처음으로 스케줄 펑크였다.

영광물산 건물 앞에 선 그가 차가운 미소를 지었다. 서인이 당한 만큼은 안 되겠지만 그냥 있는 것은 견딜 수 없을 것 같았다. 그는 천천히 건물로 들어가 로비의 차디찬 대리석 벽에 몸을 기대고 섰다.

"무, 무슨 짓이야?"

재준은 한 시간이 넘어서야 출근하는 용운이 눈에 띄자마자 조용히 뒤쫓아 엘리베이터에 올랐다. 술에 취한 듯 용운에게서 술 냄새가 났다. 한심한 눈빛으로 노려보던 재준은 그의 사무실 근처에서 멱살을 힘껏 잡아 화장실로 끌고 들어갔다.

"나 몰라?"

재준이 묻자, 용운이 인상을 찌푸리며 코앞에서 팔로 목을 누르고 있는 상대를 확인하려 애썼다.

"너, 너는⋯⋯?"

"그래, 한서인 오빠."

재준이 잔인한 미소를 지었다. 겁을 집어먹은 용운이 꿀꺽 침을 삼켰다.

"여, 여긴 어떻게 해서⋯⋯."

"몰라서 물어?"

그가 목을 더 압박하자, 용운이 "으허헙!" 하고 숨넘어가는 소리를 냈다. 재준이 멱살을 더욱 강하게 잡았다.

"네 와이프가 어제 말 안 하던가? 내 동생에게 무슨 짓을 했는지."

"그, 그게 무슨 소립니까."

"무슨 소린지는 와이프한테 들었어야지."

"그, 그게 무슨⋯⋯. 와이프가 뭐, 뭔가 알게 됐다는 말인가요?"

"그걸 왜 나한테 물어. 네 와이프한테 물어야지."

"와, 와이프가 어, 어떻게 그걸⋯⋯."

용운이 아무것도 모른다는 사실에 더욱 화가 난 재준이 그를 바닥으로 내쳤다. 자빠지지 않으려다가 팔꿈치를 부딪친 용운이 "으아앗!" 하고 죽는 소리를 냈다.

"넌 왜 멀쩡하지?"

재준이 멱살을 잡고 다시 용운을 벽으로 밀쳤다.

"너는 왜 멀쩡한데?"

"무, 무슨 말인지……. 헙!"

"부부사기단인가. 네 와이프는 한서인을 흠씬 두들겨 팼는데, 어째서 진짜 나쁜 짓을 한 너는 멀쩡하냔 말이지?"

"저, 저기, 저기요……!"

재준이 복부에 주먹을 날렸다. 용운이 "흐윽!" 하고 배를 부여잡으며 몸을 움츠렸다. 이번엔 재준이 용운의 목덜미를 잡아 올렸다.

"말, 안 해?"

"그게, 그게요. 사, 사이가 안 좋아서. 사이가 안 좋아서 그렇습니다."

어처구니없는 대답에 재준이 헛웃음을 뱉었다.

"뭐라고?"

"부부 사이가 안 좋아서……."

"그럼 부부가 문제가 있으면 조용히 헤어질 일이지, 어디서 사기를 쳐? 그것도 내 동생을 데리고, 응?"

그가 더욱 강하게 그를 압박했다. 용운이 괴롭다는 듯 꿈틀거렸다.

"그, 그게, 헤, 헤어질 수가 없어요. 가, 각서를 써놓은 게 있는데 법적인 효력이 있어서……. 위자료 때문에……. 하, 한 번만 봐주세요!"

"질문에 답 안 했어. 불륜을 들켰는데 어째서 내 동생만 그 꼴이 났냐고 물었잖아?"

그가 노려보자, 용운이 땀을 흠씬 흘리며 벌벌 떨었다.

"그, 그게, 와이프가……. 저기, 근데 서인 오라버니, 우리 집 사람이 정말 그랬답니까? 우리 와이프가 그럴 리가 없어요. 완전 천사거든요. 애들한테도 잘하고, 얼마나 가정적인데요? 혹시 한서인이 쇼하는 거…… 으윽!"

그가 용운을 바닥에 눕히고 발로 목을 밟았다.

"내 동생이 뭐?"

"그, 그렇잖아요. 원래 유부남 꼬셔내는 여자들이 다…… 윽!"

"죽여 버린다?"

그가 죽일 듯이 노려보며 구둣발로 그의 손목을 비볐다.

"아, 아파요! 아픕니다!"

"너 아픈 건 알고, 내 동생 가슴에 피멍 든 건 모르는 모양이지?"

재준은 참을 수 없다는 듯 용운의 머리칼을 붙들고 변기 앞으로 갔다.

"어디, 그럼, 너도 모욕이란 걸 당해보든가."

"그, 그게! 저, 저기요. 오라버니. 말, 말로 합시다."

용운이 두 손으로 손을 비비며 빌고 또 빌었다.

"그래? 정말 말로 할까?"

재준이 용운을 일으켜 화장실 밖으로 끌고 나갔다. 용운이 질색했다.

"왜, 왜 이러십니까. 여기 회삽니다."

"말로 하자면서? 사람들 더 몰려오기 전에 사장실 가서 조용히 하면 좋잖아?"

"사, 사장실이요? 저기요. 이봐요. 아, 아버지가 알면 나 죽어요! 저 죽습니다!"

용운이 징징대기 시작했다. 그러더니 자리에서 무릎을 꿇어버렸다.

"저기, 자, 잘못했습니다. 제가, 제가 잘못했어요. 그러려고 그런 건 아니었어요. 오라버니분도 잘 아시잖아요. 서인이가, 서인이가 얼마나 예쁜지. 만나보고 싶었습니다. 한 번이라도 좋으니까 얘기해 보고 싶었습니다. 그런데, 그런데 그게……."

"나한테 그딴 얘기, 별로 도움 되지 않아."

그딴 말이 더 돌아버릴 것 같으니까.

용운의 입에서 서인에 대해 듣는 게 죽이고 싶을 만큼 싫었다. 재준이 용운을 사장실로 끌고 가려 하자 그가 다리를 부여잡았다.

"오, 오라버니! 저 정말 아버지 아시면 죽습니다. 제, 제가 뭘할까요. 뭘 하면 될까요?"

재준이 한심한 듯 용운을 내려다봤다.

"사과."

용운이 그것을 할 수 있을 거란 생각이 들진 않았다. 서인이 그걸 받아들이고 바로 용서를 할 수 있을 거란 생각도 하지 않았다. 하지만 어쨌든 사랑하던 사이였다. 그녀가 최대한 상처받지 않길 바라는 마음. 그녀가 모든 것을 자신 탓으로 돌리고 스스로를 혐오하지 않길 바라는 마음뿐이었다.

"진실된 사과."

그가 분명한 어조로 다시 한 번 강조하자 용운이 머리를 조아렸다.

"하, 하겠습니다. 하겠습니다."

"분명히 말했다. 진실된, 사과라고. 나한테 네 아버지인 민 사장님 직통 전화번호가 있거든."

재준이 휴대폰을 꺼내 들자 용운이 굽실거렸다.

"네, 네, 알아들었습니다. 할 겁니다. 하겠습니다. 그러니까 부디 한 번만. 제발 한 번만."

잠시 용운을 노려보던 재준은 그대로 돌아섰다. 애초에 사장실로 갈 마음은 없었다. 자신이 직접 나서는 것보다 더 좋은 방법을 만드는 게 효과가 더 클 것이다. 바로 소문. 용운의 아내가 했던 것처럼.

출근 시간이라 그런지 지나다니는 복도에는 재준의 생각보다 훨씬 많은 사람들이 모여 있었다. 두 사람을 훔쳐보던 사람들이 수군거렸다. 소문은 삽시간에 퍼져 민 사장의 귀에 들어가게 될 것이다.

민 사장, 그 성정에 아들 하나 버리는 건 일도 아닐 터. 하지만 아들 잘못 둔 죄로, 더 이상 민 사장과는 거래를 못 할 듯했다. 재준과의 거래를 끊는다는 건, 민 사장 쪽에서 기겁할 일이었다. 하지만 더 이상 이 집안에 돈을 불려주고 싶지 않았다. 그것으로도 분이 풀리지 않는 기분이었다.

"뭘 봐! 뭘 봐, 이 자식들아! 일 안 해! 일해, 당장! 구경났냐! 구경났냐고!"

등 뒤로 용운의 발악이 들려왔다.

"병신 같은 자식."

재준은 차라리 용운이 좀 더 연기력이 좋은 사기꾼이 아님이 안타까웠다. 사랑한 남자에게 배신당했다는 것보다 사랑한 남자의 실체가 저 모양이라는 것이 오히려 더 상처가 될 것 같았다. 재준은 아직도 풀리지 않는 분을 어떻게든 삭이려 애쓰며 돌아섰다.

눈꺼풀을 두드리는 햇살에 서인은 살포시 눈을 떴다. 창밖에 햇살이 꽤나 강렬할 시각. 시각을 보니 점심때가 다 되어 있었다. 어떤 꿈도 꾸지 않고, 오랜만에 쾌적하게 자고 일어났다. 새벽녘에 잠이 들었으니 그럴 만도 했다.

자리에 앉은 서인은 머리와 옷가지를 단정히 했다. 잠시 그대로 앉아서 햇살을 느끼고 있던 서인은 자리에서 일어서려다가 멈칫했다. 다리 근육에서 약간의 통증이 느껴졌다. 그대로 도로 침대에 앉은 그녀는 어제 일을 떠올렸다. 순식간에 재준과 살을 맞댄 순간이 눈앞에 펼쳐졌다.

서인의 인생에서 한 번도 생각해 본 적 없는 충동적인 일이었다. 하지만 그게 정말로 충동인지, 깊이 파고들어 가면 모를 일이었다. 두려웠지만 그녀는 그를 받아들였다. 그녀에게 그가 간절했고 절실했다. 그동안의 삶을 벗어버리고 싶은 바람. 새로 시작하고 싶은 마음. 아니, 적어도 끝의 기억이 최악이 아니기를 바라는 마음. 비록 사랑은 없다 해도, 그러면 괜찮을 것 같아서. 그러나 그건 잘못된 선택이었는지도 모르겠다. 버리려는 마음이 오히려 무언가를 줍고 말았다.

강재준.

그 남자에 대한 마음을 품고 말았다. 사랑하는 여자하고만 자는 남자. 그러나 그런 여자는 평생 없을 것 같아서 자자고 하는 여자와 잔다는 남자. 어쩌면 간절한 한서인의 마음을 눈치챘는지도 모르겠다. 그래서 자신을 안아준 건지도.

이제 그는 용운보다도 더 위험한 남자였다. 그 남자가 제 몸에 들어온 순간, 마음도 함께 들어와 버렸으니까.

"하지만 나는……."

안 될 말이었다. 그에게 얼마나 많은 추한 모습을 보였는지 생각하면 그에게 절대 다가가서는 안 되는 처지였다.

"욕심, 부릴 남자 아니잖아. 한서인, 네가."

서인이 상념을 털어내며 자리에서 일어났다. 그와의 밤이 얼마나 신선하고 뜨거웠는지 생각하지 않기로 했다. 그저, 자신을 버려보는 일. 그걸 해준 남자로 고맙게 생각하기로 했다. 그 관계가 언제까지 지속될지 모르지만 서인은 그를 떠올릴 때마다 생겨나는 마음을 모른 척하기로 했다.

방 밖으로 나가자, 요란한 소리가 들렸다. 부엌에서 나는 소리였다. 그녀가 다가가자, 김 여사가 음식을 하고 있는 것이 보였다.

"김 여사님?"

"아가씨 깼어요?"

싹둑싹둑 도마 소리가 멈췄다. 그녀가 반가운 얼굴을 했다.

"이 시각에 어떻게 오셨어요? 점심마다 지인분 식당에 도와주러 나가신다고 하셨잖아요."

"아, 그게. 차장님이 전화를 해서 서인 씨 좀 돌봐달라고 해서."

그의 배려 하나에도 심장이 뛴다.

"재준…… 씨가요?"

"응. 밥 먹는 것도 좀 보고, 몸 괜찮은지도 좀 살펴보라고……. 근데 이마가 왜 그래?"

"아."

서인이 손으로 이마를 가렸다. 어젯밤 일 때문에 상처가 난 것도 잊고 있었다. 어제 그런 우악스러운 일을 당했으면서도, 하나도 기억을 하지 못했다. 그저 재준의 생각만 날 뿐이었다.

"어휴, 생각보다 깊어 보이네."

김 여사가 서인 앞으로 다가와 이마를 살폈다.

나, 보기 흉했겠지.

순간 그와의 밤이 다시 떠올라 얼굴이 화끈거렸다. 김 여사의 얼굴을 보기가 민망해질 정도였다. 아무것도 모르는 김 여사는 이마를 보며 연신 혀를 차고 있었다.

"병원 데려가라더니 이것 때문에 그랬나 보네."

"병원이요?"

"응. 몸 안 좋을 거라고 수액도 좀 맞게 하라고. 근데 수액도 수액이지만 상처가 문제네. 얼른얼른 밥부터 먹읍시다. 어제 해온 전도 안 먹고 그대로라서 무슨 일인가 했더니만 어딜 어떻게 다친 거야. 세수만 하고 와요. 얼른 차려놓을게."

"네……."

자신 때문에 서두르는 김 여사를 보며 고마운 마음을 갖던 서인은 욕실에 들어서서 제 모습을 확인하고 한숨을 지었다.

　"이런 몰골로, 그 사람 앞에⋯⋯."

　그녀는 물을 틀었다. 창피함에 씻는 시간이 두 배로 들었다.

　씻고 식탁 앞에 앉은 서인은 분명 입맛이 없었던 것 같은데 김 여사의 솜씨가 보기에도 좋았던지 금방 식욕이 돌았다.

　"잘 먹겠습니다."

　서인은 조용히 밥을 먹기 시작했다. 맞은편에 앉아 서인을 살피던 김 여사는 호기심이 가득한 얼굴이었다.

　"우리 차장님이 그런 건 아니죠?"

　조심스러운 물음엔 이미 답을 달고 있었다. 당연히 아니라는 것을 안다는 듯이. 서인이 상처를 살짝 가리고 미소를 지었다.

　"절대 아니에요. 제가 조심성이 없어서 다쳤어요."

　"그렇죠? 그렇겠지. 그럴 사람이 아니니까."

　"네."

　"말없이 차가운 구석은 있지만 알고 보면 참, 참 좋은 사람이야."

　"네, 알아요."

　"좋은 사람 만났어."

　살짝 고개를 끄덕이는 서인을 보며 김 여사가 슬쩍 물었다.

　"결혼은 언제 하는 거야?"

하마터면 숟가락을 놓칠 뻔했다.

"네?"

"결혼 말이야. 이렇게 계속 동거 생활만 할 건 아닐 거 아냐?"

"네⋯⋯."

"왜, 서인 씨도 결혼은 싫고 그냥 동거가 편하고, 뭐 그런 젊은이인가? 우리 애들이 요새 그런 생각 든다고 해서 말이야. 그런 거야?"

"아, 아니요. 그건 아닌데⋯⋯."

서인이 당황한 모습을 감춰보려고 애를 썼다.

"그럼 얼른 시집와요. 우리 차장님 맨날 혼자 있어서 안쓰러워서 중매 얘기도 해보고 이래저래 물어본 적도 있었는데 그럴 때마다 괜찮다고, 됐다고 딱 잘라 말하시더니만 이렇게 예쁜 처자를 데려오려고 했구나, 싶었지."

"여사님, 저는 그게⋯⋯."

김 여사가 자신의 존재를 너무 태연하게 받아들여서 여태껏 오빠 동생 사이로 말한 줄 알고 있었다. 그래서 편하게 대했던 건데. 한데 그는 김 여사에게 자신을 연인이라 소개한 모양이다. 하긴, 갑자기 생긴 동생보다 그 편이 편할지도 모른다.

"차장님이 집에 여자 데려온 거 처음이야."

김 여사가 대단한 비밀을 말해준다는 듯이 자랑스러운 표정으로 속삭였다.

"네에……."

서인은 뭐라고 말해야 할지 몰라 고개를 숙이고 국만 떠먹었다. 이런 말에 가슴이 뛰고 얼굴이 붉어진다는 게, 싫었다. 마음을 주체할 수가 없어서, 힘들었다.

"냉이국은 괜찮지?"

"네."

"우리 차장님이 제일 좋아하는 국이야."

"아, 네……. 맛있어요."

서인은 빤히 국을 들여다보다가 어렵게 입을 열었다.

"저."

"응. 말해요."

"그 사람…… 또 어떤 음식 좋아해요?"

서인은 김 여사의 미소에 쑥스러워지는 것을 이겨내고, 김 여사가 불러주는 그가 좋아하는 음식을 마음으로 적었다.

빵!

클랙슨 소리에 돌아보니, 그의 차였다. 창문이 열리고 재준이 고개를 내밀었다. 일순 심장이 두근거렸다. 그가 차에서 내려 자신의 앞으로 올 때까지 서인은 꼼짝도 없이 그를 바라봤다.

단정한 머리 스타일, 반듯한 이마, 날카롭지만 따뜻함을 품은 눈매, 오뚝한 콧날과 균형이 딱 맞는 입술. 이 사람이 이런 얼굴을 하고 있었구나. 새삼스럽게도 자신의 옆에 있어주는 남자가 이 남자라서 다행이라는 생각이 들었다.

나는 어느새 이 남자가 이렇게 좋아졌을까. 그저 나를 버리듯이 몸을 준 남자일 뿐인데.

그녀는 그에게서 눈을 떼지 못하고 그저 빨라진 심장박동을 느끼고 있었다.

"왔어요?"

어색하게 웃으며 인사를 하는데 동시에 한 손에 묵직하게 잡혀 있던 장바구니가 그의 손으로 옮겨졌다. 생각보다 무거웠는지 미간을 좁히는 그를 보니 웃음이 났다.

"장 좀 봤어요."

"김 여사님은?"

"가시라고 했죠."

"왜."

"나 때문에 하시던 일 하다 말고 오신 것 같아서."

그가 못마땅한 듯 서인을 바라봤다. 서인이 해사하게 웃었다.

"걱정 말아요. 병원…… 다녀왔어요."

뭐가 의심스러운지 그가 표정을 풀지 않았다.

"김 여사님에게 물어보면 되잖아요. 강재준 씨가 지시한 거 그대로 따라서 수액도 맞고 진찰도 받고 이마도, 치료했어요."

"……."

"정말이에요. 말 잘 들었는데 예뻐해 주진 못할망정, 표정 봐."

가만히 바라보던 그가 살짝 미소를 지었다.

"예쁘네."

심장이 내려앉는 것 같았다. 순간 흔들리는 눈빛을 들키지 않기 위해 애써 미소를 지었다. 그저 자신의 말에 대꾸해 준 정도인데 그 말 한마디에 이리도 흔들릴 수 있을까. 그녀는 침착하기 위해 애를 썼다.

"타."

장바구니를 뒷좌석에 넣는 그를 빤히 보고 있으니, 그가 뒷좌석의 문을 닫고 그녀에게 다가왔다.

"뭐 해."

"다 왔어요."

서인이 몇 미터 앞에 있는 오피스텔을 가리켰다.

"그래서?"

"전 그냥 걸어 들어갈게요."

"타."

그는 두말없이 차로 돌아갔다. 조용히 옆 좌석에 타자 그의 시선이 느껴졌다.

"다음부터는 마트 혼자 가지 말고 전화해."

"나 대신 가주게요?"

그가 의아하다는 듯 바라봤다.

"왜요?"

"왜 한서인 대신이야?"

"그럼요?"

"같이 가는 거지."

"아……."

그녀는 대답 대신 애써 미소를 지었다.

언제까지 이렇게 지낼 수 있을까. 무슨 핑계로 그와 계속 시간을 보낼 수 있을까. 그가 갑자기 투자한 금액을 회수하거나, 좋은 여자가 있다고 누군가를 소개하면 어쩌나. 이 자리가 점점 그녀가 언제든 손을 털고 쉽게 떠날 수 있는 공간이 아니라는 생각에 두려움이 들었다. 손에 땀이 나 서인은 제 치마를 꼭 쥐었다.

"몸, 정말 괜찮은 거 맞나?"

"네, 그럼요. 아주 멀쩡해요."

그가 묻는 '몸'이라는 게 뭔지 알 것 같았지만 그녀는 그냥 부자연스러운 미소와 함께 대꾸했다. 그의 시선이 느껴졌지만 마침 지하주차장으로 내려가는 타이밍이라 다행히 주변이 어둑했다. 그가 뭔가 더 묻지 않아 다행이었다.

사실 병원에서 나온 서인은 집에 가는 동안 바람을 좀 쐬고 싶다고 김 여사를 먼저 보냈다. 혼자가 된 그녀는 그렇게 마트에 들러 재준이 좋아한다는 음식들을 떠올리며 재료를 샀다. 어떻게 손질해야 하는지도 모르면서 덥석 꽃게부터 골랐다. 그런데 경험도 없이 만지기에는 게가 꽤, 징그러웠다.

"뭐 해."

싱크대 앞에서 낑낑대는데 재준이 다가왔다. 서인이 살았다는 듯 그를 바라보며 활짝 웃었다. 그러나 눈이 마주치는 순간 빨간불이 신호하듯 빠르게 경고하는 심장이 느껴졌다. 그녀는 그대로 고개를 돌려 도무지 어떻게 해야 할지 모르는 꽃게만 내려다보고 있었다. 그가 다가오는 게 느껴졌다. 그녀를 사이에 두고 그의 양팔이 싱크대를 잡았다. 포위된 그녀 뒤로 그의 숨결이 느껴졌다.

"참으려는데 참 힘들다."

그가 혼잣말처럼 중얼거렸다. 그녀가 그를 돌아보지 않고 팔꿈치로 밀어냈다.

"그렇게 보고만 있지 말고 이것 좀 도와줘요."

"뭔데."

재준이 싱크대를 내려다보기 위해 그녀의 어깨에 턱을 댔다. 닿는 순간 찌릿함과 함께 열기가 퍼졌다. 이렇게 닿기만 해도 좋을 수가 있을까. 그게 그녀를 더 겁나게 만들었다.

도망가지 않으면 내가 먼저 안길지도 몰라.

서인은 자연스럽게 옆으로 움직이며 그의 팔을 당겼다.

"꽃게 샀어요. 꽃게탕 하려고요."

잠깐 그것을 내려다보던 그가 무심하게 고개를 끄덕이고 돌아섰다. 서인이 얼른 그의 팔을 잡았다.

"강재준 씨."

"왜."

"어디 가요?"

"샤워하러."

"왜, 지금 가는데요."

"퇴근하고 왔으니까."

"도와줘요."

"뭐?"

"꽃게를, 못 만지겠어요."

서인이 난감한 표정을 짓자, 재준이 웃음을 터뜨렸다.

"못 잡는 걸 왜 한다고 하는 거야."

"그게……."

서인이 변명거리를 찾아보려 애쓰는 사이, 그가 먼저 입을 열었다.

"내가 좋아해서인가."

"좋아…… 했어요?"

"알고 하는 거 아니었나."

"아니, 전혀요. 이건 우연의 일치였어요."

천연덕스러운 거짓말에 그는 의심을 품지 않는 얼굴로 고개를 끄덕였다. 하지만 그 이상의 움직임 없이 꽃게를 한참 내려다보기만 했다. 도와줄 생각이 없어 보였다.

"강재준 씨?"

"……."

"재준 씨?"

그녀가 굳은 채 서 있는 그를 흔들었다. 그가 인상을 찡그렸다.

"김 여사님 불러."

일갈하고 돌아서는 그의 팔을 얼른 잡아챘다.

"징그러워서 그런 건 아니겠죠?"

"왜 아닌데."

"설마?"

"나도 징그러운 것쯤은 느낄 줄 알거든."

웃음이 났다. 그래서 웃고 또 웃었다. 그가 못마땅한 듯 바라봤지만 그녀는 웃음을 멈추지 않았다. 즐거운 시간 동안은 걱정 그만하고 즐겁게 지내면 좋겠다고. 이러면 어떨까, 잠시 생각하면서.

"돈 아까워요."

돌아오는 길에 그녀가 툴툴거렸다. 그는 문제가 뭔지 알 수 없다는 듯 물었다.

"꽃게탕으로 유명한 맛집이야. 아까 맛있다고 했잖아?"

"그건 그런데, 집에 사둔 꽃게 말이에요."

"김 여사님한테 나중에 해달라고 하면 돼."

"얼린 건 맛없잖아요."

"그런 거 몰라."

그녀가 의외라는 듯 그를 바라봤다.

"왜."

"예민할 줄 알았어요."

"일적인 거 아니면 그렇게 까탈 부리는 남자 아니야."

그러니까요. 아주 까칠까칠 거리는 남자일 것 같았는데, 당신은 그런 남자가 아니었어요.

그녀가 미소를 지으며 하늘을 올려다봤다. 별이 없는 껌껌한 하늘이었다.

"여긴 별이 하나도 없네요."

"어디엔 있나?"

"내가 살았던 동네요."

"아버님이 계신다는?"

"네. 거긴 꽤 운치 있어요. 별도 많고 산 앞으로 개울도 흐르고, 계절별로 얼마나 예쁜데요. 눈 오면 정말 입이 딱 벌어질 정도예요. 봄엔 산에 꽃들이 정말 장관이에요. 벌 때문에 고생도 많지만, 향기가 엄청나거든요. 그러고 보니 이번 봄은 그걸······ 놓쳤네요."

마음이 서늘해서 봄이 가는지도 몰랐다. 마음이 내내 얼음이어서, 혹독한 겨울이 다시 온 줄로만 알았다.

"가고 싶었나?"

그녀가 고개를 끄덕였다.

"꽃 보고 싶어서?"

"네······. 그리고 이번 일 있었을 때······ 도망가고 싶었어요. 다 버리고, 그냥, 남 일인 척하고."

하지만 이 남자가 있었다, 다행이게도. 아니, 불행일지도 모르게.

"거기로 갈걸. 혹시 후회돼?"

"조금. 하지만 그 꼴로 가면 아버지가 너무 놀라셨을 테니까······."

그녀가 생각만 해도 싫다는 듯 고개를 저었다.

"그건 더 무서운 일이 생겼을 때를 대비해 남겨놓을래요."

"더 무서운 일? 한서인한테 더한 일이 일어날 수 있나?"

네, 당신을 사랑하는 일. 감당도 안 될 마음. 지금 일어나고 있는 일이요.

"없을 거예요, 이젠. 그런 일."

다짐하듯 그녀가 고개를 저었다.

"그래, 없을 거야. 이제 그런 일."

같은 말을 하고 있는 듯해도 그는 다른 뜻을 품고 있는 것 같았다. 하지만 그녀는 모른 척했다. 어쨌든 그가 캐묻지 않아줘서 다행이었다. 지금 이 혼란도, 자신과의 밤에 대해서도.

집 앞에 다다를 때까지 두 사람은 일상적인 얘기들을 더 나눴다. 기분 좋은 저녁과 적당한 수다. 모든 것을 잊기에 좋은 시간들. 그가 해준 배려들이 정말로 고마워 그녀는 이 시간이 끝나지 않았으면 좋겠다고 생각했다. 조금 더 오랫동안, 어쩌면 영원히……

12. 흔들기

세미 캐주얼한 옷을 입은 것까지는 본 적 있었는데 완전히 캐주얼한 느낌은 처음이었다. 서인은 저도 모르게 운전하는 재준을 흘끔거렸다.

강재준과 운동화. 양복을 빼입을 때보다 훨씬 친근한 의상임에도 그동안 늘 구두만 신던 모습을 봐서 그런지 오히려 이쪽이 어색하게 느껴졌다. 어울리지 않는다는 것은 아님에도.

덕분에 그녀도 운동화를 신어야 했다. 오랜만에 신는 거라 이쪽도 어색하긴 마찬가지였다. 얼마 전 다녀와서 살 것이 없다는데도 대체 무슨 바람이 불었는지 그는 자신이 입은 옷까지 체크해 가면서 필요도 없는 마트 외출을 감행했다.

"왜."

그의 물음에 그를 보던 시선을 얼른 다른 쪽으로 돌렸다.

"뭐가요."

"너무 멋있어서 눈을 못 떼겠나."

여전히 운전 중인 채로 시선 한 번 주지 않고 그가 대뜸 물었다. 쳐다보고 있었던 걸 들켰다.

"농담이죠?"

"농담 같아?"

그가 그제야 서인을 바라보며 한쪽 입꼬리를 올렸다. 잘생기고, 멋있고, 세련된 남자. 무엇보다, 한서인의 마음을 가져간 남자가 자신을 바라보며 미소를 짓고 있었다. 가슴이 저절로 뛰었다.

"웬 마트예요?"

"침대보 바꿔줄까 하고."

"그건 왜요."

"새 거 쓰면 좋잖아."

"멀쩡한 걸 왜요."

"둘이 같은 취향인 걸 쓰는 게 좋을 것 같아서."

"그게 무슨……."

그가 아무렇지도 않게 머무름에 대해 이야기한다. 그것도 함께.

"강재준 씨, 우리는……."

"그냥 침대보 바꾸는 것뿐인데."

그가 그녀의 정색을 눈치챈 사람처럼 놀리듯 말했다.

"설마 이상한 상상 한 건 아니겠지?"

"네, 그…… 럼요."

"근데 왜 얼굴이 빨개졌지?"

"무슨요. 그냥 좀 더워서요."

그녀가 제 얼굴에 손부채질을 했다. 그런 서인을 보며 그가 유쾌하게 웃었다. 듣는 사람이 다 기분 좋은 웃음. 그의 웃음소리는 이런 느낌이었구나. 시원한 바람 같기도 하고 시린 물살 같기도 했다. 오래오래 담아두고 싶은데 금방 빠져나가 버리는 것 같다. 온몸이 시원한 기분이었다가 금세 마음 끝이 서늘해진다.

바람도 물살도 머무르는 것들은 아니지.

그녀는 창밖을 바라보며 쓸쓸한 미소를 지었다.

다행히 일요일 아침 마트는 꽤 한산한 편이었다. 마트에 도착한 재준은 자주 안 왔다는 사람치고 꽤 능숙하게 움직였다. 카트를 끄는 솜씨를 보아하니, 주말 다정한 남편 놀이에 모두 깜빡 속을 수 있겠다 싶었다.

"뭐가 이렇게 많아요?"

무심결에 카트를 보니, 어느새 물건들이 한가득이었다. 그러고 보니 죄다 서인이 살펴봤던 물건이었다. 별로 필요하지 않음에도 그는 그녀가 관심을 보이는 물건들을 카트에 담았던 모양이었다. 전에도 한 번 그러더니, 쇼핑 습관이 잘못된 것 같았다.

　"이거 다 필요해요?"

　"필요해서 살펴본 거 아니었나?"

　"아니에요."

　"아닌데 왜 봐."

　"쇼핑이란 게 원래 그런 거죠."

　"그래, 쇼핑이란 이런 거지."

　그가 카트에 가득 찬 물건들을 가리켰다. 구경과 구매의 차이. 어쨌든 서로 쇼핑이란 소리였다.

　"필요한 것만 사면 돼요."

　"필요한 것만 살펴, 그럼."

　"어떻게 그래요. 뭐가 필요할지……. 알았어요, 그럼."

　서인이 몇 개를 빼서 제자리에 담는 것으로 한발 물러섰다.

　"강재준 씨와는 앞으로 쇼핑 불가예요."

　그가 제 카드를 보였다.

　"나라면 이런 남자 이용할 텐데."

　"이용당할 남자 아니잖아요."

　"해줄 용의 있어."

왜…….

"당신은 대체 왜…….."

그가 갑자기 그녀 앞으로 무릎을 꿇었다. 흠칫 놀라 내려다보니, 운동화 끈이 풀려 있었다.

"칠칠맞지 못하긴."

그가 끈을 잡아 살며시 다시 묶어주었다. 리본 모양을 만드는 그의 손이 이상하게 따뜻하게 느껴졌다. 이 남자는 모른다. 그가 얼마나 따뜻한 사람인지. 그래서 얼마나 자신이 눈독을 들이는지 아무것도 모른다.

당신을 좀 더 일찍 만났더라면, 우린, 가능했을까.

가질 수 없는 남자가 다정하다는 사실에 가슴이 아려와 눈물이 날 것 같았다. 그녀는 입술을 꼭 다물고 눈물을 꾹 참았다.

"한서인."

"……."

"한서인."

"……네."

그가 노크를 하듯 그녀를 불러 꼭 다문 입술을 열게 만들었다.

"나 이런 거 아무한테나 안 한다."

그녀가 아무 말도 못 하고 그를 보자 그가 싱긋, 웃었다.

"안 넘어오나."

"그런 말은…… 아무나 할 수 있는 말이잖아요."

생각해 보니, 민용운도 늘 했던 말이다.

하지만 왜, 당신은 믿게 되는 걸까. 내가 또 바보인 걸까.

또다시 멍청한 짓을 반복할까 봐 두려워진 그녀의 마음이 잔뜩 움츠러들었다.

"김밥 쌀 줄 알아?"

그가 그녀를 올려다보며 물었다.

"네."

"정말?"

질문을 제대로 듣지도 않고 쉽게 대답하는 게 못 미더웠는지 그가 되물었다. 그 표정이 우스웠다.

"음, 재료랑 같이 구멍 송송 나게는 쌀 줄 알아요."

그가 자리에서 일어나 인상을 찌푸렸다.

"김 여사님한테 배울 게 많군."

"내가 왜 배워요?"

"그럼."

"먹고 싶은 사람이 배워야죠."

그가 자리에 멈춰서 그녀를 바라봤다.

"왜요?"

"좋아하는 음식이 뭐지? 혹시 꽃게탕이었나?"

"아니요."

"아닌데 꽃게탕을 왜 하려고 했⋯⋯."

"맞아요. 그거 좋아했어요, 꽃게탕. 그래서 해보려고 한 거예
요."

서인은 김 여사에게 전화를 해서 자신이 재준이 좋아하는 음
식이 뭔지 물은 것에 대해 반드시 입단속을 시켜야겠다고 생각
했다. 표정이 영 우스꽝스러웠는지 그가 피식, 웃었다. 속아준
다는 듯.

"김밥도 좋아해 봐."

싫다면 억지로 좋아하게 만들겠다는 양 그는 김밥 재료를 파
는 곳 앞에 서서 꼼짝도 않고 있었다. 싫은 척했지만 그가 원하
는 걸 만들어보고 싶은 마음을 이기지 못했다. 서인은 어느새
김밥 재료를 담고 있었다.

"이제 다 됐어요."

그녀가 먼저 걸어가는데 혀를 차는 재준의 목소리가 들려왔
다.

"아무리 봐도 내가 낫군."

돌아보자 그가 단무지를 담고 있었다.

"이렇게 중요한 걸 빼먹고선 김밥을 할 줄 안다고?"

아차, 했지만 이미 그의 카트는 그녀 옆을 지나고 있었다. 졸
졸 뒤따라 그의 옆에 선 서인을 보며 재준이 "잘 따라오네." 하
며 기분 좋게 웃는 소리가 낮게 들려왔다. 서인이 저도 모르게

미소를 지었다.

"근데 김밥은 왜요."

"소풍 가려고."

"네?"

잘못 들었나 싶어 서인이 의아한 표정을 지었다.

"소풍이라고 했어요?"

"왜. 안 어울려?"

"네."

"단호하군."

"사실이니까."

살짝 노려보는 그를 보며 삐죽 웃자 그가 하고 싶은 말을 참는 눈치였다.

"알아요, 그래 봬도 꽤 다정한 남자라는 거."

"알면 됐어."

계산을 끝마치고 물건을 트렁크에 담은 두 사람이 자동차 좌석에 앉았다. 재준은 시동을 걸었고 서인은 안전벨트를 찼다.

"근데 그 소풍, 지금 김밥을 싸서 대체 언제 가려구요. 내일? 모레?"

"오늘은 못 간다, 이건가?"

"그래 보이지 않아요?"

단무지를 빼먹었다는 사실을 상기시키자 그가 두말없이 고개를 끄덕였다.

"그럼 그냥 가지."

"지금?"

"그래."

"재료는 잔뜩 사놓고."

"따로따로 먹으면 돼."

그녀가 놀랍다는 듯 두 눈을 크게 떴다.

"이렇게 대책 없는 사람이었어요?"

출발하려던 그가 행동을 멈췄다.

"내가 어떤 사람인 줄 아나?"

그녀가 조용히 고개를 저었다. 사실 그에 대해서 아는 게 별로 없었다. 늘 그에게 받기만 하고, 늘 그의 물음에 답만 했다.

"그럼 알아둬, 가끔 이런 짓도 할 수 있는 남자란 거."

그가 차를 출발시켰다. 그를 물끄러미 보던 서인의 심정이 복잡해졌다. 그에 대해 알면 알수록 그녀는 더 빠져들기만 할 것 같았다.

아직 아무 준비도 하지 못했는데……. 너무 무방비 상태인데…….

"어디 갈 거예요?"

"어디 가고 싶어?"

"생각 안 해봤어요."

"지금부터 생각해."

그녀가 가만히 그의 말을 곱씹었다.

'지금부터 생각해.'

그 말이 왜 이렇게 사무치게 들려오는 걸까. 지금부터 생각해도 된다고. 늦지 않았다고. 모든 것을 새로 시작할 수 있다는 듯한 그의 말이, 그녀의 가슴속에 작은 울림을 자아냈다. 희망이라는, 그녀에게 영영 없을 것 같던 그것이.

"생각했나?"

얼마 지나지 않아 그가 물었다.

"시간 좀 더 주면 안 돼요?"

"안 돼."

"왜요?"

"초조해 죽겠거든."

그가 알 수 없는 눈으로 그녀를 보며 미소를 지었다. 찌릿하게 떨려오는 마음을 느끼며 그녀가 고개를 돌렸다.

"더 시간 끌면 내 마음대로 한다?"

그의 으름장에 그녀가 조심스럽게 고개를 끄덕였다.

"정말이지?"

"네."

"좋아, 그럼. 내 마음대로."

"어디 갈 건데요."

"만사 다 잊을 수 있는 곳."

그런 곳이라면 나도 한 군데 알고 있어요. 바로 당신 곁.

"응……."

그녀가 짧게 미소 지었다.

"어디든 가고 싶어요."

"나 그렇게 믿지 마."

어느새 바라본 그의 눈빛이 날카로웠다.

"당신 데리고 호텔에 처박힐 수도 있어."

그건 서인에게도 충분히 유혹적이었다.

"……그건 안 되죠."

그녀가 겨우 답했다.

"서킷 브레이커는 이미 가동이 끝났으니까."

한서인의 위기는 끝났으니까.

꽃이 지고 있었다. 봄의 끝물이었다. 여의도에 있는 벚꽃 잎들이 바람에 이리저리 쓸려 다녔다. 많은 인파가 그것들을 무심히 밟고 지나갔나 보다. 피는 순간 예뻤을 꽃이 지금은 쓰레기처럼 거리를 더럽혔다. 누구의 잘못일까.

두 사람은 인적 없는 한산한 거리를 걸었다. 서인은 바닥을 뒹구는 꽃잎들에 시선이 갔다.

"아직, 꽃이 남아 있었군."

그는 나무에 달린 꽃들을 바라보고 있었다. 그제야 그녀가 고개를 들었다. 아직 힘겹게 버티고 있는 꽃잎들이 있었다, 생각보다 많이.

"다 저버린 줄 알았는데."

"다 저버린 걸 보려고 온 거예요?"

그녀가 황당한 표정으로 바라봤지만 그는 아무렇지도 않게 고개를 끄덕였다.

"어차피 다시 필 거니까."

"굉장한 낙관주의네요."

그가 미소를 흘렸다.

"낙관주의가 아니야. 가능성이지."

"가능성?"

그녀의 반문에 그가 고개를 끄덕였다.

"주식이 뭐라고 생각해?"

"……."

"주식은 곧 꿈이지. 사람들의 꿈. 안 될 확률이 훨씬 많지만 그래도 될지도 모른다는 가능성을 숫자로 형상화한 사람들의 꿈."

그가 그녀를 바라봤다.

"난 그 꿈에서 가장 가능성 있는 길을 제시하는 사람이야. 물론 신은 아니라서 그 길을 잘못 잡을 때도 있지만 대개는 거의 그 길이 맞았어. 그래서 지금 아주 잘 먹고 잘 살고 있고."

그녀가 미소를 지었다.

"난 예외잖아요."

"당신이 처음이야."

그의 말에 서인이 놀란 듯 바라봤다.

"한 번도 잃은 적 없었어요?"

"있다니까."

그가 그녀를 가리켰다.

"나 빼고 말예요."

그가 고개를 살짝 끄덕이자 그녀가 감탄했다.

"승부욕이 강한가 봐요."

"당연하지. 그런 거 없이 이 일을 어떻게 하겠어?"

"아. 그래서 돈 찾아줄 때까지 사람을 잡아놓기도 하는구나."

"맞아. 연락 안 돼서 제때 못 팔면 내 실적이 또 망가지니까."

정말 그것만이 이유라면, 나는 섭섭해해야 할까요, 아니면 다행이라 여겨야 할까요.

"네. 어련하겠어요, 강재준 씨."

서인이 옅은 미소를 지었다. 그래도 꽃을 보니 기분이 좀 나아졌다. 어쩌면 고향 얘기를 할 때 했던 꽃 얘기를 기억하고 이곳에 온 건지도 모르겠다. 재준의 배려가 느껴져 마음이 뭉클했다.

그녀는 땅에 흩어진 꽃잎들을 바라보며 걸었다. 그는 바람을 쫓아다니는 허공의 꽃잎들을 바라보며 걸었다. 같은 길이었지만 두 사람의 시선은 그렇게 달랐다.

조금 더 걸어가니, 솜사탕을 파는 노점상이 보였다. 문득 솜사탕을 들고 서 있는 그의 모습이 보고 싶었다.

"솜사탕 사요."

"뭐?"

"나왔는데 기분 내봐요. 난 분홍이요."

서인이 그를 졸랐다. 그녀가 밝아 보이는 게 싫지 않았는지 재준이 싫은 걸 꾹 참는 얼굴로 솜사탕 살 돈을 지불했다. 그런데 서인도 돈을 내고 있었다.

"내가 냈어, 이미."

"그건 제 거구요. 강재준 씨는 파랑."

그녀가 재준 앞으로 솜사탕을 내밀었다. 그의 미간이 드러날 정도로 좁아졌다.

"이걸 나더러 먹으라고?"

그녀가 고개를 끄덕이자 그가 바로 고개를 저었다.

"난 됐어."

"그럼 버려요?"

"당신이나 먹어."

"두 개 다는 무리예요. 다 먹으면 속 달 거예요."

서인이 그의 손에 솜사탕을 들려줬다. 솜사탕을 쥔 채 황당한 표정을 짓고 있는데 이번엔 서인이 휴대폰으로 사진까지 찍었다.

"뭐 하는 거야."

"솜사탕 먹는 강재준 씨. 협박용으로 써먹을 수 있을 것 같아서요."

"뭘 협박하려고."

"모르죠. 일단 찍어두는 거예요."

보고 싶을 때 꺼내서 보고, 웃으려구요. 당신을 날 웃게 한 남자로 남기려구요.

그녀가 사진을 확인하고 미소를 짓는 사이 그가 그녀를 당겨와 어깨동무를 했다.

"뭐 하는 거예요."

"글쎄. 나도 나중에 쓸 일이 있을지도 모르니까."

그가 자신의 휴대폰을 꺼내 두 사람의 모습을 사진으로 찍었다.

"눈 감았어요."

"그런 게 협박용엔 더 좋겠지."

그가 사진을 확인하려는 순간, 그녀가 뺏으려 들었다.

"안 돼요. 지워요, 얼른. 보기 흉해요."

"지나가는 사람들한테 부탁해서 팔짱 끼고 정식으로 다시 찍을까?"

"그, 그렇게까지 왜 해요."

"그럼 삭제는 안 되지."

"그래도 바보처럼 나온 사진은……."

그가 휴대폰을 들어 사진을 그녀에게 보였다. 다행히 그녀는 눈을 감지 않았다. 그의 팔이 그녀의 어깨를 감싸는, 가슴이 뭉클할 정도로 다정해 보이는 사진. 그와 함께 있는 한서인은 행복해 보인다.

"이걸 대체 뭐에 쓰려고요."

"사진을 뭐에 쓰겠어, 보는 데 쓰지."

그녀가 안 된다는 말을 하기도 전에 그가 그녀의 다른 손에 제 솜사탕을 쥐어주었다.

"김밥 판다."

"강재준 씨……."

"소풍의 궁극의 목적. 달성하러 가야지."

그가 먼저 김밥을 파는 곳으로 향했다. 멍하게 서 있자, 플래시가 터졌다. 그가 그녀의 사진을 찍으며 웃고 있었다.

"이것도 괜찮군."

사진을 확인하며 웃는 그의 모습이 즐거워 보였다.

당신이 즐거워 보여서, 나도 덩달아 기뻐요. 이러지 말아야
하는데.

"빨리 안 오면 혼자 먹는다?"

그녀는 못 이기는 척 그를 따랐다. 아직은 좀 더 소풍의 기분
을 느껴보고 싶었다.

따뜻한 바람에 날리는 꽃잎을 보며 김밥까지 먹고 나니 오랜
만에 정말 소풍을 온 기분이었다. 서인은 아무 생각도 하지 않
으려 애를 쓰며 웃고 즐겼다. 행복한 시간은 늘 그렇듯 쏜살처
럼 지나갔다. 해가 지고 있었다.

"그날, 어떻게 우리 집에 올 생각을 했어요?"

그와 산책 길을 걷던 서인은 처음으로 용기를 내 물었다.

"어느 날?"

"아이, 잃은…… 날요."

아무렇지도 않게 말하려 했지만 이상하게도 그건 시간이 지
날수록 더 아픈 일이었다. 흐르는 날짜들과 비례한 죄책감. 용
운에 대한 마음이 아무리 미움이라고 해도 잃은 아이까지 미워
할 수는 없는 일이었다.

그가 걸음을 멈추고 그녀를 바라봤다.

"내 어머니 생각이 났어."

"어머니요?"

"그래."

먼 기억을 떠올리듯 그의 눈이 깊어졌다.

"어떤 분이셨는데요?"

"어떤 사람일까, 내 어머니란 사람은."

그의 표정에 조소가 서렸다. 결코 좋은 추억은 아닌 듯했다.

"죽음을 무기로 사랑을 구걸하고 나를 고통 속에 내던진 사람. 내게는 그 이상도 이하도 아니었지."

그의 목소리가 묵직하게 들려왔다.

"아버지 사랑을 얻으려고 늘 자살 연기를 했거든. 그 뒤치다꺼리는 늘 내 몫이었고."

그는 아무렇지도 않게 이야기하는 것 같았지만 눈빛은 슬퍼 보였다. 강재준이라는 남자 안에 솜사탕 하나 들기 어색해하는 어린·재준의 모습이 보이는 것 같았다.

"어머니는 다른 여자가 있는 아버지를 사랑했고, 결국 나를 임신했어. 그리고 나를 무기로 아버지를 옥죄었고. 내가 안 통하자 목숨을 걸기 시작했지."

"……."

"멍청한 불륜녀. 그건 당신한테 어울리는 말이 아니야. 우리 어머니한테나 어울리는 말이지."

"재준 씨."

"그날 어떻게 왔냐고 했지?"

"……."

"어머니는 늘 위태로워 보였어. 그런데 그게 너무 자주였던 거야. 그래서 정작 진짜 죽음의 순간에는 위태로움을 느끼지 못했어."

그가 미간을 좁혔다.

"무시했거든. 분명 있었을 낌새를, 지겨워서 모른 척했어. 돌아가셨다는 거 알고 분명 마음이 시원했는데, 절대 죄책감 같은 거 없다고 생각했는데, 그게 늘 걸렸던 모양이야."

그가 벤치에 자리를 잡고 앉아 그녀를 올려다봤다.

"가시."

"……."

"처음 당신을 보던 날 알았어. 나한테 가시가 박혀 있다는 걸. 내내 뭐가 걸린 듯이. 당신을 보는 순간 그런 느낌이 났어. 내 어머니를 보내던 그날의 그 찜찜함."

위로하고 싶은데 무어라 말해야 할지 몰랐다. 그녀는 안타까운 눈으로 그를 바라봤다.

"죽을 생각 같은 거 안 했어요."

"글쎄."

그가 쓸쓸하게 미소를 지으며 읊조렸다.

"그땐 그게 죽음을 목전에 둔 사람 같다고 생각했지만 그 느낌이 꼭 죽음에서 오는 건 아니었던 것 같아."

"그럼 뭔데요."

"그게 뭐였을까."

어쩌면 찾고 있었을까. 지키고 싶은, 지킬 수 있는 여자를. 내가 구할 수 있는 여자를 찾고 싶었는지도 몰라. 어머니처럼 허망하게 놓치지 않을, 그런 여자.

"한서인."

그래, 애초에 한서인 너와의 만남은 단순히 돈이나 죽음에서의 구원 같은 게 아니었어.

"당신이 처음 날 찾아와 돌려달라고 떼쓰던 건, 원금이 아니었어."

그녀가 그에게 했던 말들을 떠올렸다.

'알고 있어요. 돈을 원한 게 아니라, 그 시간들……. 돌아올 수 없는 그 시간들……. 그냥, 어쩌면…… 누군가가 필요했는지도 모르죠. 그 책임을 물을 누군가…….'

"당신은 시간이라고 했어. 그 시간을 책임져 줄 누군가를 찾고 있었지."

그리고 정말로 그런 사람이 그녀 앞에 서 있었다.

"난 이제 목표를 다시 설정할 거야."

"……."

"시간. 한서인의 시간으로."

그가 나무를 올려다봤다.

"꽃은 다시 필 거니까."

그가 그녀의 팔을 잡아 자신의 앞에 세웠다.

"당신의 시간, 백 배로 찾아주지."

그가 그녀를 당겨와 무릎에 앉혔다. 따뜻한 눈빛이 그녀의 마음을 파고들었다.

그저 낙관주의가 아닌 가능성. 그 길을 안내하는 남자, 강재준.

그러니까 지금 나를 위로해 주는 거죠? 다시 피어날 수 있다고. 더 멋진 길을 향해 당신이 안내하겠다고.

서인은 묻고 싶었다. 혹시 그 꽃이 당신 마음에 필 가능성도 있느냐고.

그녀가 묻지 않았지만 그는 그렇다고 대답해 주듯이 그녀의 입술을 향해 다가왔다. 고개를 돌리려 했지만 그가 고개를 저었다. 그러고는 손끝으로 입술을 매만졌다. 부드러운 손짓에 그녀는 가만히 눈을 감았다. 입술이 닿으려는 찰나, 그녀의 전화벨이 울렸다.

그는 전혀 동요하지 않았다. 아무것도 들리지 않는다는 듯 흠칫하는 그녀를 당겨와 천천히 입술을 댔다. 입술과 입술이 닿자마자 전율이 흘렀다. 그가 혀를 넣어 그녀의 혀를 옭아매자 열기가 퍼졌다. 그녀가 뒤로 물러났지만 그는 놓치지 않았다. 그는 그녀의 허리를 더 바짝 당기고 용기를 내라는 듯 제 혀를 따뜻하게 감쌌다.

염치없지만, 서인은 진심으로 그의 여자가 되면 좋겠다고 생각했다.

13. 매입 시작

　재준과의 소풍이 있던 날 걸려온 전화는 회사였다. 발령지가 나왔으니 짐을 싸라는 것이었다.

　회사에 나온 서인은 그녀의 발령지가 아버지가 계신 곳에서 멀지 않은, 하지만 서울에서는 먼 지방인 것을 확인하고 허탈한 웃음을 지었다.

　서울에서 네다섯 시간쯤. 이런 식의 발령이면 다니지 말라는 소리나 같았다. 회사에서는 당연한 조처였겠지. 일전에 다른 부서의 사원과 과장이 문란한 관계를 맺었다고 해고된 일이 있었다. 그것에 비하면 꽤나 선처였다.

　"애는 썼는데 아무래도 회사까지 찾아와서 난리를 칠 정도로 문제를 일으킨 게 그냥 넘어갈 수 없게 된 것 같아, 한 대리."

부장이 미안한 표정을 지었다.

"무슨 말씀을요. 제가 정말 죄송합니다."

서인은 괜찮다는 듯이 미소를 지어 보였다. 신입 직원을 뽑던 면접날이었고 사장까지 근처에 있었던 것치고 감봉도 없는 부서 이동 정도라 부장이 꽤나 애써줬다는 걸 알 수 있었다.

"그래, 그래도 한 대리 본가에서 최대한 가까운 곳으로 했어. 더 멀어지면 안 될 것 같아서."

"네, 그래 주신 것 같았어요. 배려 감사해요."

"그래. 열심히 일해서 다시 올라와야지?"

그녀는 쓸쓸하게 미소를 지었다. 다시 이곳에 올 일은 없을 것 같은 느낌이었다.

"그동안 정말 감사했습니다, 부장님."

"그래, 서인 씨도 건강하고."

서인은 부장에게 인사하고 부서 밖으로 나왔다.

점심시간이 지나고 한창 일할 시각이라 그런지 회사에 들어올 때보다 보는 눈이 없었다. 다행이었다. 처음 입사해서 지금까지 쭉 다니던 근무지에서 직원들과 인사 한 번 하지 못하고 떠난다는 것이 속상하긴 했지만, 좋은 모양새가 아니니 오히려 다행이리라.

서인은 복도에 서서 자신의 부서 팻말을 바라보다가 조용히 돌아섰다.

이제 어떻게 해야 할까.

어쨌든 재준에게서 떠나야 하는 것은 분명했다. 상황도 그랬고 마음도 그랬다. 아니, 거짓말. 마음은 아니었다. 그를 떠나고 싶지 않았다. 생각 같아선 오래도록, 아주 오래도록 함께하고 싶었다.

마음, 접을 수 있을까. 단호하게 떠날 수 있을까. 그토록 따뜻한 사람을, 모른 척하고 살 수 있을까.

그녀는 먼 곳으로 떠난다는 것보다 그게 더 힘들 것 같았다.

회사 건물을 나온 서인은 버스를 타려다가 조금 더 걷고 싶어 도로변으로 향했다.

거리를 지나치는데 누군가 다가와 자신의 앞을 가로막았다. 우뚝 걸음을 멈추고 보니, 용운이 보였다. 소름이 저절로 일어나 몸이 굳었다.

무엇 때문에 여기에…….

"거래처 볼일 있어 왔다가, 갑자기 생각이 나서……."

당황한 서인을 보며 용운이 어색하게 웃었다. 그는 전과 달린 어딘가 초라해 보였다. 오래 걸은 사람처럼 피로해 보이는 얼굴. 균형이 맞지 않는 코의 생김. 게다가 아, 저 사람 입술이 저렇게 끔찍했던가. 그전에는 보이지 않던 것들이 보이고, 느껴지지 않는 것들이 느껴졌다.

서인은 갑자기 치밀어 오르는 혐오감에 어쩔 줄 몰라 했다. 보기도 싫고 말 섞기도 싫었다.

"회사, 부서 옮긴다면서?"

용운이 물었지만 그녀는 대꾸하지 않았다. 이제 와 구질구질하게 너 때문에 내가 이렇게 됐노라고 말하고 싶지 않았다. 용운의 것이라면 보상조차 싫으니까.

서인은 빠른 걸음으로 그를 무시하며 지나쳤다.

"서인아, 한서인!"

꽤나 빠른 걸음으로 걸었건만, 포기할 줄 알았던 용운에게 팔이 잡혔다. 서인이 재빨리 뿌리치고 뒤로 물러섰다. 용운이 다시 그녀를 잡으려 하자 서인이 건드리지 말라는 듯 강하게 노려봤다. 놀란 용운이 건드리지 않겠다는 듯 두 손을 들었다.

"걱정 마, 다치게 하려는 거 아니니까."

"뭐죠?"

"얘기 좀 해."

"할 얘기 없어요."

"난 있어."

"내가 없어."

서인이 돌아서자 등 뒤에서 용운의 조용한 말소리가 들려왔다.

"미안했다."

갑작스런 사과에 의아해진 그녀가 용운을 향해 돌아섰다. 용운이 다시 한 번 말했다.

"미안했다고."

"……."

"너 속인 거, 정말 미안했다."

어색하고 거북스러웠다. 그녀가 용운을 노려봤다.

"갑자기 왜 이래요."

"갑자기 아니야. 너한테 그렇게 몹쓸 짓 할 뻔하고 나도 마음이 복잡했어."

"난 듣고 싶지 않아."

그녀가 돌아서자 용운이 다급하게 말했다.

"서인아."

"가던 길 가요."

"서인아, 한 번만 용서해 줘. 사실 나도 많이 외로웠어. 당신은 잘 모르겠지만 지금 내 와이프는……. 본처 죽으면서 새로 결혼한 여자인데 돈밖에 몰라. 내 돈 보고 결혼해서 내가 무슨 짓을 해도 눈 하나 깜짝 안 해. 당신도 봤지, 어떤 여잔지?"

"……."

"내 마음은 여전히, 여전히……. 너를 속인 건 미안하지만 내 마음까지는 아니었어. 미안하다. 그리고 아이는……. 내가 분명 수술을 했는데, 그게 하필 너랑 할 때 풀릴 줄은……. 사실 네가 알지 모르지만 내가, 내가 애가 셋이다. 그런데 하나 더는…….
우리 사이에 태어나지 않는 게 그 애를 위해서 더 좋을 것 같아
서…….”

짤싹!

서인이 용운의 뺨을 날렸다. 용운이 놀란 눈으로 서인을 바라
봤다.

“하, 한서인?”

“애초에 나한테 거짓말하지 않았으면 그런 걱정 할 필요 없었
잖아.”

“저기, 그게……. 야, 아무리 그래도 그렇지. 사람이 사과를
하는데 어, 어떻게 이렇게 뺨을 날려? 나, 아직 말 안 끝났단 말
이야.”

용운의 당황스러운 표정에 그녀가 조소를 보냈다.

“왜요. 화나요? 그래서 또, 그날처럼 술 먹고 찾아와 행패라
도 부릴 건가요?”

“저기, 그날은…… 저기 미안하다, 서인아.”

“미안? 미안하면 무릎이라도 꿇어보지 그래요. 정말로 미안
한지 봐야 할 것 같은데.”

“서인아.”

“왜요, 그것도 못 해? 1년 동안 총각인 척 연기도 잘하더니,
그 정도도 못 하면서 사과를 한다고? 왜? 그동안 즐거웠다, 우

리 사이에 사과는 무슨 사과냐 할 줄 알았어요?"

"서인아."

그녀가 노려보자 용운이 움찔거렸다.

"저기, 서인아. 혹시 돈 필요한 거면, 차라리 그걸로 줄까? 내 무릎은 가치가 없잖아."

"가치도 없는데 뭘 그렇게 아껴요?"

"서인아. 저기."

하얗게 질린 서인의 표정에 용운이 한쪽 무릎을 겨우 꿇었다.

"내가 엄마한테도 해본 적 없는 건데……."

용운이 다른 쪽 다리도 내렸다. 제대로 무릎이 꿇린 용운이 이쪽저쪽으로 사람들의 시선을 살폈다.

"잘못했다, 내가."

"……."

"정말 미안하다, 내가."

"……."

"미안하다, 한서인!"

용운이 괴로운 듯 눈을 꼭 감고 말했다. 서인이 고개를 저었다.

"아뇨. 내가 받은 만큼, 그 반의반도 채우지 못할 사과. 필요 없어요."

"서, 서인아!"

돌아선 서인이 멈춰 섰다. 분을 참을 수 없었다. 막 피려 했다가, 그 존재조차 제대로 알리지 못한 채 져버린 작은 꽃송이. 그러나 사실은 생기지조차 말았어야 했던 존재. 어른들의 잘못으로 제대로 피어보지도 못한 아이가 사라진 후에도 부정당하는 것을 더 이상 견딜 수 없었다. 참지 못한 그녀가 용운의 앞으로 다가섰다.

"그리고 아이는."

그녀가 몸을 부들부들 떨었다.

"당신 아이 아니었어."

그건 철저히 나만의 아이. 한 번도 당신과 연관된 적 없는 아이였어.

"절대 당신 아이가 아니었어."

그러니까 너도 어디 더럽고 찜찜한 기분 좀 느껴봐.

"절대로."

"뭐, 뭐야?"

용운이 벌떡 일어났다.

"너 지금 장난해?"

그녀가 분노에 일그러지는 용운의 표정을 고소하게 바라보며 말했다.

"참, 그리고 사과할 거면, 돈으로 가져와요. 가치도 없는 몸으로 앉았다 일어났다 해봤자 쓸모가 없는 것 같으니까."

"뭐, 뭐야!"

"그럼 그땐 용서할지 말지 생각해 볼게."

"뭐라고? 야! 이미 무릎 꿇었는데 또 무슨 돈! 내 애도 아니라며! 아, 저게 진짜! 나랑 만나면서 딴 놈을 만나? 야!"

나한테 죄책감도 느끼지 마, 민용운. 살면서 한 번이라도 날 떠올리면서 그런 마음 갖는 것조차 불쾌하니까.

"한서인! 어디 가! 아니, 뭐 저런 년이 다 있어! 야! 야!"

그녀가 돌아서자마자 욕설이 날아오기 시작했다.

그래, 그게 민용운 당신이었어. 사랑했던 기억조차 엉망이 됐는데 이제 와 마음에도 없는 사과 받아주면서 성자인 척하고 싶지 않아. 당신의 마음을 편안하게 해주는 것보다 화가 나게 만들어주고 싶어. 그게 내 복수야.

어쨌든 속이 탁 트이는 기분이었다. 자신 같지 않은 행동에 웃음이 날 정도로.

"너, 그럴 줄 알았어! 그거 그 자식 애였지? 오빠 좋아하고 있네. 그래 놓고 그 미친 새끼가 나한테 사과하라고 찾아와? 내가 그것 때문에 지금 회사에서 쫓겨나고 어떤 생활을 하고 있는데!"

용운의 말에 서인이 걸음을 멈췄다. 갑자기 딱, 하고 멈춰 선 서인을 보고 용운이 입을 다물었다. 서인이 용운 앞으로 다가갔다.

"지금, 뭐라고 했어?"

"뭘……."

"방금 뭐라고 했냐고."

"아버지한테 쫓겨나서……. 야, 내가 회사에서 망신당하고 지금 뭘 하고 다니는 줄……."

"아니! 방금 그랬잖아. 누가 사과를, 뭘 하라고 했다고? 누가 찾아갔다고?"

"누구긴 누구야, 네 오빠라는 새끼지!"

오빠……?

"맞지? 내 말이? 너희 연놈들이 짜고 나한테 돈 받아내려고. 너희가 인간이냐! 뭐? 진실된 사과를 하라고? 그 새끼 내가 오빠니 뭐니 깝칠 때부터 알아봤어! 내가 아버지한테 걸려서 무슨 고생을 하고 있는데. 이것들 확 고소해 버릴……!"

찰싹!

서인이 다시 한 번 용운의 뺨을 날렸다. 같은 일을 두 번 당하자 용운이 이번엔 조금 겁먹은 얼굴을 했다.

"하, 한서인……."

"그동안 너 때문에 죄 아닌 죄 지은 것 때문에 나 많이 참았어. 그런데 이건 못 참겠다."

"뭐?"

"그 사람에 대해서 함부로 말하지 마. 당신 같은 사람 절대 아니니까."

　서인은 그대로 돌아섰다. 뒤늦게 악다구니를 쓰는 용운의 목
소리가 들려왔지만 신경 쓰지 않았다. 재준의 얼굴만이 서인의
눈동자 안에 가득 찼다.

　'당신의 시간, 백 배로 찾아주지.'

　빈말이 아니었다. 그는 벌써 그녀의 시간을 찾아주고 있었다.
백 배, 천 배라도 그가 찾아준다고 하면 믿고 기다릴 수 있을 것
같았다.

　벚꽃 잎이 다 져버린 거리의 바람에서 약간의 훈기가 느껴졌
다. 매서운 겨울 끝을 보내고 이 봄마저 그냥 보낼 뻔했다. 살면
서 가장 힘들었던 계절, 그가 없었다면, 수 번의 봄을 그냥 보냈
을 것이다.

　'꽃은 다시 필 거다, 한서인.'

　응, 강재준 씨. 그럴 거예요. 꽃은 필 거야. 분명, 필 거예요.
　보고 싶다, 강재준. 오빠도 아니면서 오빠인 척, 동생을 잔뜩
흔들어놓은, 이젠 진짜 남자인 강재준.
　서인은 재준과 함께 지내는 이 봄을 제대로 음미해 봐야겠다

고 생각했다. 지금은 재준으로 인해 행복하지만 언젠가는 자신으로 인해 재준을 행복하게 해줄 때까지, 힘을 내서.

그녀는 빠른 걸음으로 도로변으로 나와 택시를 잡아탔다. 할일이 많았다.

영업을 마친 재준이 바(Bar)로 들어서자 혼자 술을 마시고 있는 지석이 보였다. 재준이 다가가 어깨를 잡았다.

"여전한 청승이군."

"왔냐."

"왜 혼자 시작해?"

"난 청승맞으니까."

"비꼬기는."

"그런 거 아니다. 진심 그렇게 생각하고 말하는 거다."

우울하게 말한 지석이 재준에게 봉투 하나를 건넸다.

"뭔데."

"뭐긴, 청첩장이지."

말하는 사람의 표정은 누가 봐도 청첩장을 막 찍은 예비 새신랑 같지 않았다.

"왜 하는 거야, 결혼?"

어두운 지석의 모습을 본 재준이 슬쩍 청첩장에 눈길을 주고는 술잔을 입에 물었다. 말하고 싶지 않은 사람처럼 지석은 어깨를 으쓱할 뿐 대꾸하지 않았다.

"결혼해서도 관심 안 줄 거면 지금이라도 접어."

"글쎄. 그래야 하는 거 아닌가 진지하게 생각했었는데 이 여자가 섹스는 하겠다잖아."

"뭐?"

"섹스 안 하면 안 하려고 했는데, 잠은 자주시겠대. 욕망 해결하려고 다른 여자 찾아다니는 거 정말 싫은데 잘됐잖아. 그러니 환장하지."

지석의 짜증 섞인 얼굴을 본 재준이 웃음 지었다.

"너한테는 그거면 되는 거 아냐?"

"이 자식. 날 뭐로 보고."

지석이 기분 나쁘다는 듯 흥분했다.

"지금 아까운 미혼자 하나가 사랑도 없이 결혼을 하게 생겼는데 너는 그게 말이라고 하냐."

"그래, 그 여자가 아깝지."

"강재준!"

"넌 뭐가 억울해? 어차피 여자한테 관심도 없잖아?"

재준의 말에 지석이 한마디 하려다가 스트레이트로 꿀꺽 술을 털어 넣고는 다시 제 잔에 술을 따랐다.

"그러는 넌?"

"뭐."

"너도 정신 차릴 때 되지 않았어?"

"……."

"라연이 말이야. 그 그늘에서 벗어날 때 되지 않았냐고, 인마."

"벗어난 지 오래야."

이젠 그 기억마저 다 꿈이 아니었나 싶을 정도로 망가진 느낌이었다.

"웃기지 마. 그럼 지금쯤 여자 하나는 있어야지. 왜 아직도 그 모양인데? 잘 생각해 봐. 너 아직도 라연이 잊지 못한 거야. 정신적 거세. 너 스스로 그런 걸 한 건지도 모른다고."

지석의 진지한 말투에 재준은 웃음이 났다.

"난 잘 모르겠는데."

"그런데 어째서 여자 하나가 없겠어?"

"누가 없대?"

재준이 지석을 보며 미소를 지었다.

"너 설마……."

지석의 미간이 좁아졌다. 재준이 말없이 미소를 지으며 술을 마셨다. 그러자 지석이 놀란 듯 눈이 커졌다.

"너, 언제, 어디서 만난 여자야? 응? 나 몰래 언제? 야, 이 자식, 웃긴 자식이네? 대체 어떤 여자야?"

"시끄러워. 설레발치지 마."

"안 돼. 설레발칠 거야. 뭔데? 어디서 만난 여잔데?"

"와이프가 안 찾나? 그만 가봐."

"아직 와이프 아니거든."

재준이 지석 앞으로 청첩장을 흔들었다.

"곧 와이프."

"아, 진짜."

지석이 짜증스럽다는 듯이 인상을 쓰며 술을 마시고 재준에게도 술을 따랐다. 둘은 잠시 말없이 술만 마셨다.

"근데 너."

지석이 눈치를 보다가 물었다.

"……사랑, 하냐? 혹시 그냥 만나는 뭐, 그런 관계는 아니지?"

그 여자에겐 그런 존재인지도 모르지. 하지만 나에겐…….

"사랑이다."

"뭐?"

언제부턴지는 모르겠지만, 한 번 눈에 담은 그녀의 모습은 그 어떤 상황에서도 사라지지 않았다. 아니, 더 굳건해지고 강해져, 이젠 그 여자를 제 안에 가둬두고 어디에도 보내고 싶지 않은 마음이었다.

그런 재준이 생소하다는 듯 한참 바라보던 지석이 피식, 웃었다.

"평생 못 할 줄 알았더니. 나보다 쉽네."

"넌 병이고."

"네가 병인 줄 알았는데?"

"그럼 넌 태생이고."

"나쁜 자식."

지석이 쓸쓸한 표정을 지었다.

"좋겠다. 나도 결혼은 사랑하는 여자랑 하고 싶었는데."

지석의 말에 이번엔 재준이 피식, 웃었다.

"사랑한다고 했지 결혼한다는 뜻은 아니잖아, 인마."

"그러다 금방이지."

재준은 저도 모르게 서인과의 결혼 생활을 떠올려 보았다. 그동안 지내왔던 것을 생각해 보면 그녀와의 결혼이 나쁠 것 같지 않았다. 아니, 생애 처음으로 안정감을 찾을 수도 있을 것 같았다.

죽을지도 모른다는 생각 때문에 어머니를 지키고 있었던 그 시절은 그에게 공포와 혐오뿐이었다. 그러나 그녀가 악몽을 꾸지 않게 하기 위해 찾아든 방 안에서 그는 처음으로 누군가를 지켜준다는 것이 행복한 일일지도 모른다고 생각했다. 그녀를 지켜줌으로써 살아 있는 기분이 들었으니.

"그럼 결혼하자고 말해볼까."

재준의 장난 섞인 말에 지석이 푸웃, 하고 마시던 술을 흘렸다. 냅킨으로 입을 닦은 지석이 재준을 노려봤다. 그 모습이 우스워 재준이 웃음 지었다.

"이 자식이 장난도 정도껏 쳐. 놀라서 추접해질 뻔했잖아."

"왜, 난 결혼하면 안 돼?"

"당연하지. 사랑해서 결혼하는 건 안 돼."

"뭐?"

"그럼 배 아프잖아. 나는 평생 우울하게 지낼 텐데."

"그 여자가 날 사랑하지 않는다면?"

"뭐?"

"그 여자가 날 사랑하지 않으면, 그럼 네 속이 좀 덜 아프겠나?"

지석이 재준의 쓸쓸한 눈빛을 읽었는지 정색을 했다.

"너, 너, 그 말, 그거."

답답하다는 듯 지석이 제 앞에 있는 술을 마시고 쾅, 잔을 내려놨다.

"강재준. 그건 너무 힘든 거잖아, 멍청한 자식아."

아니, 그 여자에게 자신에 대한 사랑이 없는 것보다 제 삶에 그 여자가 없는 게 이젠 더 힘이 들 것 같다. 그래서 참고 있는 거다. 속 깊이 끓어오르는 욕망도, 다그치고 다그쳐서 얻어내고 싶은 그녀의 마음도. 그녀가 회복할 수 있는 시간을 주고 싶어서. 오래도록 함께하기 위해 그녀에게 부담을 주지 않는 거다.

그러니까 이 정도 힘든 것쯤은. 그런 것쯤은, 괜찮아.

지석이 그의 어깨를 치며 말했다.

"결혼식 날은 그 여자 데려와라. 내가 네 매력에 대해서 열심히 설파해 줄 테니까."

"결혼식은 안 치르고?"

"네 매력은 1초 말하면 없잖아?"

"안 데리고 가는 게 낫겠군."

"그건 안 돼. 내 생애 첫 결혼이니까 꼭 데려와라."

짧게 고개를 끄덕인 재준이 서인을 생각했다. 결혼식장에서 하객으로 함께 있을 자신과 서인의 모습을. 아니, 주인공이 되어 함께 있을 모습을. 무언가가 간질거리며 가슴으로 파고드는 기분을 느꼈다. 재준의 마른 입술이 부드럽게 휘었다. 서인이 미치도록 보고 싶었다.

불 켜진 집에 따뜻한 기운이 감돌았다. 더불어 맛있는 음식 냄새도 가득했다.

김 여사님이 오셨나.

안으로 들어가자 주방에서 나오는 서인의 모습이 보였다. 머리를 질끈 묶은 채 앞치마를 하고 있는 한서인. 술을 좀 마셔서 그런 걸까. 재준은 이 모든 게 생소하고 꿈 같았다.

"늦었네요?"

"약속이 있어서."

"저녁은…… 먹은 거겠죠?"

저녁 식사 약속에, 지석과 만나 술까지 마셔 뱃속에 더 들어갈 자리가 없었지만 눈치는 있었다.

"아니."

"아직 안 먹었어요? 이 시각까지?"

그녀는 걱정하는 투로 말했지만 다행이라는 얼굴이 역력했다.

"배고프겠다. 얼른 씻고 와요. 바로 차릴게요."

활발한 몸짓에 눈길이 갔다. 씻고 식탁에 앉자, 그녀가 보글보글 끓는 소리가 맛있게 들려오는 전골 냄비를 내려놨다.

"꽃게탕이에요."

"뭐?"

"이번엔 김 여사님 도움 안 받고 내가 끓인 거예요."

자랑스럽게 말하는 그녀에게 미안하게도 그는 의아한 눈빛을 숨기지 않았다.

"저번에 먹었잖아? 그때 부족했었나."

"그건 내가 한 게 아니잖아요."

"같이 먹었다는 게 중요하지 그게 뭐가 중요해?"

"아뇨, 중요해요. 강재준 씨가 좋아하는 음식이니까."

눈길조차 피하지 않고 발그레 웃으며 말하는 그녀가 보였다. 존재하는지조차 잊고 살았던 심장이 한서인만 보면 제 존재를 알린다.

무슨 작정인가. 무슨 작정으로 사람의 애간장을 녹이는 건가.

"난 한서인이 좋아한다고 들은 것 같은데."

"거짓말이었어요."

"뭐?"

"김 여사님께 물어봤는데, 강재준 씨가 꽃게탕을 좋아한다고 해서…… 그래서 꼭 만들어보고 싶었어요."

유달리 솔직한 그녀를 보자니, 가슴이 뜨거워지면서도 한편으로는 불안해진다.

"징그럽다고, 하지 않았나?"

"징그러운 것도 징그러운 거지만 미안해서 혼났어요. 그 많은 다리로 버둥거려서 난 정말 내가 큰 죄를 짓는 줄 알았다니까요. 거의 한 시간은 싸우면서 울다시피 했을 거예요."

그는 무어라 말해야 할지 몰랐다. 김 여사도 가끔 자신이 좋아하는 음식을 챙겨주기는 했다. 하지만 김 여사에게 음식을 하는 일은 직업적인 부분이었다. 돈을 받고, 그래서 더 신경을 쓰고. 하지만 그런 관계가 아닌, 그것도 한서인이라는 여자가 자신에게 밥을 차려준다는 것은 전혀 다른 의미였다. 누군가에게는 별거 아닌 일. 하지만 가족이 뭔지, 사랑이 들어간 음식이 뭔지 모르는 강재준에게는 의미 깊은 일.

"맛 안 봐요?"

"봐야지."

"근데 왜 나만 쳐다봐요. 너무 예뻐서 눈을 못 떼겠어요?"

소풍날 마트에 가면서 그가 했던 말을 그녀가 농담조로 던졌다.

"그래."

서인이 민망한 듯 슬쩍 눈을 흘겼다.

"난 강재준 씨 따라 한 건데…… 정말 그렇다고 하면 어떡해요."

"나도 모르겠다."

정말 예뻐서, 빈말이 안 나오니까.

"바보 같아."

"뭐."

"난 나만 바보인 줄 알았는데, 강재준 씨가 바보처럼 보일 때도 있네요."

"잘못 본 거야."

말은 그래도 표정이 꽤나 멍해 보였는지 그녀가 쿡쿡 웃었다. 믿어지지 않았다. 어두웠던 한서인의 모습은 사라지고, 밝은 표정의 한서인이 꿈처럼 그의 앞에서 웃고 있는 것이다. 대체 뭐 때문일까.

"이젠 정말 식겠어요. 먹어봐요."

기대가 잔뜩 서린 눈으로 그녀가 그를 바라봤다. 재준이 천천히 음식을 떠먹었다. 뜨끈함이 그의 입안을 통해 가슴으로 흐른다. 맛을 모르겠다, 행복해서.

"괜찮…… 아요?"

"아니."

"별로예요?"

"아니."

"그럼 완전 꽝?"

고개를 젓는 그를 보며 그녀는 잔뜩 실망스러운 표정을 지었다.

"걱정 마, 베스트니까."

"괜찮다고 안 했잖아요."

"괜찮다는 게 베스트는 아니잖아."

걱정을 거둔 그녀가 다시 미소를 지었다.

"다행이다. 타이밍 못 맞출까 봐 좀 오래 끓였어요. 그래서 짤까 봐 걱정했거든요."

"전화를 하지 그랬어."

"방해될까 봐요."

"방해될 일 없어. 한 번도 그런 적 없었어."

예전엔 모든 것이 방해였다. 누군가 무심코 잘못 보낸 문자나, 엘리베이터를 기다리던 시간이나, 저녁 이후 갑자기 불러내는 지석의 전화 같은 것들이 모두 일하는 그를 방해하는 요소였다. 그러나 이제 모든 것은 바뀌었다. 이제는 오랜 시간 붙들었던 모든 일들이 사랑을 하는 강재준을 방해하는 것들이 되고 말았다.

"맨 처음 만난 날은 많이 귀찮아 보이던데요?"

그녀의 말에 그는 그녀가 처음 찾아온 날을 떠올렸다. 그때까지만 해도 그는 돈 외에 다른 모든 것들에 신경질적이었다. 하지만 그녀에게 관심이 옮겨가면서 서서히 그는 달라지기 시작했다.

"좋아, 그날만 빼고."

바로 인정하는 그를 보며 그녀가 웃음을 지었다. 그러나 그녀의 눈가는 어느새 촉촉했다.

"고마워요."

"뭐가."

"생각해 보니까, 한 번도 인사를 못 했네요."

이전 일들을 떠올리듯이 그녀의 눈빛이 아득해졌다.

"고맙다고. 그동안 정말 고마웠다고. 지켜주고 도와주고 함께 해준 거, 고마웠다고, 그런 말을 못 했어요."

"한서인."

"고마워요, 강재준 씨."

"그딴 인사 받자고 그런 거 아니야."

불안함을 못 이기고 그가 퉁명하게 말했다. 그런 재준을 조금 깊이 바라보던 서인이 미소를 지었다.

"당신 모르죠?"

"뭘."

"당신 참 따뜻한 남자예요."

"그걸 이제 알았나."

그녀가 슬쩍 눈을 흘겼다.

"자신감도 심하게 넘치구요."

"나쁠 거 없잖아."

같이 미소를 짓던 두 사람은 한참 동안 서로를 바라봤다.

"할 말이……."

그녀가 입을 열려고 했지만 참기 힘들어진 재준이 자리에서 벌떡 일어나 손으로 식탁을 디디며 그녀 앞으로 고개를 숙였다. 그녀의 입술 가까이로 다가가자 그녀가 살며시 눈을 감았다. 허락의 의미를 담고 있는 그 몸짓이 그를 들뜨게 했다. 그는 빠르게 입술 위로 입술을 포갰다.

아까보다 훨씬 뜨거운 무언가가 그의 가슴 안에 스며들어 열기를 자아냈다. 입술의 움직임도 빨라졌다. 안고 싶다는 충동이 그의 심장을 쪼개는 것 같았다. 그녀가 버거워한다는 걸 느끼면서도 제어가 되지 않았다. 그는 그녀를 일으켜 세워 싱크대 앞으로 밀고 그녀의 머리칼을 부여잡았다. 윗옷 속으로 손을 넣어 가슴을 강하게 잡았다. 그녀의 여린 살결이 너무도 부드러웠다. 당장 이 여자를 차지해야겠다는 생각이 드는 순간 그녀가 떨고 있는 것이 느껴졌다. 욕망에 사로잡힌 그가 겨우 눈을 떠 그녀를 살폈다. 감당이 되지 않는 것을 참아보려는 여자의 얼굴이 보였다. 두려움에 사로잡혔으면서도 티를 내지 않으려는 서인의 얼굴이.

두 사람의 첫 밤은 사랑의 소통이 아니었다. 그땐 그녀가 더 이상 바닥을 치지 못하도록 도와준 것뿐이었다. 그런데 두 번째 밤도 그렇게 보낸다면…….

그제야 정신이 번쩍 들었다. 그녀에게 고백 한 번 제대로 하지 못했다. 그녀에게 또다시 이런 식으로 접근한다면, 용운과 다를 바 없었다. 그녀가 용운 때문에, 남자라는 인간에게 아직까지 불신이 있을 텐데, 사랑스러운 그녀를 보자 기다리려고 했던 것을 깡그리 잊어버렸다.

"하아. 여기까지."

그는 겨우 입술을 뗐다. 그녀가 그제야 천천히 눈을 떴다. 아직은 그녀의 눈빛 속에 아쉬움보다 안도감이 느껴졌다. 덕분에 갈증은 더욱 깊어졌다. 하지만 순서가 뒤바뀌어 엉망진창으로 구는 남자에게 이 정도 용기를 내준 그녀에게 충분히 고마웠다.

"밥값이야."

그가 기특하다는 듯 그녀의 머리를 헝클었다.

"이렇게 비싼 건…… 아니었는데요."

수줍은 듯 말도 예쁘게 한다.

"엄청 싸게 먹힌 거야. 그동안 먹었던 것 중에서 베스트였으니까."

그가 그녀의 얼굴을 쓰다듬었다.

"앞으로도 자주 해. 세상에서 제일 맛있게 먹어줄 자신 있으니까."

"고마워요, 재준 씨. 그런데 재준 씨……."

그가 제 품 안으로 서인을 깊이 안았다. 그녀는 거부하지 않았다.

"한서인."

"……."

"같이 살자."

대답이 없는 그녀의 얼굴을 보려고 몸을 떼자, 미간이 살짝 좁아진 그녀가 보였다.

"같이, 살자."

"이미 같이 살고 있는데……."

그녀의 표정이 서서히 굳어지는 게 느껴졌다. 무슨 소리인지 이제야 이해한 모양이었다. 당황한 그녀를 보는 그의 마음은 쓰려왔지만 결코 물러설 생각은 없었다.

"같이 살고 싶다, 쭉. 이렇게."

"강재준 씨……."

"아직 당신 마음이 내 마음 같지 않다는 거, 알아. 그래도 지금처럼만."

"……."

"같이 살자."

"……."

"같이 살자, 한서인."

"……."

"같이……."

초인종 소리가 들려왔다. 그제야 굳어 있던 그녀가 시선을 돌렸다.

"누가 왔나 봐요."

재준이 자리를 떠나려는 그녀를 붙들었다. 대답을 듣지 않고는 놓아줄 수 없었다. 하지만 재촉에 가까운 초인종 소리가 여러 번 들려오자 그녀가 걱정 말라는 듯 미소를 지으며 그녀를 잡은 그의 손을 풀었다.

"이따가 천천히 얘기해요, 우리."

강함이 부드러움을 이길 수 없다더니.

달래듯 말하는 그녀의 말에 그는 그녀를 놓아줄 수밖에 없었다.

"좋아. 하지만 이따가 말 돌리면 그땐 나도 인내심 발휘 안 할 거다."

"안 그럴게요."

예쁘게 대답하고 현관으로 다가가는 그녀의 어깨를 잡았다.

"내가 가지."

"그럼 난 식탁 좀 치울게요."

주방으로 향하는 그녀를 바라보다가 재준이 현관으로 향했다. 김 여사 외에는 딱히 찾아올 사람이 없는 집이라 재준은 의심 없이 문을 열었다. 문이 열리고, 그의 눈앞에 라연이 보였다.

"이게 누구야. 재준이네. 정말 강재준이 나오네?"

"여긴 어떻게 알았어."

재준의 목소리가 저절로 굳어졌다.

"어떻게 알긴. 내가 당신에 대해서 모르는 거 있어?"

라연이 현관문에 기댔다. 술 냄새가 확, 하고 풍겨왔다.

"취했군."

"응. 조금 마셨어."

"이 시각에 남의 집 벨을 누르는 걸 보면 조금이 아닌 것 같은데?"

"맞다니까. 정말 조금만 마셨어. 근데 설마 지금 내 걱정하는 거야, 재준아?"

라연이 재준의 볼을 손등으로 쓸어내렸다. 재준이 라연의 손을 잡아 행동을 저지했다. 여린 서인이 혹시나 오해를 할까 싶어 걱정이 들었다.

"술 마셨으면 곱게 가서 자라, 그만."

그가 문을 닫으려는데 라연이 손으로 저지했다.

"여기서 자고 가려는데?"

"누구 맘대로."

"내 마음대로."

재준의 무서운 눈초리에도 물러섬 없이 다가온 라연이 재준의 얼굴을 잡고 다짜고짜 키스를 퍼붓기 시작했다. 순식간에 일어난 일이었다.

14. 종목 선택

싫다. 단순히 싫다는 게 아니라, 끔찍이도 싫었다. 그의 입술을 탐하는 여자. 그의 품에 안기는 여자. 그리고 자신이 그것을 말릴 수 있는 위치가 아니라는 사실, 그게 무엇보다 싫었다.

한서인은 생각보다 질투심이 많은 여자였다. 견딜 수 없는 질투심에 마음속에서 불이 일었다. 재준이 라연을 밀어내는 모습을 보았지만 이미 그녀의 머릿속에는 끔찍이 싫은 감정만이 자리했다.

서인은 차마 더는 있을 수 없어 잘 움직여지지 않는 몸으로 뒷걸음쳤다. 그러다 벽에 있는 스위치를 건드리고 말았다. 황급히 다시 불을 켰지만 딸깍, 하고 꺼졌다 켜진 조명에 두 사람에게 자신의 존재를 뚜렷하게 알리고 말았다.

　모두 멈춰 있던 순간, 침묵을 깬 것은 라연이었다.

　"아, 손님 있었구나."

　라연이 서인 쪽으로 고개를 돌렸다.

　"흐음, 여자네?"

　흐릿한 눈으로 서인을 보던 라연이 당당하게 물었다.

　"누구니, 너."

　그러는 당신은······.

　"너 누구냐고."

　무어라 입을 열어야 할지 몰라 망설이고 있는데 재준이 서인
의 손목을 잡았다.

　"신경 쓰지 말고 들어가자."

　서인을 바라보는 재준의 눈빛이 불안감에 사로잡혀 있다는
것을 한눈에 알 수 있었다. 그를 안심시켜 주고 싶었지만 그녀
가 본 광경에 충격이 가시지 않아 고개도 끄덕이지 못했다.

　"한서인."

　"······."

　"가자."

　재준이 서인을 방으로 데리고 들어가려고 했다. 하지만 라연
이 다가와 재준을 붙들었다.

　"강재준!"

"내 몸에 손대지 마."

그가 라연을 뿌리쳤지만 소용없었다. 라연은 그의 앞에서 물러서지 않았다.

"이 여자 누구야?"

"넌 그만 돌아가."

"이 여자 누구냐고 물었지?"

"돌아가라 했다?"

재준이 강한 어조로 얘기할수록 라연은 더 고집을 피웠다.

"이 여자 누구냐고! 내가 묻잖아!"

"대답을 원해? 좋아, 똑똑히 잘 들어."

그가 라연을 노려봤다.

"내가 사랑하는 여자."

"……뭐?"

"내가 사랑하는 여자라고."

그의 단호한 말에 터질 것 같던 서인의 가슴이 가라앉았다. 질투심에 사로잡혀 괴로웠던 마음이 사르르 풀리는 기분이었다. 나는 괜찮다고, 내 생각 말고 얘기 나누라고, 그를 안심시켜야 하는데 결국 자신만이 안심하고 말았다.

"뭐? 사랑?"

하지만 라연은 그 반대였다. 질투심에 사로잡혀 보이는 게 없는 것 같았다.

"사랑이라고!"

라연이 말도 안 된다는 듯 고개를 저었다.

"이럴 순 없어……. 이럴 순 없다고……!"

망연자실하게 중얼거리던 라연이 재준을 노려보고는 미친 사람처럼 소리치기 시작했다.

"말도 안 돼! 안 믿을 거야. 있을 수도 없어! 네가 다른 여자랑? 날 버리고 다른 여자랑? 어떻게, 어떻게 하면 그럴 수 있는데! 말도 안 돼. 믿을 수 없다고!"

"네가 믿든 말든 상관없어."

그의 눈동자에는 흔들림이 없었다. 그 모습을 보는 라연의 얼굴이 두려움에 사로잡힌 것 같았다.

"그럼 나는! 난 이제 돌아왔는데! 난 이제야 돌아왔는데, 사랑? 내가 긴 시간 동안 얼마나 널 그리워하면서 지냈는데, 다른 여자를 사랑한다고?"

흥분하던 라연이 서인을 노려봤다.

"너 뭐야. 언제, 어디서 나타난 년이야? 대체 너, 너 뭐 하는 년이야! 어떻게 재준이를 꼬신 거야, 대체 어떻게 해서!"

"홍라연!"

"고작 이딴 여자 때문에 날 잊은 거니? 그런 거야, 강재준!"

재준이 서인을 바라봤다.

"들어가 있어."

그러면서도 그는 서인의 손을 놓지 못했다. 놓을 수 없다는 듯 더 강하게, 그녀를 붙들고 있었다. 손목을 잡고 있는 그의 손 등에 굵은 핏줄이 섰다. 얼마나 강하게 잡고 있는지 잡힌 그녀의 손이 하얗게 질려 있었다.

그의 간절한 마음이 느껴졌다. 혹시나 서인을 놓칠까 봐 두려워하는 마음이, 고스란히 그의 손목의 힘으로 그녀에게 전해졌다. 그녀가 자신의 손목을 강하게 잡고 있는 그의 손을 풀었다.

"한서인."

"난 괜찮아요."

그를 안심시켜 주고 싶었다. 하지만 너무 갑자기 일어난 일에 다른 말은 생각나지 않았다.

"나는 괜찮으니까……."

쨍그랑, 소리에 돌아보니, 라연이 현관 근처에 놓인 선인장 화분을 던져 깨뜨렸다. 두 사람이 눈빛을 나누는 것을 참을 수 없다는 듯.

"들어가. 경찰에 연락해야겠다."

"허! 경찰?"

라연이 말도 안 된다는 듯 인상을 찌푸렸다.

"경찰이라고?"

"그래, 경찰."

"참 나, 허, 기막혀."

라연이 서인을 바라봤다.

"봤지? 저 남자가 저런 남자야. 날 얼마나 사랑했는지 알아? 이 남자가 날 얼마나 사랑했는데. 근데 지금 이 남자 하는 말 들었지? 경찰에 연락하란다. 하! 사랑이 이런 거야. 얼마나 추악한 건 줄 아니? 너도 곧 이렇게 될걸? 너도 곧 이렇게!"

"그만!"

재준이 라연의 목덜미를 눌렀다.

"남의 집에 와서 대체 무슨 행패야."

"행패? 그래, 행패라면 행패야. 나 강재준 못 잊었다고, 그래서 같이 있고 싶어서 이렇게 행패 부리는 거야. 예전엔 같이 있어줬잖아. 내가, 내가 조금만 힘들어해도 바로……."

"그만."

"나랑 같이……."

그가 괴롭다는 듯 인상을 찌푸렸다.

"그게 대체 언젠데. 결혼하고 떠난 건 너지 내가 아냐."

"그래서 다시 이렇게 돌아왔잖아."

"내 마음 변한 지 오래야."

"말도 안 돼. 언제라도, 언제라도 변치 않아야 하는 게 사랑 아니야?"

"그래서?"

그가 라연을 매섭게 노려봤다.

"네 사랑은 영원이라도 하신 모양이지?"

"그래, 맞아. 맞아, 재준아. 난 이제 그걸 깨달았어. 이제는……."

"미안하지만."

그가 고개를 저었다.

"내가 정말, 내가 정말로 사람을 잘못 봤던 것 같다."

"재준아."

"안 나가면 정말 경찰 부를 거야."

재준의 말에 라연의 얼굴이 표독스럽게 변했다.

"불러. 난 이제 갈 데도 없으니까. 불러, 부르라고! 어디 경찰 불러서 옛날에 죽고 못 살았던 여자한테 수갑 한번 채워보라고!"

라연의 발악에 한숨을 내뱉은 재준이 휴대폰을 찾아 손에 들었다. 그런 재준을 바라보는 서인의 마음이 안타까움에 타들어 갔다.

그의 사랑도 자신만큼이나 힘들었던 모양이다. 하지만 그가 힘들어할 때는 아무도 없었겠지. 자신 옆에는 재준이 있었는데.

서인은 자신의 상황만 바라보느라, 그의 사정에 눈을 돌리지 못했다는 걸 깨달았다. 게다가 아무것도 해줄 수 없다는 것도.

"한서인, 들어가 있어."

그는 보이기 싫다는 듯 말했다. 그녀는 함께해 주고 싶었다.

"괜찮아요, 난 옆에서……."

"내가 안 괜찮아. 그러니까 네 방으로 들어가."

그의 말에 라연이 재준을 죽일 듯이 노려봤다.

"네 방? 저년 방도 있어? 여기서 지금 다른 여자랑 같이 살고 있던 거야?"

"가 있어."

그가 무시하고 서인에게 말하자, 못 참겠다는 듯 라연이 소리쳤다.

"강재준! 내가 말하고 있잖아! 저년이 이 집에서 살고 있는 거냐고!"

재준은 여전히 라연의 말에는 꿈쩍하지 않고 서인에게 눈짓했다. 그를 돕고 싶었다. 하지만 지금은 함께 있어주는 게 아무 도움이 되지 못할 것 같았다. 고개를 끄덕인 서인이 방으로 들어갔다.

자신의 존재에 불같이 화를 내며 추궁하는 라연의 목소리와 상대조차 하지 않으려는 재준의 말소리가 번갈아 들려왔다. 그리고 곧 재준이 경찰에 연락하는 소리가 들려왔다. 그 순간 물건들이 떨어져 나가고, 말을 알아들을 수 없을 정도로 소리치는 라연의 목소리가 들려왔다.

서성이던 서인은 문 앞에서 굳은 채로 서 있었다. 그가 해준 것에 비해 자신이 이다지도 아무것도 해줄 수 없다는 것이, 미안하고 답답했다. 그가 자신에 대한 확신만 있었더라면 저런 모습을 자신에게 보일까 봐 전전긍긍하지 않는 정도는 도울 수 있었을 텐데. 자신이 좀 더 강했더라면, 그가 자신에게 그랬던 것처럼 그를 지켜줄 수 있었을 텐데.

죽일 거야, 죽을 거야, 다 망가뜨릴 거야, 온갖 저주를 퍼부으며 집 안의 모든 것을 부수는 라연의 기세가 보통이 아니었다. 혹시나 재준이 그녀를 가라앉히기 위해 다른 말을 할까 걱정스럽기도 하고, 그가 다칠까 봐 두렵기도 하고. 여러 가지 생각에 도저히 가만히 듣고 있을 수 없게 된 서인이 문고리를 잡았다. 그 순간,

"홍라연!"

기절할 듯 벼락같이 소리치는 재준의 목소리가 들려왔다.

"제발!"

그의 목소리가 떨려왔다. 겁이 난 서인은 잠시 문고리를 놓았다가 다시 용기를 내고 밖으로 나갔다.

"강…… 재준 씨?"

서인이 천천히 그의 앞으로 다가갔다.

"재준…… 씨?"

서인이 그의 어깨를 잡았다. 쓰러진 라연 옆으로 가위가 떨어져 있었고 그 주변으로 피가 흐르고 있었다.

"어, 어떻게……."

"……."

"재, 재준 씨……."

얼굴이 하얗게 질린 재준이 그녀를 보며 겨우 입을 열었다.

"119 좀…… 불러줄래?"

그런 그의 표정이 어린아이처럼 여려 보였다.

서인은 두 사람이 떠난 집에 우두커니 서 있었다. 그가 없는 집이 낯설고 무서웠다. 그녀는 처음으로 자신의 인생에서 그가 떠날 수도 있을 거란 생각이 들었다. 어쩌면 그동안 그가 주었던 것들을 너무도 당연히 받아들였는지도 모를 일이었다.

텅 빈 집 안을 바라보며 그녀는 깨달았다. 그 어떤 것들도 당연한 건 없다는 것을. 어느 것 하나, 자신에게 당연히 주어지는 것들이 아니었다. 그가 사라지자 깨달음은 더욱 확연해진다.

그녀는 그제야 자신이 변한 게 없다는 것을 알았다. 용운을 만나 그렇게 많은 것들을 잃었으면서도 여전히, 그녀는 모든 것을 너무 안일하게 생각했던 것 같다. 그녀가 겪은 모든 일들은 그녀가 원해서 일어난 일이 아니었다고, 그러니 자신에게 잘못이 없다고, 그저 부정만 하며 사느라 바빴다. 하지만 애초에 시작이 잘못된 것이었다. 자신 스스로가 일으킨 일이 아닌 건, 애초에 자신이 아무것도 한 것이 없어서였다. 아무것도 하지 않았으니, 아무 일도 자신 뜻대로 이뤄지지 않은 것이다. 그러니 앞으로도 마찬가지일 것이다. 자신이 주도적으로 하는 것이 아닌 그의 주도로 일어나는 것들은, 아무리 좋은 일이라도 그녀가 변함이 없다면 결국 마찬가지 결과를 가져올 것이다.

생각만 해도 싫었다. 그녀는 절대 그를 놓치고 싶지 않았으니까.

서인은 라연이 남기고 간 흔적을 닦기 시작했다. 그러고는 라연이 엉망으로 만든 집을 정리했다. 하지만 깨져 버린 것들은 버려야만 했다. 다시 붙일 수도, 만들 수도 없었다. 맞다. 모든 것을 원래대로 되돌릴 수는 없다. 떨어진 꽃들을 다시 나무에 붙일 수도 없고 만들 수도 없다. 하지만 그의 말대로 다시 필 수는 있는 것. 그 순간을 놓치며 살고 싶지 않았다.

그녀는 라연이 남긴 흔적이 그의 집에 있는 것이 싫었다. 그녀는 그것을 쓰레기봉투에 담아 밖으로 나갔다. 쓰레기 수거함에 던진 그녀는 오피스텔을 올려다봤다.

재준은 응급실에서 라연을 내려다봤다. 여느 때와는 달리 긴장감은 없었다. 그저 지겹다는 생각뿐. 아주 잠깐 정신이 아찔해지긴 했지만 정말 그뿐이었다. 그는 아무런 감흥도 없었다.

의사로 보이는 누군가가 다가와 라연의 상태를 설명하겠다고 재준을 불렀다. 재준은 자리를 옮겨 컴퓨터 모니터를 통해 라연의 손목 상태에 대해 설명을 들었다.

피가 많이 나긴 했지만…… 깊이 박힌 것은 아니다…… 잘 꿰매진 것 같고…… 가위가 아니라 칼이었다면 어떻게 됐을지……. 몇 가지 말들이 오가고 내려진 결론은 그녀가 깨어나면 바로 퇴원할 수 있다는 것이었다.

재준이 병원비를 치르고 돌아오자 라연이 깨어 있는 게 보였다. 라연은 간호사와 대화를 나누고 있었다. 이대로 돌아가고 싶었지만 라연과 제대로 끝을 맺지 않으면 같은 일이 반복될 거라는 생각에 내키지 않은 발걸음을 뗐다.

라연에게 다가간 재준은 그녀 근처에 걸린 외투를 침대 위로 던졌다.

"일어나."

"강재준."

"당장 일어나라고."

그가 라연을 일으켜 세우려고 하자, 간호사가 말렸다.

"저기, 보호자분. 환자한테 그러시면 안 돼요."

"난 이 여자 보호자가 아닙니다."

"아니, 그럼 여기 어떻게 계신……."

"자리 좀, 피해주시겠어요?"

표정을 굳힌 라연이 부탁하자 간호사가 곧 자리를 떠났다. 두 사람은 서로 잠시 노려보기만 할 뿐 말이 없었다. 라연이 먼저 미소를 보였다.

"그 여자 버려두고 나한테 왔으니까. 좋아. 그걸로 통과."

라연의 말에 웃음이 났다.

"버려두고 왔다고?"

그가 고개를 저었다.

"미안하지만, 내 마음은 아까부터 그 여자한테 가 있어."

"재준아……."

"내가 여기까지 온 게 행여나 네가 죽을까 봐, 안타깝거나 아파서 온 거라고 생각하면 곤란해."

"강재준."

"나는 너에게 이 말을 하려고 왔어."

"……."

"널 다시 사랑하게 될 일 없다."

재준의 흔들림 없는 말투에 라연의 눈동자가 흔들렸다.

"난 그 여자를 사랑해."

라연이 잔뜩 인상을 찡그렸다.

"지금 뭐라고 했어?"

"난 그 여자를 사랑한다고. 네가 돌아오든 안 돌아오든, 너와는 전혀 상관없이."

"허!"

라연이 기가 막히는 듯 그를 노려봤다.

"정말 더럽다, 기분. 어떻게 대놓고 이래! 죽으려고 든 사람 앞에서 어떻게 대놓고!"

"나도 마찬가지야, 홍라연. 너 이런 모습 보는 거 정말 더러워. 더러워서 다신 보고 싶지 않다."

이런 건 정말 질렸으니까.

"가지 마! 가면 정말 죽을 거야. 이번엔 쇼 아니야!"

재준이 돌아서려 하자 라연이 소리쳤다. 그가 조소하듯 한쪽 입꼬리를 올렸다.

"네가 잊은 게 있군."

"……."

"내 어머니가 죽기 직전에 그렇게 말했어. 가지 말라고, 안 그러면 죽을 거라고. 어머니가 날 아버지로 착각하셨거든. 그런데도 나는 갔어. 난 이런 상황에 아주 많이 지쳐 있었거든. 그리고 어머니는…… 돌아가셨지."

딱 한 번 라연에게 어머니 얘기를 한 적 있었다. 하지만 구질구질한 얘기는 듣기 싫다고 늘 잘라 말하던 그녀가 그걸 기억할 리가 없었다. 자신이 지금도 이십대 시절처럼 가난하고 구질구질하게 살고 있었다면 이 여자는 내게 와서 사랑을 구걸했을까. 아니, 홍라연. 너는 절대 그런 여자가 아니다.

"후회는 없어."

"……."

"정말로 지겨웠거든. 자살로 협박하는 그런 일들, 너무 많이 봐와서."

"재준아……."

"내 말 무슨 뜻인지 알지? 어머니에게도 그랬는데 너 따위한테 베풀어줄 자비 같은 거 없어."

"재준아! 몰랐어! 깜빡했다고. 가지 마! 나 정말 죽을 거야!"

"홍라연!"

그의 눈동자에 핏발이 섰다.

"너, 왜 이 정도로 최악인 거냐."

"재준아……."

"네가 나랑 만나면서도 다른 유부남이랑 놀아날 때도 난, 널 최악으로 여기진 않았다."

라연이 놀라 두 눈을 크게 떴다. 재준이 이가 갈린다는 듯 입을 앙다물었다.

"돈 없는 날 원망했어도, 돈 때문에 다른 남자와 떠난 널 원망한 적 없었어. 그런데 넌, 넌 끝까지……."

"그게 무슨 말이야…… 너. 너, 알…… 고 있었어? 그걸, 알고 있었어? 내가, 내가 그렇게 지냈던 거……."

라연이 매달리듯 물었다. 재준이 냉정한 눈빛을 보냈다.

"그럼 내가 모를 거라고 생각했어?"

"근데 왜 말 한마디 안 했어? 왜 한마디도 안 한 거야?"

그가 조소했다.

"이미 지난 일이야."

"재준아……."

"내 사랑을 망친 걸로 족해."

그가 아무 감정도 담지 않은 눈으로 라연을 바라봤다.

"네 사랑까지 망치진 마라."

재준이 돌아섰다. 라연이 흐느끼는 소리가 들려왔지만 그는 뒤돌아보지 않았다. 떠나간 사랑에 미련을 두기엔 그의 추억이 너무도 망가졌으니까. 그는 그의 앞으로 떠오르는 여자, 앞으로 사랑할 여자를 향해 걷기 시작했다. 마음이 바빠 걸음이 빨라졌다.

집에 도착한 재준은 급히 현관문을 열었다. 그 순간, 잊을 수 없던 기억이 퍼져 올랐다. 아무도 없는 공간에서 오는 그 싸늘함. 잊지 못했던 어린 시절의 외로운 기억들이 재준에게 다가와 무참하게 생채기를 내는 것만 같았다.

서인과 할 말이 많았다. 라연과의 관계에 대해서 오해도 풀어 줘야 했고 꼭 들어야 할 말도 있었다.

택시를 잡아탄 재준은 서서히 초조해지는 것을 참지 못하고 택시기사에게 몇 번이나 빨리 가달라고 말했다. 하지만 쏟아지는 택시와 버스 사이에 뒤엉켜 속도가 늦춰지는 것을 어찌해 볼 방도는 없었다. 결국 급한 마음을 참지 못하고 그녀에게 전화를 걸었다. 당연히, 받을 거라고 생각했다. 그렇지 않을 이유가 없으니까. 그런데 그녀는 없었다. 혹시나 그녀가 라연의 일로 자신에게 실망하거나 오해를 했을까 봐 겁이 났다. 다른 상처로 그녀가 사라져 버렸을까 봐 두려워 아무 생각도 나지 않았다.

"한서인."

그가 그녀를 불렀지만 반응이 없었다. 잠시 굳어 있던 재준은 집에 있는 모든 불을 켜고 집 안을 뒤지기 시작했다. 외관상 그녀가 쓰던 물건은 그대로였다. 아무것도 없어진 게 없었다. 안도의 한숨을 내쉬어야 했지만, 그러자 더 겁이 나기 시작했다. 아무것도 가져가지 않고 떠나 버린 거면, 그런 거면…….

"한서인……."

힘이 풀려 버린 그가 그녀의 방 침대에 앉았다. 그녀가 어디로 갔을까 생각해야 했지만, 아무 생각도 들지 않았다. 속이 타들어가고 머리가 아찔했다.

15. 재투자

집으로 들어서던 서인은 현관문이 잠겨 있지 않다는 사실 때문에 잠시 겁을 먹었다. 현관에 들어선 그녀는 조심스럽게 안을 살폈다.

"재준…… 씨?"

환하게 켜진 집에는 기척이 없었다. 그녀는 불안한 마음에 여기저기를 살폈다. 그러다 자신의 방 앞에 섰을 때, 제 침대에 앉아 머리를 감싸고 있는 재준이 보였다.

얼마쯤 시간이 지났을지 몰라도 옷장 문이나 서랍들이 열려 있는 것을 보면, 그사이 그가 자신을 찾고 있었던 게 틀림없었다. 혹시나 자신이 떠났을까 봐 불안해하면서.

어째서 나는 당신을 늘 찾아다니는 사람으로 만들었을까.

그녀가 그의 앞으로 다가갔다.

"재준 씨."

고개를 든 그가 그녀의 얼굴을 확인하고도 믿지 못하겠다는 눈빛을 했다.

"강재준 씨."

"한서인."

"일은…… 잘 끝났어요?"

"어디 간 거야. 전화 잘 받기로 했던 거 잊었어?"

"집에서 기다리기 힘들어서, 밖에서……."

그가 덥석 그녀를 안았다. 그의 불안감이 대번에 그녀에게 느껴졌다.

"가버린 줄…… 알았잖아."

안도의 한숨이 그녀의 목덜미에 그대로 와 닿았다. 그를 불안하게 했구나 싶어 미안하고, 그가 자신에게 돌아와 주어서 고마웠다. 하지만 그는 그녀의 그런 마음을 알 리 없었다.

"걱정했잖아, 사라진 줄 알고. 가버린 줄 알고, 가버린 줄 알고……."

알고 있다. 숨겨진 그의 말이 뭔지. 그는 두려웠을 것이다.

늘 흐트러짐 하나 없는 강재준. 그는 어머니 얘기도 아무 일 아닌 것처럼 했었다. 차가운 말투, 단단한 듯 보이던 눈빛. 누가 들어도 무서운 어린 시절의 이야기를 그는 덤덤히 하고 넘겼다. 하지만 서인은 이제 알 것 같았다. 강해 보이고, 흐트러짐 없는 그의 모습은 모두 가면일지도 모른다는 것을.

피를 흘린 채 쓰러진 라연을 보는 그의 눈빛에서 느낄 수 있었다. 어머니에 대한 죄책감 때문에 자신을 찾아왔던 이 남자는, 사실은, 아주 여린 남자라는 것을. 아닌 척하면서, 조금이나마 죄책감을 덜어내고 싶었던 것. 마주하고 싶지 않은 현실 앞에서 과거의 아이로 돌아가는 그의 모습. 그래서 그녀는 두려웠던 거다. 그가 혹시나 오지 않을까 봐, 라연에게 죄책감을 느끼고 혹시나 자신에 대한 마음을 접을까 봐.

"난 당신이 안 올 줄 알고, 무서웠어요."

그래서 집에 있을 수 없었다. 밖에서 그를 기다리면서 한서인에게 강재준이란 존재가 얼마나 크게 자리했는지 알 것 같았다. 같이 살자고 말한 강재준보다, 훨씬 더 그와 같이 살고 싶은 사람은 자신일지도 모른다고.

그녀가 자신의 허리를 감싼 그의 팔을 풀고 그의 어깨에 살포시 손을 얹었다.

"내가 좀 안아줘도 돼요?"

"뭐?"

"내가, 당신 좀 안아줘도 될까요?"

그녀는 같은 일을 겪으며 마음이 폐허가 된 재준을 안아주고 싶었다. 그가 자신에게 그랬던 것처럼.

"얼마든지."

그녀가 두 팔을 넓게 벌리자, 그가 미소를 지었다. 그녀가 그의 머리를 감싸 제 품에 꼭 감쌌다. 그의 외로움을 완전히 덜지 못하더라도 적어도 같이 나눌 수 있다면. 그의 가면 속, 진짜 모습을 보는 유일한 여자가 자신이었으면.

"많이 놀랐지?"

하지만 그는 여전히 자신을 위로하려 한다.

"네, 조금요."

"미안하다."

"강재준 씨가 미안할 일 아니에요."

"그래도……."

"많이 놀랐죠?"

하지만 이젠 자신도 위로만 받는 한서인이 되지 않을 것이다.

"미안해요."

"뭐가."

"옆에서 힘이 되지 못해서."

"난 괜찮아."

"거짓말."

그는 아무 말도 하지 않고 그저 그녀의 가슴에 안겨 있었다. 그녀가 그의 머리칼을 쓸어내렸다.

"강재준 씨."

"응."

"내가 그 사람, 이해한다고 하면 날 이상하게 볼 거죠?"

그녀의 말에 그가 그녀에게서 몸을 뗐다. 그는 모르겠다는 표정을 짓고 있었다.

"나 그 사람 마음 알 것 같았어요. 나라도 당신이란 사람 잃으면, 그렇게 될 것 같아. 그렇게, 무너지고 싶을 것 같아."

용기를 내서 한 말이었다. 그가 알아들어 주길 바라는 마음으로.

그가 고개를 저었다.

"오버하는 거야. 그런 마음먹을 정도로 잘해주지 않았어. 그렇게, 신경 쓰지 못했고. 아마 결혼 생활이 행복하지 않아서 옛날 생각이……."

"아뇨. 나 그런 거 얘기하는 거 아니에요."

그녀가 그의 눈동자를 마주했다.

"강재준 씨 당신이란 사람 자체가 얼마나 괜찮은 사람인지 얘기하는 거예요."

"한서인?"

"당신 정말 괜찮은 사람이에요. 무지 괜찮아서 누구에게도 뺏기기 싫을 만큼."

그가 무슨 소리를 하는 거냐는 듯 눈을 가늘게 떴다. 그녀가 부끄러운 듯 미소를 지었다.

"고백…… 하는 건데요."

그가 믿을 수 없는 듯 눈썹을 찡그렸다.

"이제 확실히 알았어요. 당신 절대 놓치면 안 될 것 같다고."

"……."

"강재준 놓치면 큰일 나겠다, 싶었어요."

"난, 그 반대일 거라고 생각했는데."

그녀의 머리카락을 매만지는 그의 표정이 쓸쓸했다.

"난 당신이 도망갈까 봐, 또 어디로 잡으러 가야 하는지 생각하느라고 정신없었는데."

"예전이라면 그랬을지도 몰라요. 근데 어떤 괜찮은 남자 때문에 희망적인 사람이 됐나 봐요. 이렇게 괜찮은 남자를 만나는 게 얼마나 힘든지 몸소 깨달았으니, 있을 때 잡아야 하지 않겠어요?"

그녀의 말이 믿기지 않는다는 듯 그는 가만히 그녀를 바라보기만 했다.

"민용운 그 사람을 만났어요."

그 이름만으로 그의 미간이 확연히 좁혀지는 것이 보였다.

"그 사람한테 사과시켰다는 거 들었어요."

"그 얘기를 했단 말인가?"

그는 기막히다는 듯 고개를 저었다.

"이런 얘기 부끄럽지만 그 사람 어떤 사람인지, 재준 씨도 알잖아요."

고개를 끄덕이는 그의 표정이 씁쓸했다. 그래도 제발 마지막까지 티를 내지 않길 바란 모양이다.

"하지만 덕분에 강재준 씨 마음, 알 수 있었어요."

"……."

"나한테 주는 당신 마음, 얼마나 배려 깊은지, 알 수 있었어요."

"그 자식한테 고마워해야 하나."

그가 피식, 웃었다.

"그리고 홍라연 그 사람 덕분에 난 내 마음을 정확히 알았어요."

대번에 얼굴이 굳어지는 그를 보며 이번엔 그녀가 옅은 미소를 지었다.

"그 사람이, 당신한테 키스할 때……."

그녀는 말을 끝까지 이을 수 없을 정도로 속상했다. 생각하기 싫을 정도로 속상한 일이었다. 그가 고개를 저었다.

"그런 얘긴 하지 않아도……."

"정말 싫었어요."

곤란한 그의 얼굴이 당황으로 바뀌었다. 그녀가 그렇게 말할 줄 몰랐던 것 같았다. 자신 역시도 정말 몰랐다. 그저 옆에 있는 사람이라 그를 떠나거나 아니면 남아 있거나 그러면 그만이라고 생각했다. 하지만 그에게 다가오는 여자를 보자, 그제야 알았다. 선택권은 누구에게나 있을 수 있고, 자신 역시 분명히 선택을 해야 한다는 것을. 그렇지 않으면 우물쭈물 거리다가 또다시 비슷하거나 혹은 좀 더 고통스러운 일을 겪을 수 있다는 것을.

"화를 내고 싶을 정도로 싫었어요."

"지금…… 뭐라고?"

그가 다시 듣고 싶다는 듯 물었다. 그녀는 분명한 어조로 제 마음을 말했다.

"정말 싫었어요, 당신한테 다른 여자가 있는 거."

"한서인."

그는 여전히 믿기지 않는 듯했다. 하지만 지금 생각해도 얼굴이 울긋불긋해질 정도로 화나는 일이라, 표정을 감출 수 없었다. 그가 곧 그녀의 표정을 읽었다. 한서인이, 질투 같은 걸 하는 여자라는 걸 믿을 수 없단 표정이었지만 그는 분명 기분이 나쁘지는 않은 것 같았다.

"당신 만나는 중에 만난 여자 아니야."

"알아요."

"옛날에 헤어져서 이젠 완전히 상관없는……."

"알아요."

그가 민용운과 다르다는 건 알고 있었다. 그가 한 번 자신과 잠을 잤다고 해서, 그것을 쉽게 생각하는 남자가 아니라는 것도 알 수 있었다.

"한서인."

그는 가만히 그녀의 눈을 들여다보았다. 그 눈 속에 그를 향한 자신의 마음이 들어 있었다. 감출 수도 없고, 그러고 싶지 않은 그녀의 마음. 그것을 알아차린 사람처럼 웃는 그의 모습이 좋았다. 그는 곧 그녀의 뺨을 훑어 내렸다.

"소독."

그가 그녀의 입술에 입술을 댔다. 입술은 금세 입술과 마주했다. 쪽, 하는 소리가 기분 좋게 들려왔다. 어린아이 같은 표정으로 웃으며 물러서는 그가 행복해 보였다. 하지만 서인의 행복만큼은 아닐지도 몰랐다. 눈물이 날 정도로 행복하니까.

그녀는 처음으로 자신의 욕망에 대해서 깊이 생각했다. 자신의 처지도 잊고, 가지고 싶은 한 남자를 향해 소유욕을 드러내고 싶은 이 마음. 세상 사람들이 손가락질해도 절대 놓고 싶지 않은 이 마음. 이 용기는 지금이 아니면 안 될 거라고 생각하면서.

"우리 같이 살아요."

그녀가 그의 얼굴을 제 손으로 감쌌다.

"우리 같이 살아요."

"한서인."

"허락, 해줄래요?"

"내가 묻고 싶은 말이야."

기뻐하는 그의 눈빛이 정말로 고마웠다. 그걸로 충분히 버틸 수 있을 것 같았다. 그녀가 그에게서 손을 뗐다.

"그런데……."

그녀가 어렵게 입을 열었다.

"조금, 더, 있다가요."

"뭐?"

놀란 그를 보며 서인이 희미하게 미소를 지었다.

"나, 제대로 깨달았어요."

"……."

"강재준 씨라는 사람, 헤어지면 엄청 무서운 사람일지도 모른다는 거."

"한서인."

"그래서 절대로 놓치면 안 되겠구나, 정신이 번쩍 들었어요."

그녀가 그의 손을 잡았다.

"그래서 발령지로 가려구요."

"한서인."

"우리, 처음부터 다시 시작해요."

그의 인상이 매섭게 변했다. 그녀는 두려웠다. 그가 안 된다고 할까 봐, 그런 식으로는 그녀를 만나주지 않을까 봐.

"회사 그만둬."

"재준 씨."

"돈, 찾아준다고 했잖아. 두 배로, 세 배로. 그러니까 회사 그만두라고. 내 말이 못 미더운가?"

그녀가 고개를 저었다.

"그런데 대체 왜."

"내 돈이 아니잖아요."

그녀가 옅은 미소를 지었다.

"내가 투자한 원금, 그건 이미 사라졌잖아요."

"상관없어. 내 돈으로 넣어서 다시 투자하고 있어. 그러니까……."

"그건 강재준 씨 당신 것이잖아요."

"뭐 어때. 그게 무슨 의미인데. 어차피 벌고 나서 털면 돼. 난 상관없어."

"난 있어요."

그녀는 강경한 어조로 말했다.

"난 있어요, 재준 씨."

"돈 때문에 자존심 부리는 거라면……."

"아뇨."

그녀가 고개를 저었다.

"미안하지만 나, 당신한테 자존심 부릴 수 없어요. 당신 앞에서 자존심 부릴 거였으면 벌써 사라졌을 거야. 그런데 가지 않앉았어요. 온갖 나쁜 꼴 다 보였는데도, 나 가지 못했어요. 당신이 옆에 있어줘서 고맙고, 앞으로도 있어줬음 좋겠고, 당신이 떠날까 봐 벌벌 떠는 건 사실 당신이 아니라 나일지도 몰라요."

"그럼 됐잖아. 대체 왜 그러는 건데. 날 못 믿는 거면……."

"아뇨. 나 강재준 씨 믿어요."

진심이었다.

"내가 투자한 것. 당신이 두 배로, 세 배로 만들어줄 거라는 거, 나 믿어요."

그녀가 그의 가슴을 매만졌다.

"당신이 나한테 여태껏 해준 것들, 그보다 더 많이, 더 크게, 더 멋지게 해줄 거라는 거, 진심으로 믿어요."

"한서인."

"하지만 원금만은……. 내 돈으로, 내 것으로, 나로부터 나와야 해요."

내 인생의 주인이 나여야만 당신 옆에 하나의 주체로 바로 설수 있을 테니까. 그래야 내가 당신 앞에서 당당해질 수 있을 테니까.

"이건 자존심 부리는 게 아니에요. 당신과 거래를 틀 수 있도록, 그게 장기간이 될 수 있도록, 내 자산을 먼저 만들 시간이 필요한 거예요."

"한서인."

"우리 시작은 비록 엉망진창이라도, 우리의 앞으로가 그렇게 되지 않기 위해서."

"……."

"열심히 돈 모을게요."

"……."

"열심히 내 마음, 잘 다질게요."

그녀가 그의 **뺨**을 어루만졌다.

"이해해 줄 수 있죠?"

그가 괴로운 듯 이마를 잡았다.

"미치게 하는군, 한서인."

그녀는 그가 너무 쉽게 고개를 끄덕여 주길 바라지 않았다. 다만 그가 분명 그녀에게 고개를 끄덕여 줄 거라는 건 믿었다. 그는 진심으로 괜찮은 남자이므로.

"당신은 날 믿는다 했지만, 난 당신을 믿을 수 없어."

그가 고개를 저었다.

"전화 받는다고 하고 제대로 받은 적 없잖아."

"이젠 전화 받을 일 없을 거예요."

"뭐?"

"내가 할 거니까."

"……."

"내 돈 어떻게 되어가고 있는지, 또 내 남자는 뭘 하고 있는지, 이젠 내가 매일 전화해서 체크할 거니까."

당연하게 생각하지 않기로 했다. 남들이 다 하듯 당연한 연애라고 생각하면서 쉽게 생각하지 않기로 했다. 공부를 해도 수익이 생길까 말까 한 세상에, 아무렇게나 내 자산을 맡겨둔 채 나몰라라 하지 않기로 했다. 이제 좀 더 야무지고 똑똑한 한서인이 되기로 했다. 남자에게든, 세상에게든.

"내가 매일 당신 챙길 거니까, 걱정 말아요. 절대로, 절대로 당신이 다른 여자한테 입술 빼앗기는 거 두고만 보지 않도록."

그는 여전히 안 된다는 듯 고개를 저었다. 그 마음마저 그녀는 고마웠다. 그녀가 그의 손을 꽉 잡았다.

"절대 안 놓칠 거예요, 강재준 씨. 절대로."

그는 안 된다고 했다. 하지만 그녀는 알았다. 그도 곧 자신을 믿고 용기를 내줄 거라는 것을.

─강재준, 이 나쁜 자식아. 너 어떻게 이럴 수가 있냐.

지석의 신경질적인 목소리가 차 안을 울렸다. 스피커폰이었다.

"뭐가."

─어떻게 친구 결혼식에도 안 오냐 이 말이야.

"그보다 더 중요한 일이 있다는 얘기, 내가 한 것 같은데."

그가 자신의 옆에 앉은 서인을 바라봤다.

"결혼식 보러 가라니까."

그녀가 미안한 듯 중얼거렸지만 그는 운전대를 잡지 않은 다른 손으로 그녀의 볼을 툭, 하고 매만질 뿐이었다.

—나쁜 자식. 친구 결혼식보다 더 중요한 일이 뭐가 있냐, 응?

"데이트."

—뭐? 데이트? 데이트가 지금 내 결혼식보다 중요하다고?

흥분하는 지석을 보며 재준이 한쪽 입꼬리를 올렸다.

"한 번일지 두 번일지 모르는 네 결혼식보다는 애인하고 하는 데이트가 훨씬 중요하지."

농담인 듯 농담이 아닌 것만 같은 그의 말에 웃음이 났다.

—이 자식, 진짜. 두고 봐. 내가 너 때문에 약 올라서라도 진짜진짜 행복하게 살아줄 테니까!

"뭐, 저주치고는 나쁠 거 없네."

—아, 이 자식, 진짜 약 올라서. 아무래도 네 애인분 좀 만나야겠다. 만나서, 이 자식 콧대 좀 팍 꺾어달라고 해야겠어. 자식이 친구한테도…….

"끊자."

—야, 강재준. 강재……!

"안 그래도 이미 꺾여 있는 상태다."

전화를 끊은 그가 한숨을 지었다. 그녀는 미안함에 어쩔 줄 몰랐다.

"결혼식에 가라니까요."

"당신이 같이 안 가잖아."

"나야 내일이 당장 출근인데 오늘은 꼭 내려가야 했으니까."

"안 가면 좋았잖아."

"그 얘긴 이미 끝난……."

"당신 올라올 때까지 계속할 얘기야."

그는 화가 난 얼굴로 정면만 주시하며 말했다. 좋은 표정도 좋은 말도 하나도 해주지 않았지만 오히려 그런 그가 더 좋은 것 같았다. 자신을 보내면서 미소를 짓는 건 어쩐지 싫으니까.

그녀가 약이 오른 채로 운전만 하는 그를 물끄러미 바라봤다. 그걸 알았는지 그가 눈길을 돌렸다.

"아무 때나, 상사나 누가 열 받게 하거나, 주변에서 직원들이 수군거리면 지체 말고 올라와. 근무 시간에도 괜찮으니까."

처음 그를 만난 때가 떠올랐다. 바쁜 그에게 찾아가 모든 걸 되돌려 달라고 떼쓰던 일. 그때 그녀는 단 하나의 지푸라기가 필요했었다. 그때는 '어쩌면, 누군가 대신해서'라는 마음이었다. 하지만 만약 다시 그를 찾아간다면 그건 무조건 '강재준, 이 사람'이어야 한다.

"길도 안 막히는군."

살면서 모험 같은 건 해보지 않았다. 도전보다 안전을 선택했고, 모험보다 안정을 원했다. 그가 했던 말들을 차근차근 풀어 제 마음의 응원군으로 삼으며 그를 향해 가는 길은 도전과 모험과도 같은 일일 것이다.

"어떻게 이렇게 금방 올 수가 있지?"

가능성 하나만 믿고 제가 가진 전부를 투자한다는 것. 눈에 보이는 않는 것을 그저 느낌만으로 믿고 투자해 가는 것. 그는 매일 그런 일을 하고 있었고, 그러므로 그녀 역시 하고 싶어졌다. 그가 어떤 사람인지 아직은 다 모르지만, 그래서 예전에 했던 실수를 반복할 수 있다 해도, 그녀는 강재준이라는 가능성을 믿고 제 자신을 투자해 나가고 싶었다.

"데려다줘서 고마워요."

그의 투덜거림을 그녀는 미소로 받아쳤다.

"혼자 보낼 거라고 생각했어?"

"그럴까 봐 조금은 걱정했었죠."

"그래 놓고 친구 결혼식에 가라고?"

조금은 퉁명하게 대답하는 그를 보며 그녀가 미소를 지었다.

"이거."

그가 그녀 앞으로 선물을 하나 건넸다.

"이게 뭔데요."

"풀어봐."

그녀가 리본 장식이 정성껏 되어 있는 선물 박스를 열었다. 장미 무늬의 액자. 그 안에는 어깨동무를 한 재준과 서인의 사진이 들어 있었다.

"이건……."

소풍 갔을 때 찍은 사진이었다.

"그날 내가 한 말들 잊지 마."

지킬 거라는 그의 말보다 훨씬 믿음직한 약속. 그가 그것을 그녀에게 해주고 있었다. 그 누구보다 그에게 어울리는 여자가 되고 싶다는 마음이 뭉클, 하고 스며들었다. 그녀가 고개를 들어 그를 물끄러미 바라봤다. 그가 그녀의 뺨을 매만졌다.

"책상에 두고 일할 때마다 한 번씩 봐. 나도 그럴 거니까."

그녀가 고개를 끄덕였다.

"전화할게요."

"당연히 그래야지. 전화 안 오는 순간 내려와서 바로 데려갈 거다."

"강재준 씨야말로 전화 잘 받아요. 돈도 못 벌게 사람 불안하게 하지 말고."

"나야 늘."

그가 그녀의 입술을 매만졌다.

"내가 투자한 건 안 놓치니까."

강재준만큼 똑똑한 사람이 되어야지, 그녀는 미소를 지으며 생각했다.

"그만 갈게요."

머뭇거리던 그녀가 기합을 넣듯 힘있게 말했다. 그러나 그는
쉽게 놓아주지 않았다.

"그냥 가려고?"

"그럼……."

그가 그녀의 입술을 덮었다. 곧 내려야 했다. 딸이 머무르기
로 했다는 말에 아버지가 마중 나오실 테니까. 하지만 그녀는
생각했다. 그건 분명 당분간이 될 거라고. 떨어지고 싶지 않아
자꾸만 다시 그의 입술 끝을 무는 그녀의 입술이, 그 마음을 증
명하고 있었다.

"아주 잠깐이다, 한서인. 아주 잠깐."

마지막에 했던 그의 말들이 잘 기억나지 않았다. 그녀는 생애
처음으로 제 마음을 담아 아주 열심히, 키스를 했으므로.

그의 아침은 여전했다. 새벽같이 일어나 출근을 하는 것도,
돈의 흐름을 찾아 여전히 공부를 계속하는 것도, 주식시장이 변
함없이 돌아가고 있다는 것도, 모든 것은 그대로였다.

다만,

모든 것은 한서인의 투자금을 중심으로 돌고 있다는 것만이, 달라진 것이었다.

주문 30분 전. 그는 어느 때보다 바쁘다.

"강 차장님."

같이 일하는 사원 윤주가 재준을 불렀다. 모니터에서 눈을 떼지 못하는 재준에게 재차 그를 부르는 소리가 들려왔다. 재준에게는 지금 이 시간이 다른 어느 때보다도 신경이 곤두서는 때라 꼼짝도 하지 못했다.

"무슨 일입니까."

"전화가 와서요."

전화라니. 이렇게 바쁜 시간에.

"누가 말입니까."

"글쎄요. 저는 잘……. 고객이거나, 동생이거나, 애인…… 이거나. 그렇지 않을까요?"

윤주의 말에 기시감이 느껴졌다. 그 예전 서인이 자신에게 찾아온 때와 같은 느낌이었다. 순간 심장이 멋대로 뛰었다. 잠깐 굳어버린 그의 행동을 오해한 윤주가 한숨을 쉬었다.

"그럴 줄 알았어요. 안 그래도 차장님 지금 바빠서 안 받으실 거라고 했는데 차장님 전화받을 때까지 기다리겠다고……. 그냥 제가 마무리할……."

"잠깐."

그가 전화기를 만지는 윤주를 말렸다.

"내가 받지."

윤주의 의아한 표정도 아랑곳없이 그가 얼른 전화를 돌려받았다.

"네, 한샘증권 강재준 차장입니다."

"강…… 재준 씨?"

익숙한 목소리가 들려오자 그는 안도감을 느끼며 두 눈을 꼭 감았다 떴다.

한서인.

"제가 투자한 것들이 어떻게 되어가고 있는지 알고 싶어서요."

"……."

"잘 있는 거겠죠?"

그녀의 밝은 목소리에 그가 미소를 지으며 책상 위 액자를 바라봤다. 환한 미소를 한 두 사람의 모습이 밝게 빛나고 있었다.

서킷
브레이커를
마치며

2012년 4월, 내 일기장에는 〈서킷 브레이커〉를 쓰자는 내용이 적혀 있다. 나에게 떨어진 이 숙제를 2015년 4월이 되어서야 끝낼 수 있게 되어 기쁘게 생각한다.

도움을 준 前증권사 브로커 K씨에게, 가능성은 우리에게도 열려 있다고, 힘을 내자는 말을 꼭 전하고 싶다.

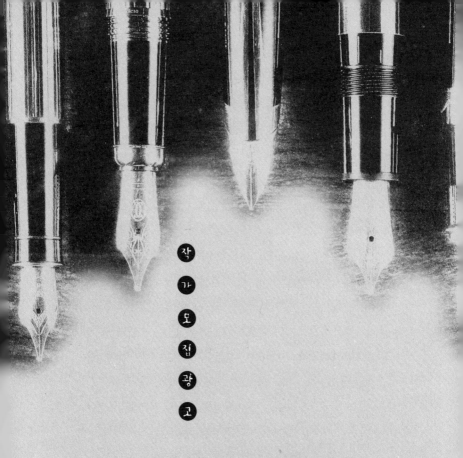

작
가
모
집
광
고

도서출판 청어람의 문은 항상 열려 있습니다.
실력있는 작가 분들의 많은 관심 부탁드립니다.

TEL:032-656-4452 • FAX:032-656-4453
http://www.chungeoram.com
e-mail:chungeorambook@daum.net